光文社文庫

長編時代小説

熾火《おきび》

勘定吟味役異聞㈡

決定版

上田秀人

KOBUNSHA

光　文　社

本書は、二〇〇六年四月に光文社文庫より
刊行した作品を、文字を大きくしたうえで
さらに著者が大幅な加筆修正したものです。

『熾火《おきび》　勘定吟味役異聞（二）』目次

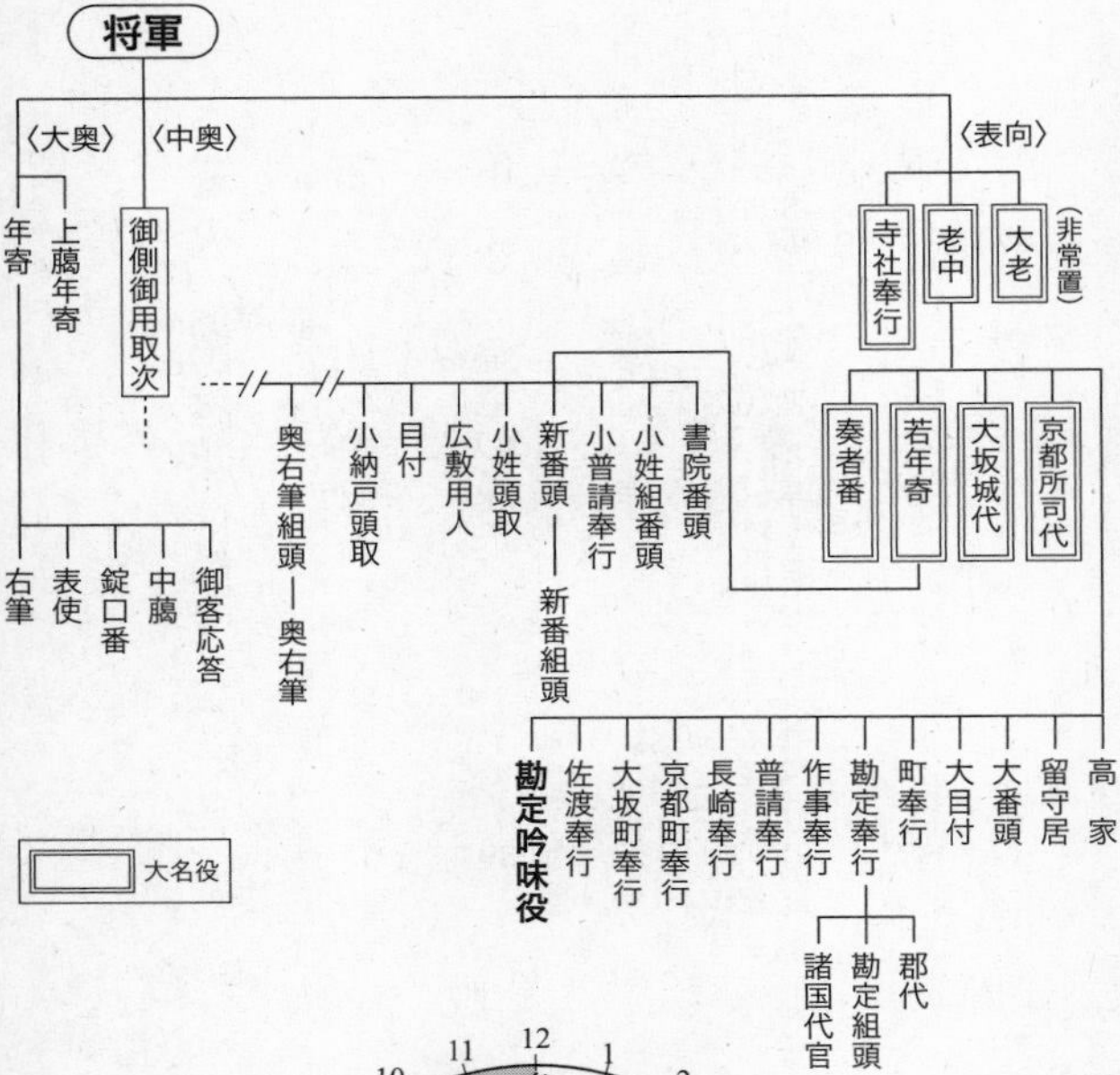

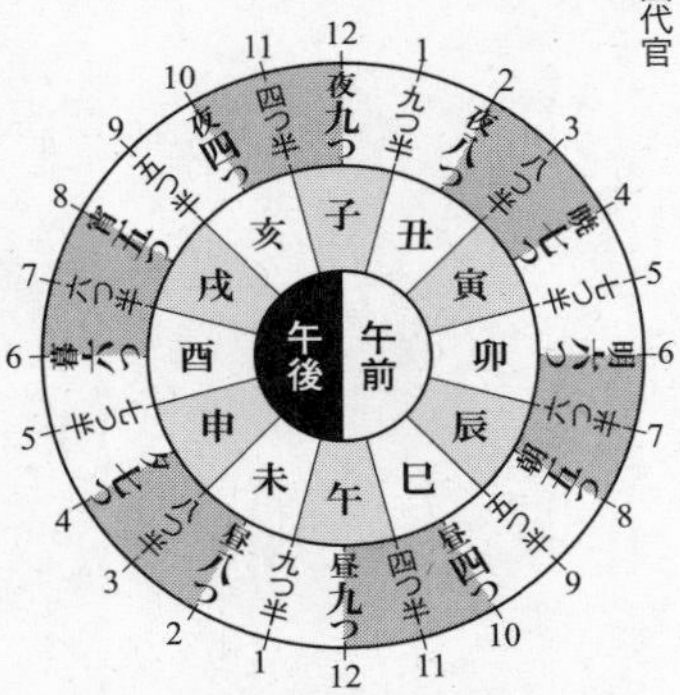

江戸の時刻(外の数字は現在の時刻)

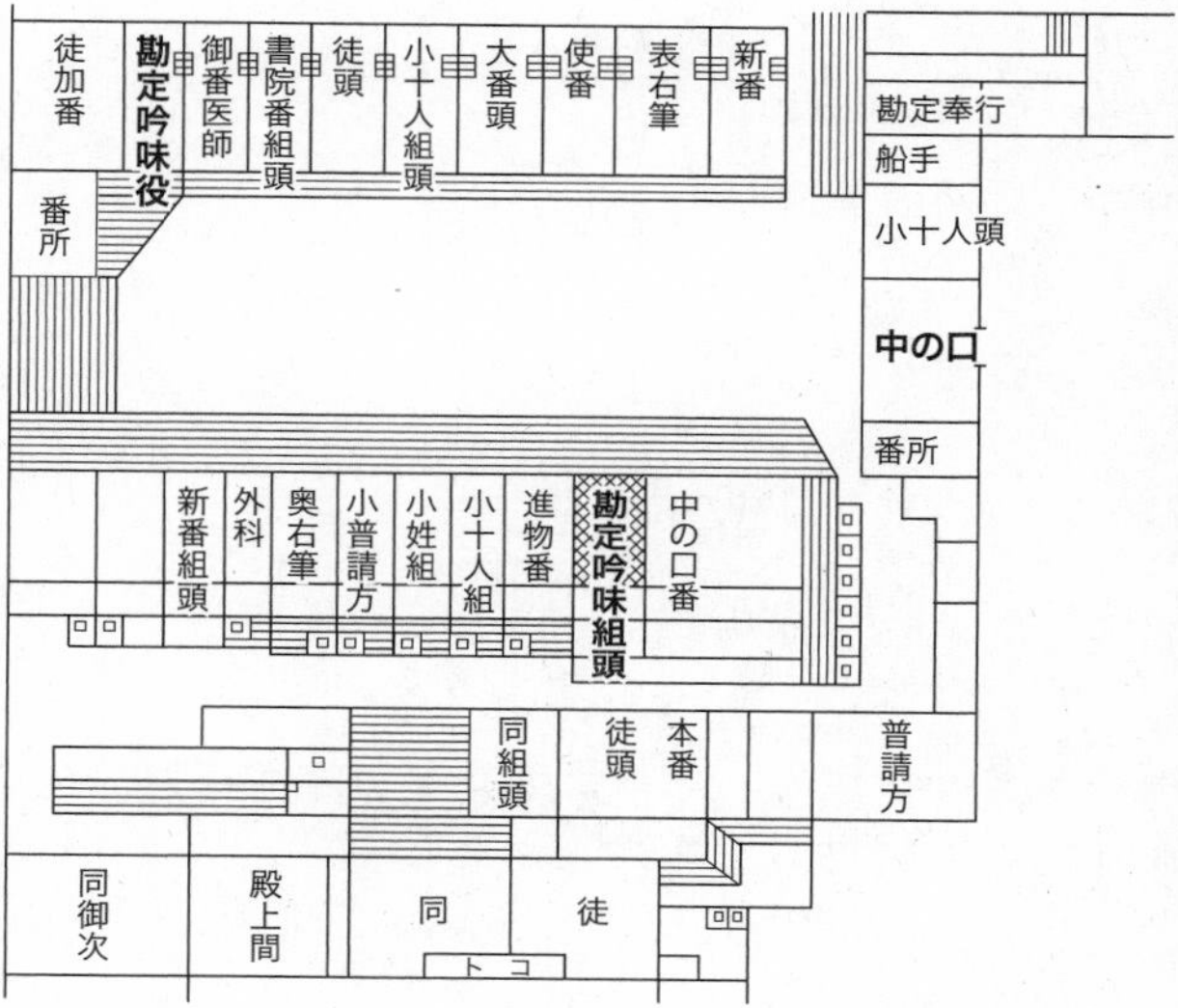
徒加番
勘定吟味役
御番医師
書院番組頭
徒頭
小十人組頭
大番頭
使番
表右筆
新番
番所
勘定奉行
船手
小十人頭
中の口
番所
新番組頭
外科
奥右筆
小普請方
小姓組
小十人組
進物番
勘定吟味組頭
中の口番
同組頭
徒頭
本番
普請方
同御次
殿上間
同
徒
トコ

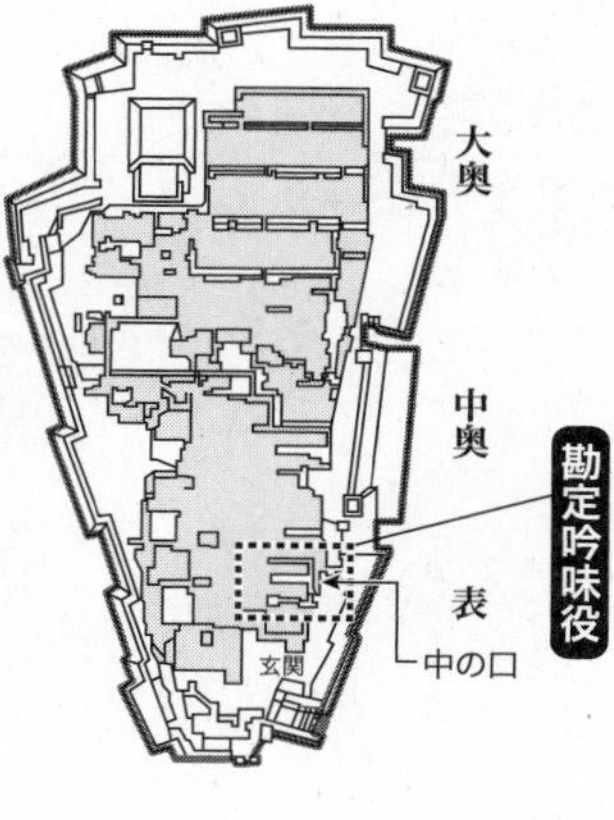
大奥
中奥
表
勘定吟味役
玄関
中の口

尾張殿
江戸川
音羽
護国寺
早稲田村
至板橋宿
江戸川橋
大塚
巣鴨
赤城明神
御納戸町
石切橋
日光御成街道
若宮八幡宮
神楽坂
切支丹坂
御薬園
中山道
小日向馬場
牛込御留守居町
牛込御門
番町
傳通院
小石川
白山
神明宮
田安御門
駒込
水戸徳川家上屋敷
入江無手斎道場
小石川御門
水御門
春日町
水道橋
千駄木
水城聡四郎の屋敷
神田川
御弓町
本郷
加賀前田家上屋敷
道灌山
竹町
霊雲寺
根津権現
池之端七間町
日暮里
池之端仲町
神田明神
不忍池
湯島天神
忍ヶ岡
昌平橋
昌平坂
明神下
筋違御門
弁天
仁王門前町
根岸
谷中
寛永寺
東叡山
下谷広小路
外神田
和泉橋
内神田
神田佐久間町
佐久間河岸
下谷金杉町
御徒町
下谷山崎町
豊島町
新シ橋
向柳原
左衛門河岸
三味線堀
広徳寺
柳原土手
下谷竜泉寺町
通塩町
幡随院
元鳥越町
横山同朋町
両国広小路
甚内橋
猿屋町
茅町
浅草橋
米沢町
阿部川町
新吉原
両国橋
柳橋
御蔵前片町代地
新堀川
日本堤
尾上町
大川
旅籠町
東本願寺
回向院
首尾の松
御米蔵
御蔵前
浅草寺
御蔵前通り
日光道中
小塚原
亀沢町
御竹蔵
御厩河岸之渡し
浅草広小路
雷門
奥山
浅草
山谷町
浅草観音
駒形町
新島越橋
山谷堀
二ツ目之橋
駒形堂
浅草
花川戸町
揚場
本所
南割下水
吾妻橋
竹町之渡し
今戸橋
今戸町
白鬚之渡し
源森橋
三ツ目之橋
源森川
小梅村
向島墨堤
三囲稲荷
長命寺
木母寺
北割下水
大横川
法恩寺橋
寺島村
業平橋
亀戸村
小梅村
四ツ目之橋
押上村
天神橋
十間川
柳島村
亀戸天神

紀伊徳川家屋敷
元赤坂町
天現寺
竹腰山城守屋敷
伝馬町
平河町
四谷御門
渋谷川
井伊掃部頭
中屋敷
紀伊徳川家
上屋敷
麻布新町
善福寺
六本木
赤坂
氷川明神
赤坂御門
四ノ橋
古川町
仙台坂
新網町
飯倉片町
市兵衛町
麹町
溜池
三ノ橋
二ノ橋
一ノ橋
中之橋
千鳥ヶ淵
芝車町
葵坂
半蔵御門
赤羽橋
三田町
虎之御門
西之御丸
至品川宿
新シ橋
外桜田御門
雉子橋御門
増上寺
和田倉御門
一橋御門
南町奉行所
江戸城
幸橋
土橋
宇田川町
金杉橋
北町奉行所
芝
浜松町
御門
数寄屋橋
神田橋御門
汐留橋
呉服橋御門
常盤橋御門
三十間堀
銀座町
金杉川
龍閑
濱御殿
数寄屋町
一石橋
本町
木挽町
京橋
本両替町
今川
西本願寺
本材木町
白魚橋
日本橋
魚河岸
大伝馬町
楓川
八丁堀
弾正橋
八丁堀
組屋敷
海賊橋
江戸橋
荒布橋
南茅場町
日本橋川
中之橋
小網町
銀座
元大坂町
亀島川
諸国人入れ相
稲荷橋
霊岸橋
一ノ橋
箱崎橋
高橋
新川
鉄炮洲
松島町
行徳河岸
高砂橋
二ノ橋
湊橋
佃島
霊岸島
豊海橋
箱崎町
箱崎川
浜町堀
石川島
永久橋
大川端
永代橋
万年橋
新大橋
水戸
佐賀町
今川町
上之橋
石揚
黒江町
緑橋
江戸湊
大島町
油堀
万年町
海辺大工町
六間堀
材木町
富岡橋
弥勒寺橋
永代寺
仙台堀
越中島
蓬莱橋
海辺橋
高橋
深川元町
富岡八幡宮
霊巌寺
亀久橋
小名木川
汐見橋
深川
入船町
洲崎
新高橋
扇橋
猿江橋
西
北
東
0
1km
猿江町
御材木蔵
大島橋

『熾火　勘定吟味役異聞（二）』おもな登場人物

水城聡四郎…………勘定吟味役。兄の急逝で急遽、家督を継ぎ、六代将軍家宣の寵臣の新井白石の目に留まり抜擢された。一放流免許皆伝。

入江無手斎…………一放流入江道場の道場主。聡四郎の剣術の師匠。

相模屋伝兵衛…………江戸一番の人入れ屋相模屋の主。

紅…………相模屋のひとり娘。危ういところを聡四郎に救われ、互いに想いを寄せあうようになった。

大宮玄馬…………八十俵取りの御家人の三男。入江道場では聡四郎の弟弟子。

太田彦左衛門…………勘定吟味改役。聡四郎につけられた下役。

新井白石…………無役の表寄合。家宣の寵愛深い儒者。聡四郎を勘定吟味役に抜擢。勘定奉行の荻原近江守重秀を追い落とすことに成功した。

荻原重秀…………前の勘定奉行。聡四郎の働きで新井白石の助言で職を解かれた。

紀伊国屋文左衛門…紀州の材木問屋。荻原重秀と結託して暴利を貪る。

柳沢吉保…………前の甲府藩藩主。将軍綱吉亡き後、息子吉里に家督を譲り隠居。

永渕啓輔…………徒目付。幕臣となってからも、前の主君・柳沢吉保のために動く。

熾火《おきび》

勘定吟味役異聞（二）

第一章　闇の再動

一

荻原近江守重秀《おぎわらおうみのかみしげひで》を勘定奉行の座から追い落として水城聡四郎《みずきそうしろう》が得たのは、わずか五十石《こく》の加増と新井白石《あらいはくせき》の走狗《そうく》という烙印《らくいん》であった。

聡四郎の父功之進《こうのしん》などは、加増の報せを聞いて喜ぶどころか、ため息をついたほどだった。

「たかが五十石のために、勘定筋を裏切ったか。水城の家は、おまえの代で終わりよな。儒者づれにそそのかされるとは、世間知らずにもほどがあるわ」

功之進の嘆きは、大げさではなかった。

勘定筋とは、先祖代々勘定方に登用される家柄のことで、大番組《おおばんぐみ》や目付《めつけ》などの番方《ばんかた》と対をなしていた。

番方がほとんど家柄で役職が決まるのに比して、勘定筋は才能で一代限りながらかなりの出世もできた。

その勘定方を長く支配してきた荻原近江守が職を放たれた影響は、勘定方を震《しん》撼《かん》させた。荻原近江守に近いとされていた者たちも罷免《ひめん》、あるいは転任させられたのだ。

新井白石は、荻原近江守にすりよることによって出世した勘定方をなで斬りにすることで、幕政改革にのぞむ意気ごみのすさまじさを見せつけた。

その恨みが新井白石の命を受けて、荻原近江守の瑕瑾《かきん》をあばいた聡四郎に向けられるのは、当然の帰結であった。

今や勘定吟味役水城聡四郎の味方は、下役の勘定吟味 改 役《あらためやく》太田彦左衛門《おおたひこざえもん》だけである。

勘定吟味役の詰め所である内座《ないざ》と、勘定方役所の下勘定所を敵にした聡四郎に、まわってくる書付《かきつけ》は一枚もなかった。

「ひどいありさまだな」

聡四郎が苦笑した。

「いたしかたございますまい」

太田彦左衛門も首を振った。

勘定吟味役につけられる下役には、百五十俵《ぴょう》高二十人扶持《ぶち》の勘定吟味改役と、百俵持ち高勤め二人扶持の勘定吟味下役の二つがある。

誰がどの勘定吟味役につくとは決まっていないが、前例のない抜擢《ばってき》を受けた聡四郎に近づいてきたのは、最初から太田彦左衛門だけであった。

太田彦左衛門は、勘定方の花形殿中《でんちゅう》詰めから勘定吟味改役に転じた老練な役人である。役高は勘定吟味改役のほうが高く、一見栄転に思えるが、実際は幕府の金をあつかう殿中詰めの勘定吟味下役のほうが力はあった。

太田彦左衛門が当初から聡四郎に協力した裏には、荻原近江守に逆らって左遷された意趣《いしゅ》と娘婿を葬り去られた私怨があった。

荻原近江守更迭《こうてつ》に重要な役割を果たした太田彦左衛門にも、新井白石は食禄二十俵加増の褒美を与えていた。

聡四郎は手にしていた筆を、文机《ふづくえ》の上に投げだした。

「することがござらぬというのは、辛いですな」

「前のように、過去の勘定書を洗いなおすというわけにもまいりませぬ」

荻原近江守を失脚させることができたのは、小判改鋳《かいちゅう》のからくりを勘定書のなかから聡四郎が見つけだしたことが始まりだった。

だが、その勘定書もすべて下勘定所にひきとられ、聡四郎の手元から失われていた。聡四郎のやることは、いわば仲間のあら探しなのだ。協力するどころか、疎外されて当然であった。

「市中でも見回ってくるか」

番方が三日に一日の交代であるのに対し、勘定方は連日勤めである。かといって、勘定吟味役は、毎日内座に出務しなければならないわけではなく、その任が諸事監察であることから、きままに出歩くことが許されていた。

「そうなされませ。わたくしは城中でやれることを探しておきましょう」

太田彦左衛門に見送られて、聡四郎は席を立った。

内座は、江戸城御納戸口《おなんどぐち》御門を入ったところにある。

周囲には、老中《ろうじゆう》や若年寄《わかどしより》など幕府執政《しつせい》の仕度部屋である下部屋が並んでいた。

これは、幕府出納《すいとう》の非違《ひい》をただす勘定吟味役が、知り得たことを他職にじゃまされることなく、すぐ執政に報告できるようにと配慮されていることによる。

男子禁制の大奥《おおおく》にさえ立ち入ることが許される勘定吟味役の権限は、とてつもなく大きいものであったが、それは同時に重い責任を伴っていた。

内座を出たところで、聡四郎は声をかけられた。

「水城、ちょっとまいれ」

新井白石であった。

「はっ」

聡四郎は新井白石の後に従って、御納戸口玄関脇の側役《そばやく》下部屋に入った。

新井白石は、明暦《めいれき》三年（一六五七）生まれで五十六歳になる。上総《かずさ》久留里《くるり》藩目付役新井正済《まさなり》の長男で、幼少のころから英才の誉《ほま》れ高かった。藩主土屋《つちや》利直《としなお》にも愛され、前髪のころから近侍《きんじ》していたが、利直のあとを継いだ直樹《なおき》と父正済があわず、浪人することになった。

最後の戦いであった天草四郎《あまくさしろう》の乱が終わって戦はなくなり、どの大名家も人減らしにやっきになっていた。

巷《ちまた》には浪人があふれ、再仕官はほとんどのぞめない世となっていた。さしたる特技もない新井正済も、ふたたび主《あるじ》を持つことはかなわなかった。

新井家は、たちまち貧窮におちいった。

その日の食事にもことかく日々ではあったが、新井白石の父母は息子の勉学への費《つい》えを惜しまなかった。

そして父母の期待に添うべく努力した新井白石は、若くして名を知られるほどの儒学者となり、大老《たいろう》としてならぶ者のない権力者堀田筑前守正俊《ほったちくぜんのかみまさとし》に仕えることになった。

だが、不幸はまだ新井白石を手放してはくれなかった。

貞享《じようきよう》元年（一六八四）八月二十八日、殿中で堀田筑前守が、父の従兄弟《いとこ》の若年寄稲葉石見守正休《いなばいわみのかみまさやす》に刺殺されたのだ。

稲葉石見守も、いあわせた老中若年寄らによってその場で斬り伏せられ、事件の真相は闇に消えた。

喧嘩両成敗《けんかりようせいばい》をいうまでもなく、殿中の刃傷《にんじよう》は、両家取りつぶしが慣例である。

にもかかわらず、五代将軍綱吉《つなよし》は、裁定に恣意《しい》をこめた。

稲葉石見守の美濃青野《みのあおの》藩一万二千石《ごく》はただちに改易《かいえき》されたが、堀田筑前守下総《しもうさ》古河《こが》十三万石は三万石を減じただけで、長子に継承を許したのだ。

綱吉専横《せんおう》の始まりであった。

これだけですんだと安堵《あんど》していた堀田家も、翌貞享二年（一六八五）に出羽山形《でわやまがた》へ、さらに一年後には、陸奥福島《むつふくしま》へと移封《いほう》を命じられた。

譜代《ふだい》名誉の地古河から山形、さらに福島への転封《てんぽう》は、石高に変化はなくともあきらかに懲罰であった。

移るたびに実収が大きく減るのだ。

とくに福島は寒冷の地で、実高《じつだか》が表高《おもてだか》の六割にもおよばない悪地であった。

表高より実高の多かった古河時代に比べると、堀田家の収入は半分以下になった。

藩の財政がなりたたなくなって最初におこなわれるのは、倹約、そして家臣全員の減禄《げんろく》である。だが、それで補える状態をこえた堀田家は、幾人かの家臣を放《ほう》逐《ちく》すると決断した。

となれば、藩内に縁故の少ない新参者《しんざんもの》が最初に召し放たれる。

新井白石はようやく手にした職を失う結果となった。

すでに三十歳をこえていた新井白石だったが、浪人すると江戸で高名な儒学者木下順庵《きのしたじゅんあん》のもとに弟子入りした。新井白石の才を見抜いた木下順庵は、並の大名への仕官をさせなかった。新井白石もその思惑に応えて、窮貧生活に耐えた。

そこへ甲府《こうふ》宰相徳川綱豊《とくがわつなとよ》の儒学侍講《じこう》の誘いがあった。

これが、運の開きとなった。綱豊が六代将軍家宣《いえのぶ》となるや、その側近として旗《はた》本《もと》の列に加わり、わずか二十人扶持の扶持米取りから一気に千二百石寄合《よりあい》席へと出世した。

こうして家宣の懐刀となった新井白石に見いだされた聡四郎は、長兄の急逝で家督《かとく》を継いだだけの無役から一躍、勘定吟味役に抜擢された。

聡四郎にとって新井白石は、頭のあがらない相手であった。

「座れ」

目の前の床を、新井白石が指した。

新井白石は薄縁《うすべり》の敷物に腰をおろしているが、聡四郎には与えられなかった。

道場で慣れている聡四郎は、苦にもせずに膝をそろえた。

「暇にしているようだな」

新井白石は、聡四郎がなすこともなく日を過ごしていることを知っていた。

「五十石では不足か」

新井白石がいきなり切りこんできた。

「そんなことはございませぬ」

聡四郎はあわてて首を振った。

「なら、なぜ動かぬ。荻原近江守を排したとはいえ、勘定方はなにも変わってはおらぬ。あやつらが儂《わし》を追い落とし、荻原近江守の復権を虎視《こし》眈々《たんたん》と狙っておることぐらい、わからぬはずあるまい」

新井白石が、不満を口にした。

「水城を勘定吟味役に推挙したのは、その性根《しょうね》が勘定筋にからめとられておらぬことを買ったゆえじゃ。因循《いんじゅん》姑息《こそく》な勘定方を変えねば、幕府百年の安泰はのぞめぬ。よいか、これからの武士は金のことをわかり、一文《もん》といえども不正に、無駄に遣《つか》うことなく、身を律しなければならぬ」

儒学者でありながら、金の苦労を知っている新井白石は、幕府の問題をしっかりと認識していた。

「はあ」

聡四郎は、生返事しかできなかった。なにかしようにも、書付一つ来ないのだ。

「勘定吟味役には、幕府のいかなるところにも立ち入る権が与えられている。御用部屋であろうと、大奥であろうと踏みこむことができる。勘定方の下僚《かりょう》どもに逆らわれたところで、なにに困ることがあるか。おぬしが行けばすむことではないか。座ったままでことをなそうなどと、楽を考えるのではないわ」

新井白石が、聡四郎の怠慢を指摘した。

「………」

聡四郎は無言で聞くしかなかった。

「わかったなら、さっさとせよ。おそれおおいことながら、上様にはご体調がかんばしくあらせられぬ。先代綱吉公の悪政を払拭《ふっしょく》せんと大樹《たいじゅ》の座につかれた上様に、枝葉に過ぎぬことで苦労をおかけせぬことが、我ら家臣の務めである」

新井白石の檄《げき》を受けて、聡四郎は頭をさげた。

「承知つかまつりました」

聡四郎はため息を胸に、側役下部屋を出た。

江戸城諸門の警備は、書院番組《しょいんばんぐみ》の仕事である。配下の同心を従えて、門脇で待機している姿は、旗本たちのあこがれと呼ばれるにふさわしいりりしさを見せていた。

その書院番士たちの後ろに隠れるようにして控えているのが、徒目付《かちめつけ》であった。

徒目付は百俵五人扶持で御目見得《おめみえ》以下の御家人《ごけにん》である。幕府御家人の非違監察を主とするが、江戸城諸門を通過する者たちの監視も仕事であった。

大手御門で役目に就いていた徒目付永渕啓輔《ながぶちけいすけ》の目が細められた。

役人、大名の登城が終われば、ほとんど人影のなくなる大手門に、大股で近づいてくる聡四郎に気づいたのだ。

「あれは、勘定吟味役の水城……」

永渕啓輔が独《ひと》りごちた。

徒目付永渕啓輔は、かつて甲府十五万石柳沢美濃守吉保《やなぎさわみののかみよしやす》の家臣であった。五代将軍綱吉は、重用していた柳沢吉保の屋敷に何度となく足を運んだ。柳沢吉保のお気に入りであった永渕啓輔は、綱吉の接待の席に連なり、その気働きを認められて、幕臣に引きあげられたのだ。

綱吉は、こうして寵愛《ちようあい》している家臣の藩士を幕臣に組み入れることで、藩士たちを旗本と同じように愛《め》でているぞと示し、藩をあげての忠義を求めた。

旗本や御家人に抜擢された家臣たちは、身分上は旧主と同じ将軍家直臣《じきしん》となったが、あいかわらずかつての主に忠誠を尽くす者がほとんどで、永渕啓輔もその一人であった。

永渕啓輔は、聡四郎の後をつけ始めた。

徒目付は目付の配下であるが、職責上、自ままに動くことが許されている。また、秘密をあつかうことから、同僚と行動をともにすることもあまりなく、一人で任に就くことが多い。

永渕啓輔は、誰にも咎《とが》められることなく、持ち場を離れた。

聡四郎は新井白石に命じられたことで頭が一杯であり、後をつけてくる永渕啓輔に気づかず、江戸の町をひたすら東へと進んだ。

聡四郎は、銀座《ぎんざ》を目指した。

銀座を筋向かいにした元大坂町《もとおおさかちょう》の表通りに、障子に小さく「諸国人入れ　幕府御用達相模屋伝兵衛」と書いた店があった。

聡四郎は、閉じられている戸障子をためらうことなくひき開けて、なかに入っていった。

銀座の軒下陰で、聡四郎を見送った永渕啓輔が姿を現した。

「また、相模屋伝兵衛《さがみやでんひょうえ》か」

江戸の人足のほとんどを差配している相模屋伝兵衛は、幕府がおこなう作事《さくじ》、造作《ぞうさく》に使われる人手を出すことから、名字帯刀を許され、御目見得格の旗本として扶持も受けていた。

案内もなく居間に入ってきた聡四郎を、相模屋伝兵衛が笑って迎えた。

「これは、お珍しい。昼前のお見えは初めてではございませぬか」

聡四郎は、居間の片隅に膝をそろえて、あいさつをした。

「ご無沙汰《ぶさた》をいたしております。先日は、ごていねいなお祝いをちょうだいし、まことにかたじけなく存じまする」

相模屋伝兵衛は、娘紅《あかね》を使って、聡四郎の加増の祝いを届けてくれていた。

「いえいえ。ご栄達にくらべて些細《ささい》なもの。かえって礼を失したのではないかと懸念《けねん》いたしておりました。お気に召していただければなによりで」

相模屋伝兵衛が、笑った。

「そこは、端近《はしぢか》でございますれば、どうぞこちらへ」

相模屋伝兵衛が、聡四郎を長火鉢の向かいへと誘った。

本来の身分からすれば、聡四郎が上座に、相模屋伝兵衛が下座に控えるべきであるが、年長者への礼儀と固辞《こじ》した聡四郎によって、この席位置が決まっていた。

「御免《ごめん》」

聡四郎は鞘《さや》ごと抜いた太刀を右手に持ち、示された場所へと腰を下ろした。

「あいにく紅は出ておりまして、満足におもてなしもできませんが」

相模屋伝兵衛が、長火鉢にのせられている鉄瓶から、白湯《さゆ》を湯呑《ゆの》みに注《つ》いで出した。

紅とは、相模屋伝兵衛の一人娘である。今年で十九歳、人並みすぐれた容姿をしているが、父親の仕事の手伝いで人足たちを指揮するからか、性格は男勝《まさ》りをとおりこして伝法《でんぽう》であった。

紅が聡四郎を職のない浪人とまちがえたことから、相模屋伝兵衛とのつきあいが始まり、荻原近江守との戦いに勝つことができた。

「いや、お気遣いくださるな」

聡四郎は、湯呑みを受けとると一口ふくんだ。

茶は庶民にとって贅沢品である。大名家や高禄の旗本でも、普段から茶を飲むことはなかった。

「今日は、いかがなされましたか」

相模屋伝兵衛が、ていねいな口調で問うた。

聡四郎は、新井白石に言われたことをふくめ、ここ最近のことなどを隠しだてすることなく話した。

聞き終わった相模屋伝兵衛が、腕を組んだ。

「なるほど、なにをしていいのか、おわかりにならないのでございますな」

「情けなきことながら」

聡四郎は、思案に沈んだ。

もともと水城家の四男で、家督からもっとも遠かった聡四郎は、勘定筋の家に生まれながら算勘の道よりも剣を選び、一放流《いっぽう》を学んだ。

長兄の急死によって家を継ぎ、勘定吟味役に補されたが、勘定のことについてはまったくの素人であった。

「先だっての荻原近江守どのが一件は、市中の普請《ふしん》を見てまわられてお気づきになった」

相模屋伝兵衛が、確認するようにして訊《き》いた。

「いかにも」

聡四郎はうなずいた。

相模屋伝兵衛が、じっと聡四郎を見た。

「なにをなさるかは、水城さまがお決めにならねばならぬことでございまする。先だって小判の改鋳に目をつけられ、御上《おかみ》の金が無駄に一部の役人と富商に流れていたことをつきとめられたのは、ご自身がお力。どうぞ御身《おんみ》を信じられて」

相模屋伝兵衛は指図らしいことをなにも口にせず、聡四郎を励ますだけであった。

「そのとおりでござった」

聡四郎は、頼ろうとした己を恥じて、腰をあげた。

「では、これにて」

「次は、ゆるりと夕餉《ゆうげ》などともに」

相模屋伝兵衛に見送られて、聡四郎は銀座前通りに出た。

幕府財政の緊迫を打破する特効薬として、荻原近江守が提唱した貨幣改鋳は、一部の富商や役人を肥えさせたが、市中には混乱をまねいただけであった。

改鋳は、幕府に五十万両という利益をもたらしたが、小判のみならず、銀貨まで その品位を落としたことで、通貨への不信を呼び、物価を大きく押しあげてしまった。

結局、金蔵《かねぐら》に千両箱が積まれただけで、幕府の財政は好転しなかった。

改鋳の影響は、幕府よりも庶民を直撃した。

正月から、江戸に大火が続いたことも材木や米を高騰させ、大工や左官など普請にかかわる者たちの日当がうなぎのぼりにあがった。

すでに冬も近いというのに、庶民の多くは家を建てなおすだけの金がなく、焼け落ちた土地に廃材を組みあわせた掘っ立て小屋を作ったり、寺院や百姓家《ひやくしようや》に寄宿することで生活していた。

聡四郎は、悲惨な情景に眉をひそめた。

「お救い小屋とお救い米しか手はないのか」

幕府は、大きな災害があると作事奉行、勘定奉行、蔵奉行に命じて、筵《むしろ》で囲っただけのお救い小屋と、蔵の奥で古くなった米を使った粥《かゆ》を供《きよう》した。だが、どれも当座だけのことで、いつまでも続くわけではなく、また、焼け落ちた神社仏閣、大名屋敷の再建に金は貸しても、庶民にその恩恵は与えなかった。

「幕府に金がないのはたしかだが、将軍のお膝元がこのありさまで、諸侯への威が保てようか。いまさら、薩摩《さつま》、長州《ちようしゆう》が戦をしかけてくるとは思えぬが、天草四郎のように救民を頭にいただくものが出てこないとはかぎらぬ」

聡四郎は、危惧《きぐ》した。

徳川が天下を取って最後の戦いは、九州天草でおこったキリシタン一揆《いつき》であった。神の子と称された天草四郎時貞《ときさだ》を盟主にした三万人からのキリシタンと百姓が圧政排除を理由に、廃城となっていた原城《はら》にこもり、幕府とその命を受けた九州の大名たちと戦った。

神の名のもとに集まった百姓や浪人たちは命を借しむことなく、武士たちを相手によく戦った。幕府側の被害は大きく、総大将板倉重昌《いたくらしげまさ》が討ち死にするほどであったが、老中松平伊豆守信綱《まつだいらいずのかみのぶつな》が現地に赴《おもむ》いたことで、戦況は逆転、一揆勢を皆殺しにした。

これを最後に戦は消え、武士たちは刀よりも筆で出世を競うようになった。

「このままでは、江戸が潰れる」

聡四郎は、つぶやいた。

江戸の町を聡四郎は、歩きまわった。

大名屋敷のほとんどは、火災からの修復を終えていた。

かつて徳川家康《いえやす》が江戸に幕府を開いたとき、諸大名は競って屋敷を造った。

それこそ、玻璃《はり》や金を惜しげもなく使った屋敷は、大名の威勢と実力を見せつけ、ひなびた漁村でしかなかった江戸が京大坂をしのぐほどになった。

江戸城も天下人の城として、質実剛健ながら広壮《こうそう》な敷地に重厚な天守閣と堂々たる威風を誇っていた。

千年の都と思われた江戸だったが、明暦の大火事で、そのすべてが灰燼《かいじん》に帰《き》した。

だが、新たに造られた江戸の町は、かつての栄華を失っていた。

江戸城は修復されたが、天守閣は再建されなかった。そして大名屋敷が質素になった。これらは、すでに世の中心が武家でなくなったことを表していた。

二

夕刻、聡四郎は本郷御弓町《ほんごうおゆみちよう》、加賀《かが》藩前田《まえだ》家屋敷近くにある居宅をすぎて、下《しも》駒込《こまごめ》村まで歩き続けた。

村中の小さな稲荷社を右手に曲がったところに、聡四郎の剣の師入江無手斎《いりえむてさい》の開く一放流道場があった。

稀代《きたい》の名人富田越後守《とだえちごのかみ》の高弟富田一放が創始した一放流は、富田流小太刀にその源を発している。

間合いが狭い小太刀の特徴をそのまま受け継いだ一放流は、他流にくらべて踏みこみが深い。

敵に肉迫し、その太刀の刃下に身をおくことを常とする一放流の稽古は、過酷である。

すでに老境に入った入江無手斎だが、その苛烈《かれつ》な剣筋は江戸の剣術遣いの間で伝説になっていた。

一放流は軟弱として使う者が少ない割竹《わりだけ》を革袋に入れた袋竹刀《ふくろしない》を用いるが、間合いが近いだけに当たれば皮膚を破り、肉を弾けさせる。怪我は日常茶飯事であった。弟子を怪我させないように、気を遣って型《かた》ばかりを教える流派が多いなか、一放流の稽古は生傷が絶えなかった。

ために弟子は少なく、入江無手斎は、おかずになる野菜を庭で栽培しなければならぬほど貧しかった。

今も入江無手斎は、夕餉の野菜を摘みに庭に出ていた。

「おう、冴《さ》えない顔をしておるな」

入江無手斎が、聡四郎を認めて声をかけた。

「はあ」

聡四郎は、覇気《はき》のない返答をした。

「まあ、あがれ。飯でも食おう」

なすを二本手にした入江無手斎が、道場に隣接する土間台所に入った。

入江道場は、買い取った百姓家《ひやくしようや》の母屋の中心を道場に、その周囲を弟子たちの控え室、土間台所、入江無手斎の居室が囲むようになっている。

妻帯しなかった入江無手斎は、辛抱強く通ってくる弟子たちを我が子のように思ってか、よく食事を馳走《ちそう》したり、居室で枕を並べて休んだりする。聡四郎もこの居室には思い出があった。

「しっかりと食え。人など、腹さえふくれれば、たいがいのことはどうにかなってしまうものだ」

入江無手斎が出してくれたのは、どんぶりに山盛りになっている白米と実のないみそ汁、大根の漬け物、そしてなすの田楽《でんがく》であった。

「………」

聡四郎はおもわず、入江無手斎の膳を見た。

「どうした。白米が珍しいか。そうだの。儂が白い米などを買う金を持っているはずもないからな」

入江無手斎がおかしそうに笑った。

「やはり、おまえの気働きではなかったか」

「おっしゃっておられることがわかりませぬ」

聡四郎は、呆然とした。

「先日、おまえの家から、加増の慶《けい》をわずかながら届けさせていただきますと、米を一俵くれたのだ」

入江無手斎が、どんぶりに箸を突っこんで飯を大きくつかみとった。

「そのようなことが……」

聡四郎は、驚いた。

「喜久《きく》か」

五百五十石取りの中堅旗本である聡四郎の家に使用人は何人かいる。旗本として決められた軍役に使役する侍や槍持ち、具足櫃《ぐそくびつ》持ちたちとは別に、家事を担当する女中がいる。

水城家には、喜久という聡四郎が赤子のときから仕えている女中が一人いた。

「あの年増《としま》ではないぞ」

口を動かしながら入江無手斎が言った。

喜久は聡四郎の束脩《そくしゅう》を支払いに、盆暮れ道場に顔を出しており、入江無手斎とも面識があった。

「では、いったい誰が……」

聡四郎には思いあたる者がなかった。

「若く美しいおなごだったぞ。米は供についてきた若い衆が担いできたが」

入江無手斎が説明した。

「我が家に若い女はおりませんが」

聡四郎は首をかしげた。

「まあ、いいではないか。もとは、聡四郎が家の米じゃ。遠慮せずに喰え」

面倒になったのか、入江無手斎が話を打ちきった。

昼からなにも食べていなかった聡四郎はうなずいて、飯をかきこんだ。

早飯は武士のならいという。

いつ陣ぶれの太鼓が鳴っても、すぐに駆けつけられるように、武士というものはなにをするにもすばやくすることが肝要《かんよう》と教えられる。

聡四郎も入江無手斎も、黙々と飯を食い、田楽を嚙み、汁をすすった。

「ごちそうさまでございました」

聡四郎はていねいに、膳に向かって礼をした。

すでに食事を終えていた入江無手斎が、白湯をすすりながら言った。

「少しはましな面《つら》になったな」

「ありがとうございまする」

聡四郎は、感謝した。

「白石あたりに脅しをかけられたか」

「おおせのとおりで」

こうもあっさりと見抜かれる己の薄さと、鋭い師匠の眼力に聡四郎は苦笑するしかなかった。

「たしかに、聡四郎は大きな手柄をたてた。まあ、あまり表沙汰にできないことだからな、派手な褒美というわけにはいかなかったようだが」

入江無手斎が、膳を横に除けた。

聡四郎は新井白石の意を受けて、勘定奉行荻原近江守の悪事をあばき失脚させた。しかし、それを大きく喧伝《けんでん》することは、政敵であった新井白石にもできなかった。

幕府の評判を落とすことになるからだ。

「人は一生に大事を一つなすという。つまり、聡四郎にとって荻原近江守がことは、一里塚でしかなかったということよ」

入江無手斎が、告げた。

「新井も、聡四郎をこのぐらいのことで、使い捨てるつもりはないようだしな」

「使い捨てでございますか」

聡四郎は、新井白石の冷徹な顔を思いだした。

「まあ、己《おの》がことは、己では見られぬものよ。どれ、腹ごなしに一汗かこうか」

入江無手斎が立ちあがった。

秋の日はつるべ落としといわれるほど、傾きかけてからが早い。聡四郎が道場を訪ねたころはまだ明るかったが、すでに日はとっぷりと暮れていた。隙間《すきま》から入る月明かりに、道場の床板が薄く浮かんでいる。

「開けい」

入江無手斎に命じられて、聡四郎は道場の雨戸を開けはなった。

月明かりが道場の半ばまで、入りこんできた。

「構えよ」

袋竹刀を手に、入江無手斎が告げた。

「お願いいたしまする」

聡四郎は頭をさげて、間合いを開けた。

柳生新陰流《やぎゅうしんかげ》や小野派一刀流《おのいっとう》が、太刀の切っ先三寸（約九センチ）を重視するのに対し、一放流は鍔元《つばもと》を使う。

これは、甲冑《かっちゅう》で身をかためている敵との戦いを念頭に置いた、戦国の世に生まれた流派だからであった。

急所を鎧兜《よろいかぶと》で護っている敵に、槍と違って剣は一撃必殺ではなかった。敵を倒し、馬乗りになって鎧通しと呼ばれる小刀で止《とど》めを刺す。そのためには敵を斬るより昏倒《こんとう》させるほうが確かであった。

肉厚の鍔元で額を撃つことで、一放流はそれをなしとげた。

一放流の極意は、敵との間合いのうちにある。

他流は三間《けん》（約五・五メートル）から二間（約三・六メートル）を己が間合いと称するが、一放流は一間（約一・八メートル）と短い。

太刀の長さが二尺五寸（約七六センチ）から二尺七寸（約八二センチ）であることを考えれば、ないにひとしい。

まさに刃の下に身をおく、であった。

間合いを大きく取った聡四郎に、入江無手斎が表情を消した。

「どうした」

道場の闇よりも濃い殺気が、入江無手斎からあふれた。

「…………」

聡四郎は、息が詰まった。

武術の達人の気をまともに浴びせられた者は、蛇《へび》ににらまれた蛙のごとく、身動きすることができなくなる。

腕に差のある戦いが、あっさりと決まってしまう要因はここにあった。射すくめられて動けなくなった敵を斬ることなど、薪《まき》を割るのと同じである。

死への恐怖で固まった身体を戻すには、腹から叫ぶしかなかった。

「りゃあああ」

聡四郎は、必死で声を張りあげた。

「ほう。ちょっとは、ましになったか」

入江無手斎が、小さく笑った。

聡四郎は、震えだしそうな膝を抑えるのが精一杯であった。

少し前、入江無手斎から死合《しあい》を仕掛けられ、聡四郎は死ぬ思いをした。その試練を乗り越えて一放流免許皆伝を貰《もら》ったが、今の恐怖は、それをはるかにこえていた。

命をうしなうかもしれない怖《おそ》れであった前回とは違う。目の前に死があった。

聡四郎とて、何人もの敵の命を奪った。死に慣れたつもりでいたが、それがまちがいであることを思い知らされていた。

戦いは命のやりとりである。

しかし、今の入江無手斎は、聡四郎にとって戦いを挑める相手ではなく、命を刈りとられるだけの存在となっていた。

圧倒的な力量の差というものを、聡四郎は見せつけられていた。

「よくぞ、声をあげられたものよ」

入江無手斎が、すたすたと間合いを詰めてきた。五間（約九メートル）の間合いが、半分になった。

「儂の本気を相手に声を出せた。だがな、それは、恐怖を打ち消すためのもの。それではいかぬ。おびえを叱咤《しった》するのではなく、逆にぶつけるつもりで気合いをあげよ」

入江無手斎から、殺気は霧散《むさん》していた。

「さて、まいれ」

入江無手斎が、袋竹刀を肩に担ぐようにした。

一放流基本の構えであった。一撃必殺を旨《むね》とする一放流は、腕の力、腰の力、足の力だけでなく、肩の力、背中の力も太刀にこめる。

わずかに曲げられた膝、腰に力を貯め、それを肩にむかって突きあげるように伸ばし、太刀の峰を肩の骨で弾くように撃つ。

南蛮鉄の兜でも断ち割るほどの勢いに、目にもとまらぬ疾《はや》さを加味した一放流極意の太刀であった。

「…………」

聡四郎は、袋竹刀の柄《つか》を握りなおした。

雷閃《らいせん》と弟子たちの間でひそかに名づけられたこの太刀は、攻撃にのみ心をおき、守りを完全に捨てている。

太刀の剣先を後ろに向け、身体を無防備にさらした構えは、よほどの自信がないとできるものではなかった。

現に不用意にまねた弟子の何人かは、入江無手斎の手きびしい一撃をその頭上に据えられて、昏倒していた。

聡四郎は、袋竹刀を上段に構えた。

打ち下ろすだけの太刀は、跳ねあがる太刀よりも軌道がわずかながら短くてすむ。少しでも早く入江無手斎に刃を届かせれば、勝ちを拾える。

聡四郎は、ゆっくりと刻むように足を運んで、間合いを詰めた。

見る者もいない道場に、緊迫した空気が満ちていった。

間合いが二間になったところで、聡四郎は足をとめた。

ここから先は、一足一刀、一歩踏みだせば、相手に刃先が届く。真剣ならば死地の入り口であった。

聡四郎は、息を止めた。入江無手斎ほどの遣い手に、息を吸う瞬間を狙われては、避けることは難しい。

「いつまでもつかの」

入江無手斎が、聡四郎の目を見た。

息を止めることは隙をなくすことであるが、呼吸をしなければ生きていけない人の身体に無理を強いることでもあった。

聡四郎は、目をややさげて、逆に入江無手斎の呼吸をはかっていた。

息を吸うとき、人の身体は弛緩《しかん》する。入江無手斎といえども人である。刹那《せつな》にひとしいその隙を、聡四郎は待った。

入江無手斎の胸が、わずかに動いた。

聡四郎は、たわめていた全身の筋肉を一気に解放した。

道場の床板を破る勢いで蹴り、天を指すがごとく立てられていた袋竹刀を振りおろした。聡四郎の一撃は、入江無手斎の頭上に吸いこまれていった。

聡四郎は手応えを確認する前に、総毛《そうけ》だつのを感じ、身体を右に倒した。左脇に大岩が落ちてきた。それほどの圧力を聡四郎は感じた。道場の床板に右肩をしたたかに打ちつけたが、うめき声を出すまもなく転がって離れた。片膝をついて体勢をなんとか整えた聡四郎を見て、入江無手斎が笑った。

「逃げたか」

へその位置で止められた入江無手斎の袋竹刀を見て、聡四郎は背筋に冷汗が流れるのを防げなかった。

雷閃は、渾身《こんしん》の一撃である。全体重を刃にのせて、命もかえりみずに撃つ必死の剣、その勢いはまさに鬼神《きじん》もこれを避けると言われている。

全身全霊をこめた斬撃《ざんげき》は、敵に当たらずば、地をうがつ勢いで床をたたくことになる。それを入江無手斎は、途中で止めて見せた。

先ほどの雷閃が手抜きでなかったことは、聡四郎の左肩が知っている。当たりはしなかったが、その殺気でしびれていた。

「さあ、まだ終わってはおらぬぞ」

入江無手斎が、ふたたび袋竹刀を担いだ。

聡四郎は、そのままの姿勢で袋竹刀を背後にまわして、頭をさげた。

「まいりました」

入江無手斎が、じっと聡四郎を見おろした。

十数えるほどの間が過ぎた。

「わかったか」

静かに入江無手斎が問いかけた。

「はい」

聡四郎は、頭《こうべ》を垂れた。

「とてもおよぶところではございませぬ」

まだ、身体が震えていた。聡四郎は、二十年近く師事してきた入江無手斎の実力を初めて知った。

「一つのことを極めようとすれば、人は鬼になるしかない」

入江無手斎が、袋竹刀を道具掛けに戻した。

「聡四郎。そなたは、剣術遣いになるわけではない。そなたは旗本だ。旗本のつきつめていくべきは、ご奉公であろう。与えられた役目につくせ。勘定吟味役は、人のもっともみにくい金への妄執《もうしゅう》との戦いではないか。鬼になれ、聡四郎。甘さを捨てよ」

入江無手斎が、低い声で言った。

「師……」

聡四郎は、入江無手斎の顔を見あげた。

「納得できぬという顔じゃな。まあ、よいさ。おまえにもわかるときがくる。さあ、もう帰れ。儂は寝る。そなたのお陰でいつもより寝るのが遅れた。油代がかさむではないか。油の値が上がっておるというのに……」

入江無手斎が、ぼやいた。

「道場の雨戸を閉めていけよ」

そう言い残して、入江無手斎は居室へと去った。

道場の後かたづけをすませて、聡四郎は夜道へ出た。

下駒込村は、豊前《ぶぜん》小倉《こくら》藩小笠原《おがさわら》家の抱え屋敷によって分断されている。

その二つの村へ続く道が合流するところで、聡四郎はこちらをうかがう目を感じた。

普段なら気づかないほど気配はかすかだった。だが、つい今しがた死ぬ思いをさせられた身体は、毛穴の一つ一つまでが敏感になっていた。

聡四郎は、足を止めた。気配の感じられるすすきの生い茂る土手に目をやった。

あった。

「誰か」

聡四郎は、小声で誰何《すいか》した。虫の声しかしない村はずれである。大声は不要であった。

「…………」

闇が一瞬ゆれた。

じっとひそんでいたのは、永渕啓輔であった。

ずっと聡四郎の後をつけてきた永渕啓輔だったが、さすがに入江無手斎の道場に近づくようなまねはできなかった。

永渕啓輔は、すすきを動かさないように根元を手でおさえながら、少しずつ少しずつ引いていった。

気配のする場所はわかっていても、聡四郎はすすきのなかに入ってはいかなかった。人の背丈ほどもある草むらにひそむ敵には、近づかないことが肝要であった。うかつに踏みこめば、仕掛けられている罠《わな》や伏兵《ふくへい》の手にかかってしまう可能性が高い。

もっとも、ひそんでいる敵も動きにくい。すすきがゆれて居場所を教えることになりかねないからだ。

みょうなにらみ合いは、月が雲間に隠れることで終わった。

聡四郎は、気配が薄くなっていくのを確認して、ふたたび歩きだした。

「何者か」

聡四郎には思いあたる敵が多すぎた。

三

勘定方の登城は、他の役職に比べて早い。六つ半（午前七時ごろ）前には、それぞれの席についていて一日の予定を確認するのが慣習であった。

江戸城大手門を入って右手すぐにある下勘定所で、勘定奉行大久保大隅守忠形《おおくぼおおすみのかみただなり》が、勝手方《かってかた》勘定衆須藤市弥《すどういちや》を呼んだ。

勘定奉行は、幕府三奉行の一つで役料七百俵、役金三百両を与えられる。旗本の逸材《いつざい》が選ばれ、その支配は、勘定衆、郡代《ぐんだい》、代官から蔵奉行、油漆《うるし》奉行など多岐にわたり、三人から五人が任に就いた。

大久保大隅守は、宝永《ほうえい》五年（一七〇八）に大坂《おおさか》町奉行から転じてきた。当初は、関八州《かんはっしゅう》の訴訟ごとを預かる公事方《くじかた》であったが、家宣が将軍になって荻原近江守を遠ざけてから、そのあとを担うように金の出納をおこなう勝手方に転じていた。

大久保大隅守に呼ばれた須藤市弥は、下勘定所片隅に置かれている屏風の陰で密談に応じた。

「あと一万両、融通いたせ」

小さな声で、大久保大隅守が命じた。

須藤市弥が、大きく首を振った。

「ご無理を申されては、困りまする。御上の金蔵に余裕があるかないかは、ご存じでございましょう」

勝手方は、幕府の金の出入りすべてを管轄する。勘定衆のなかでも優秀な者が選ばれるだけに、勘定奉行相手でも退《ひ》くことはなかった。

「そのようなこと、きさまに言われずともわかっておる。甲《こう》さまからのご命令じゃ」

大久保大隅守が声をさらにひそめた。

「美濃守さまの……」

「口に出すな」

大久保大隅守があわてて須藤市弥の口を封じた。

「わかったであろうが。断れば、儂もきさまも、ここにおれぬぞ。なんとかせよ」

大久保大隅守が、須藤市弥を脅した。

「ですが、下世話にも申すとおり、ない袖は振れませぬ。金蔵にあります金はすでに使途の決まったもの」

須藤市弥が、それでも抵抗した。

「お備え金から出せばよいではないか」

大久保大隅守が、提案した。

「それこそできませぬ。お備え金は、万一に備えてのもの。あれを動かすとなるとご老中さまの印判が要りまする」

「それならば、心配せずともよい。そちらへは、甲さまよりお声をかけていただけばすむ」

大久保大隅守が、なんでもないことと告げた。

「なによりも、金蔵の鍵を開けるには、勘定吟味役さまの印判も……」

須藤市弥がその職名を出したとたん、大久保大隅守の表情がゆがんだ。

「あやつか」

大久保大隅守が、苦い顔をした。

「あの者を避けるように書付を出せ」

大久保大隅守が小さな声で告げた。

「難しゅうございまする。ご存じのとおり、すべての書付は奥右筆衆《おくゆうひつ》がもとをとおりますれば……」

須藤市弥がいう奥右筆とは、幕府の政《まつりごと》にかかわる書類いっさいを書きあげ、管理する役職である。重い身分ではないが、その職からかなりの権限を持ち、奥右筆に嫌われれば、役人としての出世はないとまでおそれられている。

そして、奥右筆たちの多くは、頭ごなしに物事を進めた専制君主綱吉を嫌い、その反動からか家宣に忠実であった。

「ふうむ。老中からおりた書付を誰に渡すかは、奥右筆の裁量次第か」

大久保大隅守が、顎に手をあてた。

「しかし、あの方からのご指示を無視することはできぬぞ」

「わかっておりまする」

須藤市弥は、そこで言葉を切って一拍の間を取った。

「上様からのご下賜金《かしきん》といたしましては。上様の思《おぼ》し召しとなれば、それを削ることは不忠。たとえ勘定吟味役といえどもできませぬ」

須藤市弥が提案した。最初に不可能だと拒否しておいてから策を出すことで、有能さを見せつける。須藤市弥は交渉ごとに慣れていた。

「なるほど。その手があったか」

「ですが、一万両はあまりに大きすぎまする。なんとか五千両におさえていただけませぬか」

須藤市弥が、求めた。

「よかろう。今年は、それだけでご勘弁願おう。残りは、年をこしてからにしてくださるように申しあげておく。頼んだぞ」

勘定奉行は朝のうち城内で町奉行や寺社奉行との会議がある。それだけ言うと、大久保大隅守は、せかせかと下勘定所を出ていった。


内座に出勤した聡四郎は、太田彦左衛門に昨夜の話をした。

「さようでございますか。吟味役さまをつけまわす者が現れましたか」

太田彦左衛門は、驚かなかった。

「遅すぎまするな」

「と申されると」

太田彦左衛門は聡四郎の下僚であるが、長く勘定方に勤め、親子ほど歳が違う。聡四郎は、ていねいな口調で問うた。

「荻原近江守さまは、勘定奉行を辞めさせられたとはいえ、勘定方に大きな力をお持ちになられたまま。それに紀伊国屋《きのくに》文左衛門《ぶんざえもん》も隠棲《いんせい》しただけで、ばくだいな財はそのまま。金座《きんざ》の後藤庄三郎《ごとうしょうざぶろう》は、吟味役さまに弱みを握られておりますからこそ大人しくしておりますが、腹ではなにを考えておるのやらわかりませぬ」

太田彦左衛門が、聡四郎の敵を列挙した。

「ううむ」

あらためて言われると、聡四郎もうなるしかなかった。

「金の恨みは、深うございますゆえ」

太田彦左衛門が、暗い声で言った。太田彦左衛門はかつて金座常役であった娘婿を金座がらみで失っていた。

「なにより、水城さまは新井白石さまがお気に入り。上様の師とまでいわれた新井白石さまのお声がかりとなれば、よほどのことでもないと御役御免《おやくごめん》へもちこむのは難しゅうございまする。となれば、目ざわりな水城さまを排除するには、お命を……」

太田彦左衛門が言葉を止めた。

「そうなりますか」

聡四郎は、命を狙うと聞かされても動じなかった。

太田彦左衛門が、聡四郎に次の話を始めた。

「さて、話は変わりまするが、水城さま、これをご覧くださいませ」

太田彦左衛門が、ちょっとした数の書付を文机の上に並べた。

「これは、なんでございましょうや」

聡四郎は怪訝《けげん》な顔をした。

「御蔵入高《おくらいりだか》並《ならびに》御物成元払積書《おものなりもとばらいつもりがき》でございまする」

太田彦左衛門が出したのは、幕府の総収入を年度ごとにまとめたものであった。

「どうやってこれを」

まったく勘定方からの書類がまわってこない現状で、これだけのものを手に入れてくる。聡四郎は、太田彦左衛門の手腕に驚いていた。

「なに、私たちに味方してくれる者はおるということでございますよ」

太田彦左衛門は、内座にいる他の勘定吟味役やその下僚の耳を気にしたのか、出所を明らかにしなかった。

「心強いかぎりでございますな」

聡四郎は、資料を手に取ると目をとおし始めた。

太田彦左衛門が、聡四郎の気をそらさないように静かに離れていった。

御蔵入高並御物成元払積書には、慶安《けいあん》四年（一六五一）からが載っていた。

「慶安四年といえば、由井正雪《ゆいしょうせつ》の謀反《むほん》があった年か」

聡四郎は、すぐに思いあたった。

軍学者であった由井正雪は、三代将軍家光《いえみつ》の死で動揺した幕府の隙をついて、江戸と駿河《するが》と大坂の三ヵ所で一斉蜂起《ほうき》し、巷《ちまた》にあふれる浪人たちを糾合《きゅうごう》して天下を我がものにしようとしたが、ことを起こす前に密告され、捕えられた。

幕府浅草煙硝蔵《あさくさえんしょうぐら》奉行が荷担していたり、由井正雪の後ろに御三家紀州《きしゅう》徳川頼宣《よりのぶ》がいるなどの噂が飛びかうなど、天下を震撼《しんかん》させた事件であった。

「ずいぶんと少ないな」

聡四郎は書かれている石高に首をかしげた。

慶安四年、幕府の石高は、わずか二百九十万石余しかなかった。

徳川は八百万石と称していた。これは、表高であり、実収は幕府領の決まり四公六民に従うと半分以下の三百二十万石になる。それでも三十万石近くの差があった。

「四百万石をこえるのは、元禄《げんろく》に入ってからか」

聡四郎は、ざっと数字を目で追った。

「これは……」

聡四郎は、太田彦左衛門を呼んだ。

太田彦左衛門が、やってきた。

「お呼びでございまするか」

聡四郎は、指先で貞享元年のところを示した。

「……………」

太田彦左衛門が黙ってうなずいた。

「では、今宵、いつものところで」

聡四郎は、太田彦左衛門にささやいた。

勘定方の下城時刻は、夕七つ（午後四時ごろ）である。その日の用を終えた者から三々五々帰宅していく。

聡四郎は刻限になるや、内座を出て、日本橋小網町《にほんばしこあみちょう》へと向かった。

東海道の起点でもある日本橋は、大きな商店が軒を並べる繁華なところである。その日本橋から少し江戸湾に近づいたところに小網町があった。

幕府開闢《かいびゃく》当初から江戸湾に出やすい場所であった小網町には、何軒もの廻船《かいせん》問屋があった。

廻船問屋は、船乗り、荷受け荷出しの人足と人の出入りが激しい。人が集まるところに飲食の店ができるのは当然で、小網町には数軒の煮売り屋があった。

煮売り屋は大皿に盛った煮物や佃煮などをおかずに、飯を食うか酒を飲むところである。

寛文《かんぶん》のころ、上州から入ってきたそば屋もできていたが、蒸したそば切りを生醤油で食わすだけのそれを聡四郎は好まなかった。

障子戸さえない煮売り屋に入った聡四郎は、奥から一つ空けた腰掛けに座を決めた。使い終わった樽《たる》を利用した腰掛けから、醬油の匂いがするが、それを気にすることもなく、豆の煮物と浅蜊《あさり》の佃煮で酒を頼む。

大きめの飯椀ほどの器に入れられた濁り酒が半分になるころ、太田彦左衛門が顔を出した。

「おい、おなじものをもう一つ」

聡四郎は、主に声をかけた。

「お待たせいたしましたか」

「いや、ご覧のとおり、一杯目を空けかけたところでござれば」

二人は、しばらく無言で酒を酌んだ。

話し始めたのは、太田彦左衛門からであった。

「お気づきになられましたか」

「…………」

聡四郎は黙って首肯《しゆこう》した。

煮売り屋は夕餉どきとなったこともあって、いっぱいになっていた。

一日身体を使って重い荷物を運んだ人足たちの、箸と茶碗がふれる音、話し声が聡四郎の耳を満たしていた。

一碗の濁り酒とおかず、締めにどんぶりの麦飯で五十文ほどですむ。ここは、聡四郎がまだ部屋住みで、小遣い銭にも困っていたころから時々かよった煮売り屋であった。

主とも顔なじみであり、客たちと話をしたことも何度かあった。

聡四郎はこの煮売り屋で、よそ者ではなかった。互いの肩を叩いて笑いながら、その日の稼ぎで酒を喰らう。庶民のささやかな楽しみのひとときであった。

「ご先代綱吉さまが将軍となられてから、幕府の収入は増えている」

聡四郎は言った。

「……………」

今度は、太田彦左衛門が沈黙した。

「違いまするのか」

聡四郎は問うた。

「いえ。違っておりませぬが、より正確に申すなら、天和《てんな》四年（一六八四）からでございまする」

太田彦左衛門が告げた。

「天和四年……貞享元年でございますな」

この年、改元があり、天和四年は二月二十日までしかなかった。

「なにかありましたか、この年に」

聡四郎は、貞享四年（一六八七）生まれであった。

「大きな事件がございました」

太田彦左衛門が、茶碗を満たしていた濁り酒をぐっと空けた。

「大老堀田筑前守正俊さまが、殿中で刃傷に遭われたので」

「なんと……」

ことの大きさに、聡四郎は息をのんだ。


徒目付永渕啓輔は、江戸茅町《かやちょう》二丁目の甲州二十二万八千七百六十五石甲府藩中屋敷に、前藩主柳沢美濃守吉保を訪ねていた。

柳沢吉保は、中庭に面した書院の襖《ふすま》を閉めさせ、火鉢に手をかざしながら永渕啓輔を迎えた。

「秋とはいえ、夜は冷える。歳をとると応えるわ」

「なにをおおせられます。まだまだ殿には、ご健勝《けんしょう》で天下のためにお働きいただかねばなりませぬ」

永渕啓輔が平伏《へいふく》した。

柳沢吉保は、腹心の世辞《せじ》に小さく笑った。

「で、どうした」

笑いを消した柳沢吉保が訊いた。

「新井白石が、勘定吟味役を焚《た》きつけたようでございまする」

「水城聡四郎か」

永渕啓輔の言葉に、柳沢吉保が応えた。

「はっ」

柳沢吉保が聡四郎の名前を覚えていたことに、永渕啓輔が驚きの表情を浮かべた。

「小物と笑いとばせぬようだ、こやつはな。荻原近江守を除き、紀伊国屋を退けた。これだけできる男なら、我が手に欲しいほどだ」

柳沢吉保が、水城聡四郎の名を覚えているわけを語った。

「お誘いになりましょうや」

永渕啓輔が問うた。

過去、綱吉の寵愛を受け、ならぶ者のない権勢を誇っていた柳沢吉保は、役にたつと見た男を、旗本浪人他藩の藩士にかかわりなく引き抜いていた。

「無駄であろう。儂の声になびくようなら、紀伊国屋の誘いを断ってはおるまい」

柳沢吉保が、首を振った。

五十万両とも百万両とも噂される紀伊国屋文左衛門の金に群がる者は、門前市をなすほどいた。名の知れた剣客でさえ小判の前に膝を屈し、道場を閉じて紀伊国屋文左衛門の用心棒になったりもした。旗本の座をすてて、紀伊国屋の番頭になった者さえいた。

「儒者坊主は、なにをたくらんでおるかの」

柳沢吉保がつぶやいた。

儒者坊主とは、医者や儒学者が僧侶と同じ法外《ほうがい》の者であることから来た蔑称《べっしょう》で、新井白石をおとしめた呼び名であった。

永渕啓輔が、問いかけるように言った。

「荻原近江守さまを、幕臣の座から追われるおつもりでは」

十六年の長きにわたって就いた勘定奉行の職を解かれてはいたが、荻原近江守は在職中に受けた加増を取り消されることなく、三千七百石の旗本としていまだ幕府に大きな影響をもたらしていた。

「どうしてそう思う」

柳沢吉保が、問い返した。

「上様は、荻原近江守さまをご解任なされたとはいえ、謹慎《きんしん》も蟄居《ちっきょ》もお命じになられておられませぬ。さらに罪を得て職を解かれた者の加増は取りあげられるが慣例。これも守られておりませぬ。となれば、荻原近江守さまの復職は確実かと。それを新井白石が気にせぬとは思えませせぬ」

永渕啓輔が、考えを口にした。

「たしかに一つの見方ではあるな」

柳沢吉保は、火鉢から鉄瓶を降ろすと湯呑みに白湯を注いだ。

「だが、それはない」

きっぱりと、柳沢吉保が否定した。

「荻原近江守は、本来なら留守居《るすい》あるいは町奉行に転じてもよいほどの功績をあげた。それが、勘定奉行を追われたのはやりすぎたのだ。小判改鋳を悪用して、二十六万両もの大金を我がものにするなど言語道断《ごんごどうだん》である。しかしな、これを上様はお咎めになっておられぬ。思し召すところこれありという、罪とも思えぬお達しで、近江守は馘首《かくしゅ》された。なぜだと思う。いや、儂が言おう。御上はな、近江守を罪に落とすことがおできにならぬのだ。つぶれかけた御金蔵をたてなおしたのは、なんといっても近江守が功。小判改鋳を悪事のように儒学坊主は騒ぎたてるが、あれでもっとも得したのは、御上ご自身。ご当代家宣さまは、それをおわかりになっておられるゆえ、近江守を辞職させただけで終わらされたのだ。それに気づかぬ馬鹿どもが、みょうにうがったことを申しておるにすぎぬ」

柳沢吉保が、白湯で唇を湿らせた。

「お言葉でございますが、勘定方に近江守さまの影響は浅くなく、かの方の再就を望む方々もかなりおられまする。これは、見すごせぬことではございませぬか」

永渕啓輔が、めずらしく食いさがった。

「そなたでは、わからぬが道理。ひとつ調べてみるがいい。それで儂の正しさがわかるであろう。荻原近江守の屋敷へ、金座の後藤が顔を出しているかどうかをな、探ってみよ」

それだけ言うと、柳沢吉保は面倒だといわぬばかりに左手を小さく振って、永渕啓輔を追いはらった。

半刻《はんとき》（約一時間）ほどで、聡四郎と太田彦左衛門は煮売り屋を出た。

太田彦左衛門が、小腰をかがめた。

「ごちそうさまでございました」

「いや」

聡四郎は、気にされるなと手を小さくあげて応えた。

年齢は太田彦左衛門が、親ほども上であるが、食禄に差がありすぎる。

百石六人泣き暮らしという譬《たと》えがあるほど、旗本の生活は窮迫していた。戦がなくなり、命や財への危険が去ると生活が華美《かび》になる。人が贅沢になれば物価が上昇し、それに連れて職人の手間賃はあがり、商人はその分の儲けを上乗せする。

しかしながら、食禄として収入が固定されてしまっている武士はどうすることもできなかった。お役について出世していけた者はいいが、そうでない者は目に見えて貧窮した。

さらに、武士には体面と軍役がある。石高に応じた家来を抱える必要があった。収入が減れば、雇人《やといにん》を辞めさせてそのぶんの費用を生活にまわす。それが武士には許されていなかった。

武士のほとんどが無為徒食《むいとしょく》となった今、その生活は庶民よりも厳しかった。

「では、明日」

太田彦左衛門のお長屋は、芝増上寺《しばぞうじようじ》の西、飯倉永坂町《いいぐらながさかちよう》にあり、本郷御弓町の聡四郎の居宅とは、江戸城をはさんで正反対になる。

「はい」

聡四郎も歩きだした。

すでに暮れ六つ（午後六時ごろ）に近い。薄暮となった江戸の町を聡四郎は北に向かって進んだ。

小伝馬町《こてんまちよう》の牢屋敷を左手に見ながら、町屋の間を抜けて柳原《やなぎわら》土手、和泉《いずみ》橋で神田《かんだ》川を渡り、川沿いの道を西に進んで、神田明神前を過ぎれば、御弓町はすぐである。

酔うほどではないが、少し酒の入った聡四郎は、いつもよりゆっくりと歩いていた。

さきほど煮売り屋で太田彦左衛門から聞かされた話を、聡四郎は思いだしていた。

「ご先代綱吉さまがそのご在位の間に、とりつぶされた大名の石高を合わせると実に百三十万石になりまする」

太田彦左衛門の口から出た数字は、聡四郎を驚かすに十二分であった。

表高とはいえ、百三十万石は尋常ではなかった。徳川幕府創生期なら、敵対勢力であった豊臣恩顧《とよとみおんこ》の大名たちをつぶすのが当然、改易が百万石をこえても不思議ではなかった。

だが、徳川の支配が、北は蝦夷《えぞ》、南は琉球《りゅうきゅう》におよぶ今、幕府にさからう気概を持つ大名はなく、廃絶の意味はなかった。

「何人の武士が、禄を離れたのか」

聡四郎は暗澹《あんたん》たる思いにとらわれていた。

百三十万石にすがって生きていた武士は、すべて浪人するしかなく、一万人をこえる武士とその数倍の家族、さらにその従者たちが、生活の道を失った。

「再仕官できたものは、はたして二割おりましょうか。残りの八割の末路は……」

太田彦左衛門が暗い声で言ったように、手に職もなく百姓になるだけの土地もない浪人たちは、食べていくために累代《るいだい》の家宝を手放し、やがて妻や娘を売ることになる。

「その恨みは、幕府に向かいましょう」

太田彦左衛門に言われずとも、聡四郎にもわかった。

聡四郎が考えているのは、なぜ綱吉がそこまで大名を改易したかということであった。

「ふう、わからぬ」

聡四郎は、思わず独《ひと》り言《ごと》を漏らした。

湯島《ゆしま》四丁目の円満寺《えんまんじ》門前にかかったところだった。

「なにをなやんでおる」

聡四郎に声がかけられた。

顔を向けると、山門前の石段に人が腰掛けていた。

聡四郎は足をとめて、軽く頭をさげた。

「これは、拙者《せっしゃ》の独り言がお耳にさわりましたか。お詫び申しましょう」

それに応えず、人影が立ちあがった。

「いや、気にされるな、どうせ、もう悩むこともできなくなるからな」

人影から、殺気が漏れた。

躊躇《ちゅうちょ》なく、聡四郎は太刀を抜いた。

山門の陰から出た人影を月明かりが照らした。総髪《そうはつ》の浪人者であった。

聡四郎より十歳ほど年嵩《としかさ》に見える浪人者は、鞘が地につくほど長い太刀を差していた。

「人違いではないのか」

聡四郎は一応問うた。

「水城聡四郎だろう。違うのか」

浪人者が、唇の端をゆがめた。

「待ち伏せていたか」

聡四郎は、太刀を肩に担いだ。

「一放流だそうだな」

浪人者は、剣術の道理にかなっていない一放流の構えを見ても驚かなかった。

己のことを十分に聞かされていると、聡四郎はさとった。

「江戸ではめずらしいかもしれぬが、さして、目新しい流派ではない」

浪人者が足をとめた。

「越前《えちぜん》か」

聡四郎は、浪人の出身地に思いあたった。

一放流の源流である富田流小太刀の創始者富田越後守は、戦国の雄《ゆう》越前太守《たいしゅ》朝倉《あさくら》家の武将であった。

朝倉家は織田信長《おだのぶなが》によって滅ぼされたが、富田流はそのまま越前に根づいた。

「巌流《がん》か」

聡四郎は、浪人者の太刀に目をやった。

「長刀を使うのは、佐々木小次郎《ささきこじろう》だけではないぞ」

浪人者が嘲《あざけ》るように笑った。

佐々木小次郎とは、剣豪宮本武蔵《みやもとむさし》と壮絶な決闘を演じた剣術遣《つか》いである。物干し竿と名づけられた尋常でない長刀を遣い、空中を飛ぶ燕《つばめ》を一刀両断にしたと伝えられる名手であった。

「佐々木小次郎を相手にした宮本武蔵が得物《えもの》を知っておるか」

話をしながら、浪人者の腰が静かに沈んでいった。

「船の櫂《かい》だそうだ。物干し竿にまさるともおとらぬ長さだろう」

聡四郎と浪人者との間合いは四間（約七・三メートル）である。いかな長刀で踏みこんでも届く距離ではなかった。

「櫂は重すぎるのではないか」

聡四郎は応じながらも、油断なく浪人者を注視した。

普通でない太刀を遣う者には、奇手《きしゅ》が多い。

長刀の利は飛び道具とおなじで、敵の太刀の届かない遠くから戦えることである。その代わり、手元にはいりこまれると小回りがきかないだけ不利であった。

小太刀から派生し、短い間合いを得意とする一放流にたいして、間合いを開けるのは当然なのだが、聡四郎は違和感をぬぐえないでいた。

「かかってこぬのか。拙者が刀を抜く前に、間合いに入っておかねば、勝負にならぬぞ」

浪人者が、誘った。

「…………」

聡四郎は、その言葉により一層疑問を深くした。

しかし、いつまでも対峙《たいじ》しているわけにはいかない。旗本と浪人の私闘は、家名に傷をつける。人目につくわけにはいかなかった。

聡四郎は、手早く決めることにした。

大きく息を吸うと、聡四郎は太刀を肩に担いだまま奔《はし》った。

「一間の間合いを五尺（約一・五メートル）にすることを念頭におけ」

聡四郎が免許皆伝を受けたときに、入江無手斎から言われたことである。

力任せの一撃に全身全霊をのせる一放流は、外されれば二の太刀はない。無防備になった身体は、敵の太刀を防ぐこともかわすこともなく、斬り伏せられるだけとなる。

ゆえに、絶対に外すことのない間合いを手にするための修行を重ねるのだ。

間合いが二間（約三・六メートル）をきったとたん、まっすぐに浪人者に向かっていた聡四郎は、冷たいものを背中に感じた。

聡四郎は、後ろに跳びすさった。

頭で考えるまでもなく、身体が反応していた。

両足が地につく前に、肩に担いだ太刀をまっすぐに振りおとした。

夜の闇を照らすほどの火花が散って、聡四郎の太刀が浪人者の長刀をはたいた。

「くっ」

浪人者が、小さなうめきを出した。

「よく防いだ」

あきらかに悔しまぎれとわかる声で、浪人者が言った。

聡四郎はふたたび太刀を肩に担いだ。

「居合《いあ》いか」

聡四郎は驚愕《きょうがく》していた。

居合いは、林崎甚助重信《はやしざきじんすけしげのぶ》が創始した抜刀術《ばっとう》に端を発している。林崎甚助は天文《てんぶん》十七年（一五四八）生まれで相模の人だという。武州一宮《ぶしゅういちのみや》に籠《こ》もって抜刀を鍛錬し、悟りを得て純白伝《じゅんぱくでん》と称し、諸国を回り、多くの弟子に技を伝えた。

抜刀術は、居合いと名のりを変えて今にいたっていた。

「長刀の居合いか」

聡四郎は、感嘆した。

鞘走《さやばし》りにすべてをかけ、疾さにもっとも重きをおくだけに、長く重い長刀を居合いに遣うことはありえなかった。

長ければ鞘走らせるに暇がかかり、重ければ動きが遅くなる。

長刀での居合いは、武術の常識からはずれていた。

「なるほど、奇手だな」

聡四郎は、笑った。

手妻《てづま》と同じであった。種を知るまでは、妖術のように思える技も、見てしまえば幽霊とおなじく枯《か》れ尾花《おばな》でしかなかった。

「わかったとて、我が疾さについてこられるか」

浪人者がうそぶいた。

聡四郎は、黙って膝を軽くたわめた。

浪人者もあわせるように腰を落とし、右足を後ろに引いた。

長刀の居合いをわかりにくくしているのは、鞘が地につくためにあまり腰を落とさないことも関係していた。

居合いは腰のひねりを遣うため、膝を大きく曲げて姿勢を低くする。それは、敵の太刀が届くのを少しでも遅くすることも兼ねていた。

居合いの立ち合いを見た者は、いちようにその姿勢の低さに目をむく。術者の頭が、相手の腹よりも下までさがるのだ。

長刀の居合いはそれができなかった。重心を落とせば、鞘が地に食いこみ、腰をまわすじゃまになる。

「…………」

またも聡四郎から動いた。

まっすぐに奔る聡四郎めがけて、浪人者が長刀を鞘走らせた。

聡四郎は、月の光を反射して白光を描く長刀に向かって、足から滑りこむように身体を投げだした。

長刀が聡四郎の身体の上を薙《な》いでいった。

「なに」

長刀が空振りし、両断すべき目標を失った浪人者が、呆然とした声を出した。

聡四郎は滑りこんだ勢いで、浪人者の足下についた。

「わああ」

気配で聡四郎を見つけた浪人者が悲鳴をあげた。

「りぇい」

足が地についていない聡四郎は、腕と背中の力をこめて太刀を撃った。

甲冑ごと断ち斬る勢いをもつ一放流の太刀だが、無理な姿勢からでは威力が削《そ》がれる。

「ぎひっ」

聡四郎の一撃は、浪人者の左太股《ふともも》から右膝膕《すね》を傷つけただけに終わったが、急所の痛みに浪人者は白目をむいて倒れ、気を失った。

すばやく立ちあがった聡四郎は、太刀を下段に構えながらようすをうかがった。

倒れている敵にうかつに近づくのは、危険であった。

寝ている敵の刀は、聡四郎の足を斬りつけられるが、立っている聡四郎の太刀は敵に届かないのだ。

「……………」

無言で浪人者が気絶していることを確認した聡四郎は、懐から鹿皮を出して太刀に拭いをかけた。

鉄のかたまりである日本刀は、血脂《ちあぶら》を残したままだとすぐに錆《さ》びてしまう。人を斬った後そのまま鞘に納めると、なかで錆びついて抜くことができなくなるのだ。

聡四郎は念入りに太刀を拭きながら、浪人者の長刀の峰を足で蹴りとばして、溝《どぶ》に落とした。

太い血脈を断ったのか、左足からはとめどなく血が流れていたが、聡四郎は手当などをしてやる気は毛頭なかった。

「誰に頼まれたか、白状することもないだろうしな」

依頼人の名を明かさないことが、刺客の必須条件であった。

おそらく二度と自分の足で立つことはかなわない、刺客として使いものにならなくなった浪人者に、止めを刺すことはしないが、助けてやるほど聡四郎はお人好しではなかった。

「運がよければ、生きながらえるだろうよ」

太刀を鞘に戻した聡四郎は、そのまま後も見ずに帰路についた。

四

聡四郎は、日が昇る前に起床する。

菜園を兼ねている裏庭で、真剣を遣って一放流の型を半刻ほどくりかえす。家督を継ぐ前からの日課であった。

朝夕の空気が、肌に冷たい季節となっていたが、聡四郎の額には玉の汗が浮いていた。

「あいかわらず、無駄に元気ね」

聡四郎の背後から甲高い声がした。

振り向いた聡四郎の目に、両手を腰にあてた振り袖姿の若い女が映った。

やや赤みを帯びた髪を、横鬢《よこびん》を小さくしたはやりの兵庫髷《ひょうごまげ》に結い、大きな瞳と引き結ばれた唇が活発さを思わせる。細身の肢体《したい》とあいまって十人並み以上の器量をもつ、相模屋伝兵衛の一人娘、紅であった。

「おはよう」

聡四郎は、朝から思いきったあいさつをしてくる紅に苦笑するしかなかった。

紅は桃色のしごきで袂《たもと》をくくっていた。台所仕事の途中で出てきたのだ。

「朝餉の準備ができてるから、さっさと汗を流してきなさいよ。まったくいつまでも暑くるしいんだから」

そう言いながらも、紅は聡四郎にあわせて台所脇の井戸までついてきた。

井戸の前で聡四郎は、稽古着の上を脱いだ。剣術遣い独特の肉付きをした聡四郎の上半身があらわになった。

「…………」

紅がうつむいた。

恥じているのではなかった。紅を人質に取った紀伊国屋文左衛門との戦いで、聡四郎が負った傷が目に入ったのだ。

紅のようすに聡四郎は気づいていた。声をかけないことが気遣いだと知らぬ顔をして、つるべを引きあげ、水を頭からかぶった。髷までびしょぬれになるが、家を出る前に若党《わかとう》の佐之介《さのすけ》に結わせるので、気にしなかった。

役付の旗本は、毎朝月代《さかやき》と髭《ひげ》を剃《そ》ることが決められていた。民の規範、武士の模範である旗本が見苦しいなりをすることは、ひいては上様のご威光にも影響する。総髪、無精髭は、再三幕府から禁令が出されていた。

「はい」

水の跳ねるのを警戒して少し離れていた紅が、近寄って手ぬぐいを渡してくれた。

「すまぬな」

聡四郎は手ぬぐいを受けとると、顔を拭いた。紅が家から持ってきた手ぬぐいからは、かすかに香の匂いがした。

紅が、上半身裸の聡四郎から目をそらしながら、問うた。

「聞いたでしょ」

自分が知っていることは他人もわかっていて当然と思っているのか、紅の言葉はいつも不足気味である。

「なんのことだ」

聡四郎は、問い返した。

「そこの円満寺前で、人殺しがあったこと」

「ほう。物騒《ぶっそう》なことだ」

聡四郎は、思わず驚いた口ぶりになった。聡四郎が去ったとき、まだ浪人者は生きていた。

「辻斬りか、それとも盗賊のたぐいか」

紅に心配させたくない聡四郎は、とぼけることにした。

「辻斬りじゃないかって話だけど。あたしは違うと思う」

紅が、きっぱりと言った。

「どうして、そう思案された」

「気になることを聞いたからよ」

紅が聡四郎の疑問に答えるように話した。

今朝、銀座前の相模屋を出た紅は、神田明神前で顔見知りの人足に出会い、円満寺前で人殺しがあり、町方《まちかた》が人をさえぎっていると教えられた。

好奇心のなみはずれて強い紅はそのまま現場に行き、六尺棒で人を寄せている町方の手下たちの前に立って、のぞきこんだ。

すでに浪人者の死体は、薦《こも》におおわれて見えなかった。

少しでもよく見ようと身を乗りだした紅を、手下が叱った。

「さがれ、さがれ」

そう言われて黙っている紅ではない。

「うっさいわね。言われなくても見るだけ見たらさがるわよ」

ちょっとした旗本の娘といった風体《ふうてい》の若い女の口から、お俠《きやん》なせりふがとびだした。

手下が、鼻白《はなじろ》んだ。

「な、なんでえ」

紅の甲高い声に気づいた親分が、十手をひけらかしてやってきた。

「おい、御上の御用のじゃまをするんじゃねえ」

房なしの十手を、紅の目の前に突きだした親分が目を見張った。

「相模屋のお嬢さんじゃございやせんか」

「湯島の親分」

二人が、互いを呼びあった。

「身形《みなり》が違いやすので、気がつきやせんでした。今日はどうされたんで」

湯島の親分と呼ばれた岡っ引きが、紅に話しかけた。

「そこの本郷御弓町のお旗本さまに用事でね。それより、なにが」

紅は、興味津々とばかりに訊いた。

「辻斬りだと思うんでやすがねえ」

湯島の親分が、声をひそめた。

人入《ひとい》れ稼業のすごさは、その顔の広さにある。とくに、町方はなにかことがあったとき、探索に力を貸してもらうことが多い。紅の求めはすんなりと受けいれられた。

「辻斬り」

紅がくりかえした。

「先日より、あちこちで辻斬りが出てやすが、今回はちょっと違うようなんで」

湯島の親分が考えこんだ。

あちこちの辻斬りとは、紀伊国屋文左衛門や荻原近江守が放った刺客を聡四郎が倒したことだ。

「どう違うんだい」

「今までのは、一撃で止めを刺してやしたが、こいつは、足にも傷があるんでさ。もちろん、喉に止めが入っているんですがね」

「足に傷だって」

紅がさらに話をうながした。

「検死の旦那が、ちらと漏らしておられたんですがね。足と喉の傷は別の刃物じゃねえかって」

「別の……」

「さいで。足の傷は太刀、喉のは、先の細い両刃じゃねえかって」

湯島の親分が後ろを向いた。

「いけねえ。旦那がお呼びだ。じゃ、ごめんなすって」

湯島の親分は、町方同心に駆けよっていった。

「こういう話なのよ」

話し終えた紅が、けわしい瞳で聡四郎をにらみつけた。

「まさかと思うけど、あんた、また危ないことをやっているんじゃないでしょうね」

紅が問うた。

「…………」

聡四郎は無言で、身体を拭き続けた。

「もしそうなら、あたしには教えて。なにもわからず、一人で心配するのは嫌だから」

紅の目から力が抜けた。

「すまぬな」

聡四郎は、頭をさげるしかなかった。


身体を拭いた聡四郎は濡れた稽古着のまま自室に戻り、手ぬぐいを取りあげた紅は台所へと入っていった。

紅が聡四郎の家に通うようになったのは、つい先日のことであった。

紀伊国屋文左衛門の人質として聡四郎の動きを止める役割に使われた紅は、救いだされた後、聡四郎にむかってこう宣言した。

「勘定吟味役としての覚悟を見続けていく」

翌日から、紅は聡四郎の身の回りの世話をするようになった。

水城家の台所を預かる喜久は、そんな紅をかわいがり、いろいろなことを教えこんでいた。また、母親を小さなときに亡くした紅も喜久を慕い、たちまち女二人は仲良くなった。

問題は、父功之進であった。

紅の出自が気に入らないのだ。

かつては相模と伊豆の太守、北条早雲《ほうじょうそううん》のもとでひとかどの武将として聞こえた家柄だった相模屋であるが、今は、江戸の人足を束ねる親方でしかない。

聡四郎には、格上の家から嫁をもらい、その縁を利用して水城の家を千石にと画策している功之進にとって、紅の存在は容認できなかった。

「おはようございまする」

聡四郎は朝のあいさつに、家督を聡四郎に譲り、母屋とは別棟の離れに移った功之進を訪れた。濡れた稽古着から小袖に着替えていたが、まだ登城支度ではなかった。

「うむ」

功之進が鷹揚《おうよう》に受けた。

離れ座敷の片隅で書見をしていた功之進が、身体を聡四郎に向けた。

「また来ているのか」

功之進が苦い顔をした。

台所に近い離れには、紅の笑い声がよく聞こえた。

「はい。来てくれております」

聡四郎は、わざと微笑んで見せた。

「ご当主どのがお許しとあれば、隠居の口出しすることではないが、ご婚姻をなさる前から女を近づけられるのは、外聞なぞよろしくないと存ずる」

功之進が忠告した。

「父上さまのお気遣い、身にしみてございまする。では、登城の刻限もせまりますれば、これにて」

功之進の意見に明確な答えを出すことなく、聡四郎は立ちあがった。

聡四郎の居間は中庭に面した十二畳の書院である。かつて嫡子《ちゃくし》でもなく、役立たずの四男だったときには、四畳の納戸《なんど》であったことを思えば、格段の違いであるが、書籍が積みあげられているわけでもなく、殺風景なのは変わらなかった。

庭に面した廊下から、喜久の声がした。

「四郎さま、朝餉をお持ちいたしましてございまする」

喜久に続いて、紅が入ってきた。聡四郎の膳は紅が持っていた。

「紅さまより、菜をちょうだいしましたゆえ、ごまあえにいたしましてございまする」

喜久が、膳のうえにのせられたものを説明した。

旗本の朝食は、よほどの大身《たいしん》でも簡素である。

飯と漬けもの、なにか一品実の入ったみそ汁、それに野菜の煮物が出ればいい方であった。干し魚でもつけば、ご馳走である。

「うまそうだな。かたじけない」

聡四郎は、紅に頭をさげて箸を手にした。

旗本の家でなくても、男女の食事は別が常識であった。喜久は聡四郎の右手すぐにお櫃《ひつ》に手をかけて控え、紅はその隣で白湯を入れた鉄瓶を預かっていた。

聡四郎は、おかずとみそ汁で飯を二膳喰い、さらに白湯をかけて一椀片づけた。

喜久が聡四郎の前から膳をのけた。

「紅さま、聡四郎さまのお支度を」

喜久は紅に声をかけると、膳を手にして下がっていった。

紅はまよわずに、部屋の隅におかれた乱れ箱から裃《かみしも》を手にして、聡四郎の隣にひざまずいた。

「すまぬな」

聡四郎は、裃を身につけた。紅が後ろから手をまわし、袴の紐を結ぶ。

最後に袴の腰板を整えて、聡四郎の登城準備はできた。

「佐之介さん」

紅が、庭に声をかける。

「はっ」

若党姿になり、両刀を差した佐之介が姿を見せた。佐之介は、水城家の領地から出てきた若者で、普段は水城家の雑用をこなしていた。

「ご登城なされます。供の者どもに用意を」

紅が凛《りん》とした声で命じた。旗本格の娘としての片鱗《へんりん》を見せる。

「うけたまわりましてございまする」

佐之介が、頭をさげると小走りに去っていった。

紅を従えて玄関へと出た聡四郎を、供が待っていた。

「ご出立《しゅったつ》うううう」

近隣にひびけとばかりに佐之介が、声を張りあげた。

いつごろから、どこから始まった慣習かわからないが、役付の旗本が登城するときは、門を開け放ち、尾を長く伸ばしたかけ声を出す。

聡四郎の好みではないが、功之進が栄誉であると、止めさせてくれなかった。

功之進と喜久、そして家事を喜久に習うために残る紅に見送られて、聡四郎は屋敷を出た。

五百石内外の旗本が登城するには、供侍三人と挟《はさ》み箱《ばこ》持ち一人、草履《ぞうり》取り一人の五人までと決められていた。それ以上は許されていないが、少ないのは認められている。

水城家は諸事倹約のうえから、侍身分の若党一人に挟み箱持ち、槍持ち各一人の合計三人としていた。

供たちは江戸城大手門前広場まで聡四郎につき、そこで別れた後、一度屋敷に戻る。そして下城時刻にあわせてふたたび来るのだが、聡四郎は役目上、日中に江戸城を出ることもあるため、基本、迎えはさせていなかった。

「では、お気をつけくださりましょう」

佐之介に送られて、聡四郎は大手門をくぐった。

内座に入った聡四郎を、太田彦左衛門が迎えた。

「お聞きになりましたか」

ぐっと身をのりだしてくるのを、聡四郎は手で制止した。荷物をおくと、聡四郎はまず内座に隣接している湯呑み所へと入って、白湯を一杯茶碗にくんだ。

「落ちつかれて」

湯呑みを持って自席に座った聡四郎は、太田彦左衛門を落ちつかせた。

「昨夜、林大学頭《はやしだいがくのかみ》が屋敷裏にて、辻斬り騒ぎがあったそうでございまする」

太田彦左衛門が勢いこんで言った。

江戸の町は概して平穏である。多くの町と人を抱える天下一の城下でありながら、驚くほど犯罪は少なかった。これは、町役人たちが、担当の町内を見事に把握しているからであった。

だからこそ町奉行は、わずか十二人の定町廻《じょうまちまわ》り同心で、治安の維持ができた。人殺しなどあれば、数年は話題になるほど事件は少なかった。

「……拙者でござる」

聡四郎はあたりを見まわし、誰もこちらに気を向けていないことを確認して告げた。

「なんと。ならば、刺客でござりますか」

太田彦左衛門が、声をひそめた。

「名のりはしませなんだが、まちがいございますまい」

聡四郎は、うなずいた。

「調べることがまた一つ増えましたな」

太田彦左衛門が嘆息《たんそく》した。

「まず、紀伊国屋文左衛門がどうしているかを探らねばなりますまい。あのままおとなしく隠棲するような男ではございませぬ。それに、荻原近江守どのの動静も……」

太田彦左衛門の言葉に、聡四郎は黙って首肯するしかなかった。

第二章　金色の操糸

一

吉原《よしわら》の名楼三浦屋《みうらや》は、いつものにぎわいを見せていた。

大門《おおもん》から吉原を貫くようにのびる仲之町《なかのちよう》通りから京町《きようまち》通りを北へ入った三浦屋は、看板太夫《だゆう》の高尾《たかお》の美貌と博識で、人気を博している。

その三浦屋の奥、見世《みせ》とつながる主四郎左衛門《しろうざえもん》の居室に三人の男が集まっていた。

床柱を背にして幕府寄合旗本三千七百石荻原近江守重秀、その右手に天下の豪商紀伊国屋文左衛門、左手に金座支配後藤庄三郎光富《みつとみ》が、座を占めていた。

「よく、来てくれたな」

荻原近江守が口火を切った。

解任されてから初めて、荻原近江守が二人を呼んだ。

「いえ、お奉行さまのお呼びとあれば、なにをおいても参上つかまつりまする」

紀伊国屋文左衛門が、にこやかに笑った。紀伊国屋文左衛門は、わざと荻原近江守を前職で呼んでいた。

「ご用件は、なんでござろうか」

後藤庄三郎光富が、さめた顔で訊いた。

ちらといらだちを顔に浮かべた荻原近江守だったが、気をとりなおして言った。

「新井白石がことよ」

荻原近江守が、末席にひかえていた三浦屋四郎左衛門に目配せした。

首肯して三浦屋四郎左衛門が、部屋の外へと出ていった。

他人《ひと》払いと見張りであった。

「私もご遠慮させていただきまする」

後藤庄三郎光富も腰をあげた。

「おや、後藤さま。どうなされましたか」

荻原近江守が口を開く前に、紀伊国屋文左衛門が声をかけた。

「そのお話、私がうかがってよいとは思えませぬ」

後藤庄三郎光富が、どちらにともなく頭をさげた。

「よいのか。儂が復職したとき、大判座《おおばん》と入れ替えることになるやもしれぬぞ」

荻原近江守が、冷たい声で告げた。

大判座とは、大判の製造をおこなっているところで、金座後藤家の一族である。どちらかといえば大判座の後藤家が本家筋なのだが、家康に目をかけられた金座後藤家が現在では格上となっていた。

「お目通りできる日を、楽しみにいたしております」

後藤庄三郎光富は、そう言い残して去った。

勘定奉行は任じられて初登城の朝、支配下になる役人の挨拶を受けるのが慣習となっている。金座支配後藤庄三郎光富も勘定衆の後ろで平伏する。

憎らしげに背中をにらみつけている荻原近江守と対照的に、紀伊国屋文左衛門の目はなんの感情も浮かべていなかった。

荻原近江守が、紀伊国屋文左衛門に顔を向けた。

「気概のないやつなど、捨ておけばいい。いずれ思いしらせてくれるわ」

「さようでございますな」

荻原近江守の憎しみに、紀伊国屋文左衛門が応えた。

「で、お奉行さま、新井さまをどうなさるおつもりで」

紀伊国屋文左衛門は、深川《ふかがわ》の金座吹き替え所で聡四郎相手に宣言した引退を実行に移し、表に出ることはなくなった。

だが、それは目に見える部分だけのことであり、実質はなにも変わることなく、江戸の商いに君臨《くんりん》していた。

「お咎めのなかった儂は、まちがいなく勘定奉行に返り咲く。問題は、その時期だけじゃ。新井白石がおるかぎり、それは遅れる。そして、儂の復職が遅れただけ、御上の懐はきびしくなっていく」

荻原近江守には、日光東照宮《にっこうとうしょうぐう》修復の金さえ工面できなかった幕府の金蔵に、改鋳して劣化した小判とはいえ千両箱を積みあげて見せたという自負があった。

「おおせのとおりで」

紀伊国屋文左衛門は同意したが、その目つきは冷たかった。

荻原近江守は、そんな紀伊国屋文左衛門の態度に気づかず、熱弁をふるって、自らの功績をならべたてた。

「……だからこそ、新井白石を早急に除かねば、御上が保《も》たぬ」

荻原近江守の話は、ようやく終わった。

「まったくでございまする。で、そのためには、なにをいたせばよろしいので」

紀伊国屋文左衛門が、あきれを隠して問うた。

「殺すしかなかろう」

荻原近江守が、きっぱりと言った。

「どのようにいたしましょう。登城下城の途を襲いましょうか、それとも屋敷に躍りこませましょうか」

紀伊国屋文左衛門が、提案した。

「登城のおりは難しかろう。新井白石は寄合とはいえ、側役扱いを受けている。役付の者たちと同じ頃合に登城しよる。他人目《ひとめ》が多すぎ、じゃまも入りかねぬ」

荻原近江守が首を振った。

「ならば、下城を……」

紀伊国屋文左衛門が、語尾をにごした。

「うむ。上様がお気に入りの新井白石じゃ、下城刻は他職より遅い。手配を頼んだぞ、紀伊国屋」

荻原近江守が、命じた。

その後、迎えに来た高尾太夫に連れられて、荻原近江守は別室に消えた。

「汚れ役を押しつけるために、呼びつけるか。いつまでも儂を手下あつかいできると思っている」

紀伊国屋文左衛門が、吐き捨てた。

荻原近江守に部屋までつきそっていった三浦屋四郎左衛門が、戻ってきた。

「敵娼《あいかた》をお呼びいたしやしょうか」

三浦屋四郎左衛門が、訊いた。

「いや、今日はいい」

紀伊国屋文左衛門は、荻原近江守の前では見せなかった真剣な表情で断った。

「ちょいと、酒の相手をしてくれるかい」

紀伊国屋文左衛門に頼まれて、三浦屋四郎左衛門が新たに膳を用意した。

江戸の中心に近い日本橋葺屋町《ふきやちょう》にあった元吉原と、浅草日本堤《にほんづつみ》に移転した新吉原では、倍ほど敷地の広さが違った。

新吉原になって遊女屋の数も増えたが、仕出し屋も何軒かでき、すぐにちょっとした料理を持ってきてくれる。

鮒《ふな》の甘露煮、松茸の吸い物、山芋の梅酢がけを並べた膳をはさんで、紀伊国屋文左衛門と三浦屋四郎左衛門は座を決めた。

江戸で名を知られるようになってから、ずっと紀伊国屋文左衛門は三浦屋をひいきにしてきた。見世をまるまる一日専有する買い切りも、何度となくおこなった。

紀伊国屋文左衛門と三浦屋四郎左衛門の二人は、商売の垣根をこえて懇意であった。

「下がりなさい」

膳と酒を持ってきた忘八《ぼうはち》を三浦屋四郎左衛門はさがらせた。紀伊国屋文左衛門が酒の相手をと申しでるときは、二人きりで話があるということだからだ。

世間話のときもあったが、商売敵や幕府の役人を遊女に耽溺《たんでき》させ、紀伊国屋文左衛門の思いどおりにものごとを動かす相談など、他人には聞かせられないことが多かった。

「まあ、しばらく飲んでからでいいよ」

紀伊国屋文左衛門が、杯をあげた。

寛文九年（一六六九）生まれの紀伊国屋文左衛門は、四十四歳になった。年齢からいけば、三浦屋四郎左衛門が少し歳上になるのだが、紀伊国屋文左衛門は、くだけた口調であった。

「では、わたくしめもいただくとしましょう」

三浦屋四郎左衛門は、商売がら誰を相手にしても変わらずていねいであった。

用意された片口の酒が半分に減ったころ、紀伊国屋文左衛門が口を開いた。

「忘八を貸してくれぬか」

三浦屋四郎左衛門が、ちょっと眉を動かした。

「なににお使いなさるので」

忘八とは、吉原の下働きをする男衆《おとこし》のことである。

人として身につけておくべき、仁義礼智忠信孝悌《じんぎれいちちゅうしんこうてい》の八徳を捨てたことから、忘八と呼ばれ、遊女屋の雑用いっさい、客引き、勘定の足りなかった客からの付け回収、廓《くるわ》のしきたりを破った客や遊女への仕置きなどを仕事とした。

吉原の住人となった段階で人別《にんべつ》を失うことから、凶状《きょうじょう》持ち、食いつめ浪人などが多く、その性は凶悪だったが、腕はたった。

「新井白石をやってほしい」

紀伊国屋文左衛門が頼んだ。

「お手飼いの衆を、お使いになられませぬのか」

三浦屋四郎左衛門が訊いた。

紀伊国屋文左衛門は、金にあかせてたくさんの浪人、無頼《ぶらい》を抱えている。なかには一流と知られた剣術遣いもいた。

「ほとんどやられたわ」

紀伊国屋文左衛門が、苦虫をかみつぶしたような顔をした。

「あの勘定吟味役さまにでございますか」

三浦屋四郎左衛門が尋ねた。

「いまいましいことだがな。勝負にならなかったわ」

紀伊国屋文左衛門が、酒をあおった。

「先日も、越前から出てきたばかりという浪人を行かせてみたが……駄目だった。かなり遣うとの話だったが、傷さえ負わせられなかった」

「あれもそうでございましたか」

遊廓《ゆうかく》の主は、巷のことに耳をそばだてている。三浦屋四郎左衛門が驚いた。

「ああ。だから忘八衆の力を借りたいのだ」

そう言った紀伊国屋文左衛門に、三浦屋四郎左衛門が尋ねた。

「吉原に利がございましょうか」

三浦屋四郎左衛門が、紀伊国屋文左衛門を見つめた。

「明らかな利があるか、もしくは、吉原に危急《ききゅう》でもせまりませねば、忘八衆を動かすことはかないませぬ」

忘八は吉原の護りでもある。世俗とのかかわりを断って無縁となった彼らのよりどころは吉原しかないのだ。遊廓にとって得となることでなければ、吉原を束ねる名主《なぬし》衆の一人、三浦屋四郎左衛門といえども、忘八を廓外で使うことはできなかった。

「金を払おう」

紀伊国屋文左衛門が、指を一本立てて見せた。

「ご冗談を」

三浦屋四郎左衛門が笑いとばした。

「千両では不足か」

紀伊国屋文左衛門が、意外という顔をした。

一両あれば、庶民一家四人が一ヵ月生活できる。千両といえば、吉原一日の総売上に匹敵する大金であった。

「そのようなはした金で、吉原の存亡をかけられませぬ」

三浦屋四郎左衛門が、手を振った。

新井白石は、今の将軍家宣の寵臣《ちょうしん》である。その寵臣を忘八が襲ったとばれれば、吉原は一日ならずしてつぶされることは明白であった。

「そうだったな。すまぬ、今の話は忘れてくれ」

紀伊国屋文左衛門が頭をさげた。

「はい。吉原では、見世から話が出ることはございませぬ」

身分を隠して遊びに来る客もいる吉原では、なにがあっても見世内の話を外に漏らすことはなかった。

口の軽い遊廓に、決して客が寄りつくことはないことを吉原は知っていた。

「では、荻原近江守さまの費《つい》えは、私にな」

紀伊国屋文左衛門は、そう言い残して三浦屋をあとにした。


勘定吟味役は、老中支配である。役目柄、登城しなくても問題はないが、一応の形式は踏むほうが無難である。御用部屋あてに願い書きを出して聡四郎は、一日休みを取った。役付といえども理由があれば、休むことは許されている。

「お早いお帰りを」

紅に見送られた聡四郎は、入江無手斎のもとへと向かった。手に、紅に持たされた戻り鰹《がつお》の半身をぶらさげている。

入江道場の弟子は少ないが、それでも朝は稽古に来る者が何名かいた。裂帛《れっぱく》の気合いが聡四郎を迎えた。

庭先から道場へ回った聡四郎は、入江無手斎に礼をして、道場の片隅に腰をおろした。道場の上座、鹿島《かしま》大明神の掛け軸前に入江無手斎が端座《たんざ》し、動き回っている弟子たちを見守っていた。

「うおおおお」

「ちぇいいいい」

気合い声を出すと力がこもりやすくなる。免許皆伝ともなると、よほどのことがないと声を張りあげなくなるが、初心のころは発声し息を吐くことで身体の緊張がほぐれ、動きやすくなるのだ。

六人ほどの弟子たちが道場せましと走り回っているのを見ていた聡四郎は、一人壁際で座っている若侍に気づいた。

「大宮《おおみや》……」

袋竹刀を手にもせず、じっと瞑目《めいもく》しているのは、八十俵取りの御家人の三男、大宮玄馬《げんば》であった。

己の剣気をとぎすますために座禅を組むことは聡四郎にもあるが、大宮玄馬からは覇気《はき》が感じられなかった。

聡四郎は、上座の入江無手斎を見た。

「…………」

入江無手斎が小さく首肯した。

聡四郎は腰をあげて、道場の壁に掛けられている袋竹刀を二本とると、大宮玄馬の隣に立った。

大宮玄馬が聡四郎に気づいた。

「水城さま」

「ひさしぶりに、やるか」

聡四郎は袋竹刀を差しだした。大宮玄馬が受け取り、立ちあがった。

「止めよ」

入江無手斎が稽古をさえぎった。弟子たちが袋竹刀をおろした。

「聡四郎と玄馬の稽古試合をおこなう」

入江無手斎の言葉に、弟子たちが歓声をあげた。

家督を継いでから、聡四郎が道場に顔を出す機会がぐっと減った。試合どころか稽古にさえやって来ていない。一方の大宮玄馬は、毎日早朝から稽古に励み、確実に腕をあげていた。

入江無手斎が認めた数少ない門人同士の戦いは、興味をもってむかえられた。

「一本勝負。突きは禁ずる」

入江無手斎が、規制をかけた。

三間（約五・五メートル）離れて、聡四郎と大宮玄馬は対峙した。

聡四郎の剣を峻《しゅん》とするなら、大宮玄馬の剣は疾《しっ》と表される。

長身の聡四郎より三寸（約九センチ）ほど低い小柄な身体から繰りだされる剣は、まさに目にも止まらぬほどであるが、惜しむらくは、体軀《たいく》のせいもあって一撃が軽い。

「見せてもらおう」

聡四郎は、袋竹刀をいつものように肩に担ぐのではなく、右袈裟《けさ》に構えた。

一放流の右袈裟は、刃筋を水平に近づけ、甲冑で護りきれない首筋や脇を狙うため、他流よりも切っ先が右にはずれる。

「お願いいたしまする」

大宮玄馬は青眼《せいがん》にとった。

斬るというより落とすに近い太刀筋の一放流では、青眼も他流よりは切っ先が低くなる。

攻守どちらにでも容易に変化する青眼の構えであるが、突き技以外では、切っ先を下げるか上げるかの一挙動が要る。しかし、大宮玄馬にはそれを不利にしないだけの疾さがあった。

二人の準備が整ったのを見て、入江無手斎が号令を発した。

「始め」

大宮玄馬が、いきなり駆けこんできた。一気に間合いを詰めながら、切っ先を聡四郎の額につけるように上げた。

聡四郎は、左足を右足の後方へと大きく引いた。右袈裟の太刀と開いた身体が一直線になった。

「しゃああ」

大宮玄馬が、太刀を振り落とした。聡四郎は、身体を揺らすようにしてわずかに右にかわした。

はずれた大宮玄馬の太刀が、道場の床をたたくことなく、へそをこえたぐらいで、刃先を横に変え、聡四郎に向かって食いこんできた。

聡四郎は、大宮玄馬の動きを見きっていた。袋竹刀本体ではなく、柄元をまっすぐに突き落とした。

くぐもった音がして聡四郎の柄が、大宮玄馬の袋竹刀を止めた。

大宮玄馬がすぐに袋竹刀を引くが、聡四郎はそれを許さず、柄を基点に袋竹刀をまわすようにして撃ちこんだ。

「くっ」

竹刀の返しがまにあわなかった大宮玄馬が、身体を大きくそらせて避けた。

道理にあわない動きは重心を狂わせ、大宮玄馬が体勢をくずした。

聡四郎は足を送って追いかけると、かわされた袋竹刀を呼び戻すようにして、大宮玄馬の横鬢《よこびん》を狙った。

「…………」

大宮玄馬の袋竹刀が、聡四郎の一撃を下からすくいあげた。

聡四郎は深追いせずに、間合いを開けた。

大宮玄馬も数歩さがって、体勢を立てなおした。

見ていた弟子が、ざわつき始めた。

「大宮さん、水城さんと互角だぞ」

「いや、水城さんのほうが、余裕がある」

入江無手斎は弟子たちの私語を止めようとしなかった。

周囲の音に惑わされて失敗するようなら、実戦の役にたたないからだ。

「よく、防いだな」

聡四郎は、大宮玄馬に話しかけた。

荒い息をついている大宮玄馬は、それに応えることができなかった。

「……………」

聡四郎は、大宮玄馬の息が落ちつくのを待った。

試合といいながら、その実は稽古であった。家督を継ぐ前には入江無手斎から師範代にと誘われていた聡四郎である。大宮玄馬がいかに麒麟児《きりんじ》と呼ばれていようが、進歩が著しかろうが、まだ相手ではなかった。

「水城さま、本気でお願いいたしまする」

大宮玄馬が、まなじりをつりあげていた。

聡四郎は、入江無手斎に目を向けた。

「よかろう」

入江無手斎が許可した。

聡四郎は袋竹刀を肩に担ぎ、ほんの少し背筋を反らせた。

敵に向かって腹を突きだすようなかたちになる。世辞にも見栄えのよい構えとはいえないが、途端に道場の空気が張りつめた。

私語をかわしていた弟子たちも口をつぐんだ。

聡四郎の殺気が周辺を圧していく。

大宮玄馬が顔色を失っていった。

「えいやああ」

聡四郎に負けまいと、大宮玄馬が必死の気合い声を出した。

今度は、聡四郎が先手を取った。滑るように大宮玄馬に迫った。

青眼に構えていた大宮玄馬が、応じるように間合いを詰めてきた。四間（約七・三メートル）ほどあった間合いは、すでに二間（約三・六メートル）に縮んでいた。

大宮玄馬が一瞬止まった。膝をたわめたかと思うと床板を思いきり蹴り、伸びあがるように精一杯腕を伸ばして袋竹刀を聡四郎の頭上に落としてきた。

聡四郎は避けなかった。

腰を据え、背筋を丸めて、担いでいた太刀を投げだすように放った。

聡四郎が全身の力をこめて撃ち出した一撃は、頭上めがけて迫り来ていた袋竹刀を砕きちらし、そのまま大宮玄馬の左肩を打ちすえた。

「ぐっ……」

大宮玄馬が膝をついて、うめいた。

入江無手斎が近づいてきて、大宮玄馬の左肩に手を置いた。

「つっ」

大宮玄馬の顔がゆがむ。

「折れてはおらぬが、肉が腫《は》れたな。おい、誰か、井戸の水をくんでまいれ」

唖然《あぜん》と見ている弟子たちに、入江無手斎が命じた。

跳びあがるようにして、全員が駆けていった。

聡四郎は袋竹刀を手放して、大宮玄馬のかたわらに屈《かが》んだ。

「痛むか」

聡四郎は詫びの言葉を口にしなかった。それは、剣士として本気の試合を望んだ大宮玄馬に失礼になる。

「少し」

いって腫れた肩の肉の上にのせた。


大宮玄馬が顔をゆがめた。

そこへ足音も大きく、井戸水をくんできた弟子たちが走ってきた。

入江無手斎はたらいを受けとると、弟子たちに帰るようにと命じた。

弟子たちは、昂奮《こうふん》をおさえようともせず、大声で今の試合を論じながら去っていった。

入江無手斎が懐から出した手ぬぐいを井戸水で冷やし、大宮玄馬の稽古着を開いて腫れた肩の肉の上にのせた。

「…………」

大宮玄馬は眉をひそめたが、今度はうめき声を漏らさなかった。

手ぬぐいを押さえながら、入江無手斎がゆっくりと大宮玄馬に話しかけた。

「わかったか」

たった一言だったが、大宮玄馬は大きく身体を震わせた。

「師よ。わたくしには一放流を極めることはかないませぬか」

大宮玄馬が悲愴な顔をした。

「目録《もくろく》ならくれてやれるが、免許には届かぬだろうな」

入江無手斎が、はっきりと告げた。楽しみで来る者には優しい入江無手斎であるが、剣をまじめに学ぼうとする者にはきびしい。

大宮玄馬が、頭をたれた。

「だが、剣の疾さでは、まちがいなくおまえは、儂の弟子のなかでは図抜けておる。玄馬、小太刀を学べ」

入江無手斎が、言った。

「小太刀でございまするか」

大宮玄馬が、怪訝な顔をした。

小太刀は、近い間合いで手数をくりだして、少しずつ敵の命を削っていく。富田流小太刀から派生しながら、一撃必殺を旨とする一放流とは、相反していた。

「太刀の軽さを疾さで補え。小太刀を身につければ、玄馬、おまえは聡四郎をこえることもできよう」

入江無手斎が、大宮玄馬に告げた。

「水城さまを……」

大宮玄馬が、聡四郎を見た。聡四郎は、黙ってうなずいた。

「では、私は道場を辞めなければなりませぬか」

大宮玄馬が、心細げな声を出した。

入江無手斎が、首を振った。

「儂が教えてやる。富田流小太刀なら、多少は覚えがあるでな」

入江無手斎が、やさしい微笑みを見せた。

二

手当てを施した大宮玄馬を見送ったあと、入江無手斎が聡四郎を誘った。

「ここでいいだろう」

道場の中央に入江無手斎が腰をおろし、聡四郎にも座るようにと手招きをした。

聡四郎は座る前に、道場の壁際においたままになっていた土産を手渡した。

「ほう、鰹か。うまそうだ」

竹の皮を開いた入江無手斎の顔がほころんだ。

「今朝方、魚河岸《うおがし》にあがったばかりのものだそうでございまする」

入江無手斎の目が輝くのを見て、聡四郎は喜んだ。

「世間は、初鰹を尊ぶが、儂は戻り鰹のほうが好みじゃ。脂ののりが違うでな」

「わたくしもそう思いまする」

聡四郎も同意した。

江戸の庶民は初夏の初鰹を縁起物として好む。一尾の鰹に一両の値がつくことさえあった。

入江無手斎が、鰹をていねいに竹の皮に包みなおした。

「先日の米といい、気遣いのできる女《おなご》のようじゃな。新しい女中か」

「はあ」

聡四郎は、返答に困った。紅のことをどうやって説明したらいいのかわからなかった。

「女中ではございませぬ」

「ふうむ」

入江無手斎が、顎を撫《な》でた。聡四郎の顔色をじっと見た。

「まあ、よかろう。それよりも、玄馬のこと、助かったぞ」

入江無手斎が礼を言った。

「いえ。なにやら玄馬が悩んでおるように見えましたので、要らざる手出しでございました」

聡四郎は、師である入江無手斎に頭をさげられて恐縮した。

「ここ一月《ひとつき》ほど、迷いがあったようでな。そろそろ一喝《いっかつ》してやらねばならぬかと思っておったところだった。だが、聡四郎が来てくれてよかったぞ。儂が同じことをしたら、たぶんあやつは道場を、いや、剣そのものをやめていただろうからの」

入江無手斎がほっとした顔をしていた。

「儂では勝負にならぬ。玄馬が多少なりとも勝てると思える相手でなければ、あやつも本気でかかってこぬ。聡四郎、おぬしと玄馬では、まだかなりの開きがあるが、それを理解できぬのが人というもの。少しは試合らしい試合になるかと思ったおぬしに完膚《かんぷ》なきまでにやられて、初めて玄馬は己の実力を知ることができた」

「…………」

聡四郎は、入江無手斎の弟子にかける心にうたれていた。

「見ているがいい、己を他者の心で見られるようになった玄馬の成長をな。一年で聡四郎が最初から本気でかからねばならぬほどになるぞ。いや、してみせようぞ」

入江無手斎が楽しそうに言った。

「わたくしも気を入れねばなりませぬな」

聡四郎は、最近役目にかこつけて道場を怠けていることを恥じた。

「仕方あるまいて。武士の本分はご奉公じゃ。これからはいつでもよい、夜中でもかまわぬ、聡四郎が稽古したくなったときに来るがいい」

「ありがとうございまする」

師の恩情に、聡四郎は頭をたれた。

「ところで、今日はどうした。お役目であろうが」

入江無手斎が、話を変えた。

「はっ。実は、先日……」

聡四郎は、先夜の刺客について語った。

「ほう。物干し竿の居合いか。それは、おもしろいの」

入江無手斎の顔が興味に輝いた。

「太刀筋を演じてみせよ」

入江無手斎に命じられて、聡四郎は壁に掛けられている木刀を手にした。

他流との試合を認めていない剣道場でも、道具だけはそろえていた。

一放流道場にも、槍、鎖鎌、薙刀《なぎなた》などを模した稽古道具が準備してあった。そのなかに三尺（約九一センチ）をこえる長刀をかたどった木刀があった。

聡四郎は木刀を鞘に納めた気持ちで、刺客の型をまねて見せた。

「腰が高いな。それでは、斬撃が軽くなる。そうか、その埋め合わせのために太刀が重く長いのか。間合い外からの横薙ぎは脅威ではあるが、それをかわしてしまえば、さして怖いものではないの」

一通り見た入江無手斎が、感想を口にした。

「で、流派を訊きに来たわけではないのであろう」

入江無手斎が、座に戻ってきた聡四郎に言った。聡四郎は、刺客が殺されていたことを入江無手斎に話した。

「見《けん》がいたのだろうな」

聞き終えた入江無手斎が口を開いた。

「見とは、なんのことでございましょうか」

聡四郎は、初めて聞くその言葉にとまどった。

「もとは検見《けみ》よ。検見とは、剣術の試合に、それも流派をかけた試合に立ち会う人物のことを言う。その役目がら、試合する両方と親しいか、まったく縁がないかのどちらかになり、決して一方に荷担することはない」

「審判役でしょうか」

入江無手斎の話を聞いた聡四郎が問うた。

「審判役とは違う。止めることをせぬからの。見の役目は、ただ見ているだけよ。あとあとのもめ事を防ぐためにあるのだからな」

剣だけではないが、武術の試合は遺恨《いこん》が残りやすい。

同門の兄弟弟子が、試合の内容に不満だと殺しあうこともある。流派を代表して戦う御前試合など、審判役がいてもかならず恨みは残り、血を見ることとなる。

そのために検見という役が生まれた。検見は、試合に一切の口出しすることなく、淡々と結果を見守るだけだが、後日もめ事が起きたときに、真実を語る者として重きをなすのだ。

そして、検見の言葉に異論を唱えた者は、武術家としての性根を疑われ、二度と相手にされなくなった。

「気配を感じなかったのか」

入江無手斎の瞳が光った。

「恥ずかしいことでございますが」

「おぬしほどの者を騙《だま》しおおすことができるか。ふむ。かなり遣うな」

入江無手斎が、感嘆した。

遺恨の刃が、審判役や見に向かうこともあった。闇討ちにあう見もいた。それを排するだけの遣い手でなければ、見を務めることはできなかった。

なにより、剣論をおさえこむには、その試合をおこなう者たち以上の腕が求められるのは自明の理であった。

「江戸は広い。どこに隠れた名人上手がいてもおかしくはないな」

入江無手斎が、聡四郎に目を向けた。

「なんにせよ、聡四郎。おぬしが役目は大事。新井白石どのに応えるためではなく、御上の、ひいては政《まつりごと》の盾《たて》となることをなせ。そのためには、まず身を大事にせねばならぬ。闇夜の礫《つぶて》という言葉がある。不意をつかれぬように気を張っておけ。特に左後ろにな」

「はっ」

入江無手斎の忠告に聡四郎は、首肯した。

左腰に刀を差している武士にとって、左後ろは鬼門《きもん》である。抜き打ちができないだけでなく、そちらを向くためには、身体を大きくまわさねばならず、一拍後れをとることになる。

「それと、おぬしを止めるためには、直接に狙うより簡単なことがいくらでもあるということも念頭にな」

入江無手斎が最後に、重大な注意を聡四郎に与えた。

思いのほか話しこんだ聡四郎は、夕餉を食べていけという入江無手斎の誘いを断って、道場を出た。

「鰹を酒浸しにしておくから、早めに帰ってきなさいよ」

出がけに聡四郎は、紅にそうきつく言われていた。

日はまだ西の空に残っていたが、田の拡がる下駒込村の道に人影はなかった。

聡四郎は入江無手斎に教えられたとおり、背後に気を配りながら歩いた。

「率爾《そつじ》ながら……」

御槍同心組屋敷の角を曲がったところで、聡四郎は前から来た町同心に声をかけられた。

聡四郎は、歩みを止めて、いつ抜き打たれても対応できるようにさりげなく両足を開いた。

「拙者か」

「いかにも。わたくし、南町同心千堂三之助《せんどうさんのすけ》と申す。御用の筋でちとお尋ねしたい」

黒の巻き羽織に黄八丈《きはちじょう》、少し低めに締めた帯に紺足袋《こんたび》と、町方《まちかた》と一目でわかる姿の壮年の同心が、赤房のついた十手を取りだして見せた。

「何用でござる」

聡四郎は訊いた。

長く部屋住みで堅苦しい生活とは無縁であった聡四郎は、役目でなければ羽織を身につけず、着流し姿で出歩いていた。浪人者ととられてもしかたがなかった。旗本は目付の支配であるが、浪人は町奉行所の管轄である。

「お名前とお住居をお教え願いたい」

千堂と名のった町同心は、丁重に尋ねた。千堂の背後に岡っ引きが一人、房なしの十手を聡四郎に見せびらかすように振っていた。

「本郷御弓町、水城聡四郎でござるが、なにかござったのか」

身分は隠したが、姓名を名のって聡四郎は問うた。

「先夜、円満寺前にて浪人者が殺害されていた一件のお調べでござる」

千堂が、調べの目的をあかした。

「それはご苦労に存ずる。で、拙者になにを」

「殺された浪人者の身元もわかっておらぬのでござる。お心当たりはござらぬか」

「あいにくでござるが」

聡四郎は首を振った。

「やいやい。殺されていた浪人者の特徴も聞かずに、心当たりがないとどうしてわかるんでえ」

岡っ引きが、千堂の前に出てきた。

「…………」

千堂が黙ってそれを見逃した。

聡四郎は思わず、笑いそうになった。

「三文《さんもん》芝居か」

あきらかに千堂は誰かの意図を受けて、聡四郎を待ち伏せしていた。町方とも め事を起こしてくれれば、そこから聡四郎に難癖をつけて、できれば御役御免《おやくごめん》、少なくとも御役替えを狙う。

「なんだと、てめえ」

岡っ引きが激昂《げっこう》して、十手を聡四郎の喉元に突きつけた。

まったく動じない聡四郎に、千堂が目を少し大きく開いた。

「刀を見せてもらおうか」

千堂が口を開いた。

人を斬れば刃に脂がつく。これは、鹿皮で拭ったぐらいでは完全に取り去ることはできない。

聡四郎の太刀は、手入れをしなおしたとはいえ、研ぎに出す暇がなく、よく見ればうっすらと脂が浮いていた。

「よこしやがれ」

待っていたように、岡っ引きが聡四郎の腰に手を伸ばした。

「無礼者が」

聡四郎は、岡っ引きを蹴りとばした。

「ぐえっ」

岡っ引きが吹っ飛んで転がった。

「なにをする。御上に刃向かうか」

千堂が十手を振りかざした。

「誰にそそのかされたのかは知らぬが」

聡四郎は、後ろに跳んで間合いを開けた。あえて争う気はなかった。

「勘定吟味役、水城聡四郎である。町方の手出しは無用にせよ」

聡四郎は、千堂を怒鳴りつけた。

「げっ」

ようやく立ちあがった岡っ引きが、驚きの声をあげたのに対し、千堂は平静であった。

幕府三奉行の一つ、町奉行は、南と北の月番交代で江戸の治安を担当している。三千石高の高級旗本が任ぜられ、評定所《ひょうじょうしょ》の一員も務める。強大な権力を持つが、それは町人に対してのみであり、武士や僧侶神官などにはおよばなかった。ましで旗本ともなれば、手に血のついた刀をぶらさげていようとも、千堂に手出しはできなかった。

「これは、ご無礼を。最初からお名のりくだされば、かようなことにはなりませなんだのでございますが」

千堂は頭をさげながらも、責任を聡四郎にかぶせてきた。

「その非は認めるが、きさまの不備も確かである。武士の差している刀を触ろうとするなど論外、手下のしつけも同心の役目であろう」

聡四郎は、岡っ引きの態度を咎めた。

「……申しわけございませぬ」

千堂が、やっと詫びた。

「町奉行どのに話をすることはせぬが、忠義を尽くす相手をまちがわぬようにいたせ」

聡四郎は、そう言い捨てて歩きだした。

帰宅した聡四郎を、紅が待っていた。

「遅かったじゃない」

仕事を探している浪人者と聡四郎のことを誤認したときのまま、紅の口調はずっと同じであった。これも父功之進が紅を気に入らない要因であったが、聡四郎は変えさせる気はなかった。それが、棚からぼた餅のように手に入れた身分と場違いな役目に浮かれてしまいかねない自分をつなぎ止めてくれている気がしていた。

紅の目は聡四郎が約束よりも遅くなったことを責めていた。

「すまぬ」

聡四郎は詫びた。

嫁入り前の娘が日が落ちるまで、特定の男の家に入り浸っているとなれば、人の噂にのぼりやすい。

聡四郎は夕七つ半（午後五時ごろ）には、紅を帰すようにしていた。

「せっかく、あんたが喜ぶ顔が見られると思ったのに」

紅の不満は、聡四郎が鰹の酒浸しを食べる姿を目にできないことにあった。

「迎えに来るのが早すぎやしたか」

相模屋伝兵衛の右腕で、紅の後見役でもある職人頭袖吉《そできち》が、後ろで笑っていた。

「ちょうどよかった」

聡四郎は、袖吉を誘って供待ち部屋に入った。入江無手斎の忠告を思いだしたのだ。

「なるほど、承知しやした」

聡四郎の話を聞いた袖吉が首肯した。

「お嬢さんのことは、あっしがしっかりお護りしやす」

袖吉は腕のいい鳶《とび》職人である。小柄で身の軽さは図抜けている。人を殺すことをためらわないだけの肚《はら》としっかり据《す》わった腰、聡四郎は袖吉の出が武家だと見ていた。

「できれば、しばらくの間、紅どのには家から出ないようにしていただければ、いいのだが」

聡四郎は無駄と知りつつ口にした。

「ふん。なんであたしが、あんたの言うことをきかなきゃなんないのよ」

紅がそっぽを向いた。

聡四郎は袖吉と顔を見あわせて苦笑した。

「お嬢さん、そろそろ」

袖吉が、紅をうながした。

紅が荷物を取りに台所へと去った。

「旦那」

袖吉が聡四郎を見た。聡四郎もうなずいた。袖吉が紅を去らせたことに気づいていた。

「また、拙者の役柄のことが絡んできているようだ。今も町方に止められた」

聡四郎は、袖吉に隠さず語った。

「やっぱり、あの辻斬りは、旦那でしたか」

袖吉は気づいていた。

「ああ。もっとも止めを刺したのは、拙者ではない」

聡四郎も応えた。

「町方を使うというのが、みょうでやすね。町方じゃ旦那の動きをおさえることができねえくれえ、わかっているはずで」

袖吉が首をかしげた。

「ああ」

聡四郎も同感であった。

「あっしのほうでも調べてみやす。旦那もお気をつけくださいよ」

「すまぬな。巻きこんでしまった」

聡四郎は頭をさげた。

「勘弁してくだせえよ。旦那にはお嬢さんを何度も助けてもらってやさ。ちったあ、こっちからお返ししねえと、親方にどやされやす」

袖吉が手を振って、聡四郎の気遣いに恐縮した。

そこへ準備のできた紅が戻ってきた。

少しでも送ろうかという聡四郎の申し出を袖吉が断った。

「あっしだけじゃござんせんから」

袖吉が紅に聞こえないように告げ、帰っていった。

三

聡四郎にとっての弱点は、紅と新井白石である。

とくに紅は、紀伊国屋文左衛門との戦いに巻きこまれて、殺されそうになった。

それだけに、責任を痛感している聡四郎の足かせになりかねなかった。

店に戻った紅が台所で夕餉の支度をしている間に、袖吉は聡四郎のことを相模屋伝兵衛に相談していた。

「そうか。やっぱり荒い連中が出てきたか」

「へえ」

相模屋伝兵衛と袖吉が沈黙した。

しばらくして、相模屋伝兵衛が口を開いた。

「紅のことを考えれば、さっさと婿をとらせて、水城さまから引き離してしまうのが最良なんだが……」

「その婿を蹴り殺しかねやせんぜ、お嬢さんは」

袖吉が首を振る。

「なにより親方が、そんなことできやせんでしょうが」

「そうだな」

相模屋伝兵衛が苦笑した。

「旗本のお殿さまで、町方の娘のために命を捨てようなんて酔狂《すいきょう》なお方は、水城さまぐらいだろうからな。あのお方を見捨てたとあっちゃ、相模屋に身体を預けてくれる人足はいなくなっちまわあ」

金払いの良さはもちろんだが、心意気がなければ、気性のはげしい人足たちを従わせることは難しい。

「そういえば、袖吉。水城さまにちょっかいをかけた町方の名前は、なんて言ったか」

「千堂三之助とか聞きやしたが」

相模屋伝兵衛の問いに袖吉が答えた。

「千堂っていや、たしか、南の臨時廻《りんじまわ》りじゃないか」

相模屋伝兵衛が、思いだした。

「ご存じの野郎で」

「ああ。定町を長くやって、三年ほど前に臨時にあがったと覚えているが」

相模屋伝兵衛が記憶をたどるように目を閉じた。

町奉行所の同心は、三廻りを花形とする。

その一が定町廻りであった。

定町廻りは決まった区域を毎日巡検する。颯爽《さっそう》と巻き羽織をふくらませ、雪駄《せった》の裏金を鳴らして歩く姿は女子供のあこがれで、江戸の粋《いき》の一つとまで言われた。

その二が臨時廻りであった。

臨時廻りには、定町廻りを長く続けた老練の同心が選ばれた。定町のように縄張りがなく、江戸の町内ならどこでも入ることができ、定町の域をこえた犯罪を担当した。縄張りに誇りを持つ定町廻りを従えるだけの手腕と経験があり、同心きっての切れ者でなければつとまらない難しい役目であった。

最後が隠密《おんみつ》廻りである。

隠密廻りは、定町廻りや臨時廻りなどを経て、とくに腕利きといわれた同心を町奉行が直接任命した。他の同心のように与力《よりき》の支配を受けず、直接町奉行の命で動き、江戸だけでなくどこにでも出向いた。

「臨時廻りとなると、円満寺の一件に口を出してもおかしくありやせんね」

袖吉が、ため息をついた。

「ああ」

「ちょいとうかがいやすが、千堂の野郎が定町だったときは、どこを縄張りにしてやがったんで」

「浅草界隈だ」

袖吉の問いに相模屋伝兵衛が応えた。


翌朝、いつものように登城した聡四郎を、太田彦左衛門が待っていた。

「なにかございましたので」

聡四郎は、太田彦左衛門が緊張していることに気づいた。

太田彦左衛門が、一枚の書付を聡四郎の前に出した。

「これを、ご覧くだされ」

聡四郎は、受けとった書付に目をとおした。

「これがなにか……」

書付には、本多《ほんだ》中務大輔《なかつかさたいふ》忠良《ただなが》へお下賜金五千両を出すことが書かれていた。

幕府の金蔵から金を出すには、それが一両であっても勘定奉行、勘定吟味役、担当の勘定衆、金奉行の判が必要である。

加増された嫌がらせに書付が回ってこなくなるまでは、なんどか聡四郎も花押《かおう》を記していた。いわば、ありきたりのものであった。

「どこから回ってまいりました」

聡四郎は、まず書付の出所を尋ねた。

「名前はご勘弁くだされ、古くから馴染みの勘定筋の者が報せてくれたので」

太田彦左衛門が明言を避けた。

聡四郎は、書付に目を戻した。

じれたように太田彦左衛門が、書付の文字を指で押さえた。

「おかしいと思われませぬか。本多中務大輔さまには、今年に入って二度目のお助け金でございまする」

幕府から大名や旗本に金が出るのはふたとおりあった。一つは領内の凶作や江戸屋敷の焼失などの災害にたいして一時的に金を貸すもの、もう一つは、窮迫した大名や旗本の台所を救うために与えるものである。

幕府の財政がきびしい最近では、御三家といえどもお下賜金をもらっていなかった。

「言われてみれば、なるほど……」

聡四郎も納得した。

「本多中務大輔忠良どのとは、どのような方だ」

聡四郎が訊いた。三百諸侯というほど大名の数は多い。御三家や老中、若年寄などでもないかぎり、知らなくて当然であった。

「私も詳しくは……」

太田彦左衛門が首を振った。

「新井白石どのならご存じかもしれぬ」

聡四郎は、新井白石を探すことにした。

殿中のことは、御殿坊主に訊くのが早い。

聡四郎は、広い江戸城中をやみくもに歩き回る愚をおかすことを避け、御殿坊主が内座近くを通るのを待った。

内座の一つ向こうの筋には老中や若年寄の下部屋がある。殿中の所用を果たすのが役目の御殿坊主が、来ないはずはなかった。

「御坊主どの」

殿中で目立つ禿頭《とくとう》を見つけた聡四郎は、声をかけた。

「何用でございましょうか」

御殿坊主が訊いた。

「新井白石さまがどこにおられるか、ご存じではござらぬか」

聡四郎はていねいに問うた。

御殿坊主には、将軍家の身の回りのものを取りあつかう小道具役、老中若年寄の所用をおこなう御用部屋付き、城中に時刻を報せる土圭《とけい》の間《ま》坊主、そして城中雑用の表坊主がいた。

二十俵二人扶持と軽い身分だが、老中をはじめとする諸役と親しく口を利くことから、その権力は侮《あなど》れなかった。

「新井さまでございましたら、さきほどお台所にお見えでございましたが」

それだけ言うと、御殿坊主は小腰をかがめて小走りに去っていった。

「御広敷《おひろしき》台所か」

聡四郎は首をかしげながら、城中中奥《なかおく》と大奥の境に当たる御広敷台所へと向かった。

御広敷台所は、将軍家と大奥に在する正夫人の御台所《みだいどころ》、連枝《れんし》たちの食するものを作るところである。

台所に近づいた聡四郎は、新井白石の甲高い声を聞いた。

「もったいないと思わぬのか、そなたたちは」

聡四郎は、ため息をつきたくなった。

新井白石は、幕府歴代の諸役人と比しても図抜けて優秀であった。耳にしたことさえない南蛮語を、密入国してきた宣教師シドチの取り調べに同席しただけでものにし、ついには通詞《つうじ》なしでシドチと会話したほどの天才なのだ。

天才にありがちであるが、他人も己と同じだけのことができて当然と思いこむところが新井白石にはあった。

「なぜ、そこで砂糖を捨てるか」

新井白石が怒声をあげた。

台所に顔を出した聡四郎は、板の間に突っ立ってお台所人の二人を叱っている新井白石の姿を認めた。

「さきほどから窺《うかが》っておれば、貴重な砂糖を何度も何度も廃棄しおって、それがどれほどの無益であるか、わからぬのか」

「お言葉を返しますが、上様にお出しするお菓子に用いる砂糖でございまする。砂が一粒でも入ったとなれば、使用できようはずもございますまい」

お台所人が言い返した。

「それが、馬鹿だと申しておる。なぜ、上様のお食事を作る台所に砂が入るのだ。普段より掃除をいきとどかせておけば、避けられるはず。なにか、掃除もまともにしておらぬと申すのか」

新井白石がお台所人に逆《さか》ねじを喰らわせた。

「確かに細かい砂のことだ。百歩譲って入ったとしよう。ならば、篩《ふるい》にかけて除けばすむことであろう」

新井白石が叱り続ける。

「いらぬお世話をなさっておられますな」

聡四郎の背中から、太田彦左衛門が声をかけた。

先ほどから太田彦左衛門が、背後にいることを察知していた聡四郎は、振り返らずに尋ねた。

「あれはなんなのでござろう」

聡四郎は、御広敷台所にいる三十人ほどの役人から発せられている不満の感情に驚いていた。

「新井さまは、台所に勤める者の余得《よとく》に手を出されたのでございまする」

太田彦左衛門が、言った。

どのような役目にも役得はある。特に本禄の少ない者が就く役職では、余得が生活の糧《かて》となっていることが多かった。

「ご存じのとおり、砂糖はひじょうに高価なものでございまする。御上には毎年薩摩公から献上されておりますが」

さすがにそれぐらいのことは、聡四郎も知っていた。

「ご献上の砂糖は、かなりの量がございまする。それに比して、御上をはじめとする方々のお使いになられる量はさほどありませぬ」

太田彦左衛門が説明を続けた。

「となれば、毎年かなりの砂糖が余らなければならないのでございますが、不思議なことにきれいになくなるのでございます」

「なくなるのでございますか」

聡四郎は思わず、太田彦左衛門の言葉をそのまま疑問にした。

「さようでございまする」

太田彦左衛門が、新井白石に叱責されているお台所人の足下を見るようにと、聡四郎をうながした。

そこには、大きめの桶が置かれていた。

「あそこには砂糖が入っておりますので。毎日のおやつの菓子を作りますときに、砂が混じったとして捨てるのでござる。捨てられた砂糖は、どのように処分しようともお台所人の勝手。ああやって溜めた砂糖を出入りの商人に売り渡し、その金をここに勤める者で分けるのでございまする」

太田彦左衛門が、語り終わった。

「積もれば、大きな金になりまする。薄禄の御家人にとっては、重要な収入というわけで。それを新井さまは、咎めだてられた」

太田彦左衛門の声には、非難が混じっていた。

聡四郎にも太田彦左衛門の言いたいことはわかった。

息子ではなく使用人に近い部屋住み生活を送ってきただけに、使われる者たちのささやかな楽しみがどれほどたいせつであるかを、聡四郎は知っていた。

「たしかによいことではございませぬ。ですが……」

太田彦左衛門の言葉をさえぎって、聡四郎が続けた。

「目くじらをたてるほどのことではないと」

「はい」

太田彦左衛門の首肯を背中に聞いて、聡四郎は台所へと入っていった。

「新井さま」

聡四郎は、静かに呼んだ。

「誰じゃ。今、手が離せぬ。あとにいたせ」

新井白石は、お台所人にけわしい目を向けたまま、拒絶した。

「水城聡四郎でございまする。急ぎお耳に入れたきことがございまする」

聡四郎は、新井白石の気を引くように小声で言った。

「水城だと。おお、おまえか。わかった」

新井白石は、振り返って聡四郎を認めると、いままで怒鳴っていたことなど忘れたかのように、先にたって歩きだした。

太田彦左衛門が、聡四郎の半歩後ろをついてきながら、ささやいた。

「許されたわけではございますまい」

聡四郎は、黙ってうなずいた。

新井白石の記憶力は優れている。明日にでもふたたび、御広敷台所で、新井白石は声を張りあげるに違いなかった。

新井白石は黙々と薄暗い廊下を歩いて、与えられている側役下部屋に入った。

「で、なんだ、耳に入れたいこととは」

新井白石は、聡四郎と太田彦左衛門に座れとも言わずに訊いた。

聡四郎は、本多中務大輔にかんすることを話した。

「古河の本多中務大輔忠良。残された家柄。かかわってきたか」

「なにがでございまするか」

聡四郎は、新井白石のつぶやきを聞き咎めた。

「…………」

返事をすることなく、新井白石は下部屋の壁際にうずたかく積まれている冊子をじっと見つめた。

「ここだったはずだ」

一服するほどの間もなく、新井白石は数えきれない冊子のなかから一冊を引きだした。

「本多家の家譜《かふ》じゃ。見るがいい。ただし、この部屋から持ち出すな」

新井白石は冊子を聡四郎に渡すと立ちあがった。

「この一件、金がらみのようだの。水城、おまえに任せる。やってみせろ」

冊子に気をとられていた聡四郎と太田彦左衛門は、新井白石の瞳が光ったことに気づかなかった。

新井白石がいなくなって、あきらかに太田彦左衛門はほっとした顔をした。

「恐ろしいお方でございますな。まるで抜き身の刀でございまする」

「抜き身か。いや、血塗られた太刀というべきかもしれませぬ」

聡四郎は、新井白石をそう評した。

神器と呼ばれる日本刀でも人を斬り続ければ、その気はにごり、美しい刃紋もゆがんでくる。人の心の隙間も余裕も切り捨てて、幕府の立てなおしをはかろうとする新井白石に、聡四郎は血塗られた太刀を重ねていた。

「…………」

息をのんだ太田彦左衛門から目をはずして、聡四郎は冊子を開いた。

本多中務大輔忠良、元禄三年（一六九〇）生まれの二十三歳、下総古河五万石の城主である。

家康に仕え、徳川四天王の一人、不敗の武将として名の知られた本多平八郎《へいはちろう》忠《ただ》勝《かつ》の直系で、徳川家にとって格別な家柄であった。

本多平八郎の孫忠刻《ただとき》は、家康の孫娘千姫《せん》を嫁にもらい、嗣《し》をつむいだ。徳川の血縁となって順風満帆に見えた本多家だったが、忠良の養父忠孝《ただたか》の代に大きな変化が襲った。所領を温暖裕福な姫路《ひめじ》から、雪深い越後村上《えちごむらかみ》に移されたのだ。

これは、当然であった。忠良の養父忠孝は、わずか七歳で封をついだ幼児であり、西国《さいごく》の大名をおさえ、大坂の護りとなるべき肝要の地姫路を任せるにたりぬと幕府が判断したのだ。

さらに忠孝が、わずか十二歳で病死してしまった。

本多家の不幸は、ここに始まった。

忠孝の父忠国《ただくに》も三十九歳の若さで急死し、息子忠孝にいたっては元服《げんぷく》さえしないうちに亡くなった。跡継ぎがいようはずもなかった。

嗣なきは絶ゆが幕府の祖法《そほう》である。家康の実子でさえ例外ではなかった。尾張《おわり》清洲《きよす》六十二万石の城主であった四男忠吉《ただよし》は、慶長《けいちょう》十二年（一六〇七）、二十八歳の若さで死去、子供がいなかったことで家はとりつぶされている。

本多家もそうなるはずであった。だが、徳川綱吉は、名門が絶えるのを見るに忍びないとの理由で、三代前に分家していた本多肥後守忠英《ひごのかみただひで》の息子、忠良に継嗣《けいし》を許したのであった。

異例中の異例ともいうべきあつかいであったが、さすがに封禄《ほうろく》をそのままにすることはできなかった。越後村上藩本多家は十五万石を五万石に減らされ、家が残ったことを祝うまもなく、窮乏にあえぐこととなった。

不思議な綱吉の恩恵は続いた。所領を実りの少ない村上から、豊かな三河《みかわ》国刈《かり》谷《や》へ移してくれた。表高に変化はなくても、実収では倍近く違う。そのうえ、転封をなぐさめると三千両の下賜までつけられた。

本多家への温情は綱吉が死んでも続いた。今年の七月、本多中務大輔は刈谷から譜代名誉の地、下総古河へ二度目の転封を命じられた。

「このときか、一万五千両を与えられたのは」

聡四郎がつぶやいた。

七月ならば、荻原近江守はまだ勘定奉行として威を張っていた。

「つい二月《ふたつき》前にこれだけの金を与えられていて、さらに追加しようと」

驚いた聡四郎に、太田彦左衛門が首肯した。

「あまりにおかしくはございませぬか。本多家が御上にとって大事の家柄であることは承知いたしておりまするが、絶えるべき家を一族の者に継がすだけではなく、これだけ厚遇《こうぐう》する理由がわかりませぬ」

太田彦左衛門の疑問は、聡四郎も同じであった。

大名にとってなすべきは、将軍家への忠義であった。それは、代々受け継いでいくことが義務であり、跡継ぎをもうけないことは、不忠とされていた。

本多家は、不忠を咎められたのだ。当主が幼いなら、仮養子だけでも決めておくべきであった。それを怠った本多家に罰が科せられたのは当たり前であった。

罰でありながらお手許《てもと》金が出たのは、おかしい。

「刈谷への転封に一度、そして今年七月に二度目、これで三度でございまするか」

太田彦左衛門が、うなった。

今回太田彦左衛門が手に入れてきた書付に記されていた五千両の出金願いは、じつに三度目の合力《ごうりき》であった。

「しかし、二度目の一万五千両とは、とほうもない金でございますぞ」

聡四郎は、驚くしかなかった。

五万石の大名の取り分は通常二万五千石である。それは玄米での話であり、玄米は精白すれば一割目減りする。本多家の実収は二万二千五百石となる。米は、相場で変化するとはいえ、おおむね一石一両で取引された。年間二万二千五百両の収入である本多家にとって、一万五千両がどれほど大きな金額であるか、これからも知れた。

「さらに五千両も下賜されるとなれば、一年で二万両。ほぼ年収に等しい金を与えることになりまする」

太田彦左衛門もあきれていた。

「たしかに十五万石であった領地から十万石を収公《しゅこう》いたしましたので、年間四万五千両ほど御上に金が入ってきていると申さば、そのとおりなのでござるが」

太田彦左衛門が、首をひねった。

「なによりも、先ほどのようすから見て、このことを新井白石どのはご存じなかったようでござったが」

聡四郎は、気になっていたことを口にした。

新井白石は将軍家宣の懐刀として幕政に参し、身分は寄合旗本ながら、御側役格として遇されていた。

さらに、つい最近、体調が悪く政から身を退きぎみとなっている家宣が、新井白石を若年寄格にひきあげ、幕政の監察を命じている。

太田彦左衛門が首を振った。

「ご存じなくて当たり前でござる。御用部屋から一日に出される書付は膨大でございまする。よほどの大事でもないかぎり、その事例を担当していない者には、内容が報されることさえございませぬ。ご老中でさえ、このことをご存じでない方のほうが多うございましょう」

勘定方にかかわる書付の多さは、聡四郎も経験した。

「調べてまいりまする」

太田彦左衛門が、下部屋を出ていった。

聡四郎は、本多家の家譜を見ながら、深く思考していた。

本多中務大輔忠良に対する今年二度目のお下賜金は実現しなかった。

聡四郎からこの話を聞かされた新井白石が、病床の家宣に訴えることで潰したのだった。

人払いを命じて小姓《こしょう》を去らせた家宣が、新井白石を諭すように言った。

「あまり、きつう締めつけてやるな」

中奥御休息《ごきゅうそく》の間《ま》で、脇息《きょうそく》に身を預けた家宣の声は、力ないものだった。

夏ごろから調子をくずしていた家宣は、御休息の間からほとんど出ることもなく、寝たきりの状態に近かった。

生類憐《しょうるいあわれ》みの令《れい》に代表される悪法をまき散らし、幕政を壟断《ろうだん》し続けた綱吉の後始末を期待されて将軍となった家宣であったが、就任わずか三年でその治世は終焉《しゅうえん》を迎えようとしていた。

「余《よ》亡きあと、幼き鍋松《なべまつ》を支え、幕政を執《と》りおこなうは、白石先生しかおらぬのだ。敵を作らぬようにの」

家宣が語った。

鍋松とは、世継ぎとして大奥にいる家宣の四男である。

家宣は男の子に恵まれたが、長男は産声をあげただけで、次男はわずか二ヵ月で、三男は二歳になったところで死んでいた。まだ四歳の鍋松も蒲柳《ほりゅう》の質《しつ》で、よく熱を出しては、奥医師《おくいし》の世話になっていた。

「お気弱なことを、おおせられますな。病は気からと下世話にも申しまする。天下の武家を統《す》べられる征夷《せいい》大将軍が、病ごときにお負けになられるわけなどございませぬ」

新井白石は深く平伏して、家宣の気弱を叱った。

「そうであったな。そうかたく考えずに、たとえ話として聞いてくれ」

家宣は、新井白石と他の役人たちの間にある軋轢《あつれき》に気づいていた。当初、旧弊《きゅうへい》をくずすためにはそれでよいと思っていた家宣であったが、全幅の信頼を与えている将軍という後ろ盾を失ったとき、新井白石が孤立することをおそれた。

「聖徳太子《しょうとくたいし》がことではないが、和をもって貴《とうと》し。これが政ではないか。釈迦《しゃか》に説法となることを承知で申しておる」

「おそれいりましてございまする」

家宣の心がわからぬ新井白石ではなかったが、家康が天下を手にして百十年、慣例と恣意《しい》に固まってしまった幕政をほぐすに、ときをかける余裕はないと考えていた。

新井白石は狷介《けんかい》な性質であったが、貧困のなかから引きあげ、千二百石の旗本にしてくれた家宣に誓った忠誠は本物であった。

「なればこそ、盤石《ばんじゃく》な幕府を若君さまにお継ぎ願いたいのでございまする。今度の件も些細《ささい》なことではございまするが、一大名にくだしおかれるにしては恩恵がすぎまする。政の骨は、誰にでもひとしく、信賞必罰《しんしょうひつばつ》を正しくいたすことと愚案つかまつりまする。申しあげるもはばかりあることながら、先代綱吉さまは、両方をおろそかになされました。好憎を如実にあらわされ、甲府公柳沢吉保どのを始めとする方々の立身出世には、先例がございませぬ。そのひずみは今も幕政に色濃く残っておりまする。根腐れを防ぐためにも、司政を担う者は清廉潔白でなければなりませぬ」

新井白石は、何度となく上申《じょうしん》したことをくりかえした。

「わかっておるがの、人の営みは清らかだけではやってはいけぬ。余も先代が乱した幕政を正しき道にもどさんとして、将軍位を望んだが、その奥に亡父が継ぐべきであった大統《たいとう》を奪われた恨みがなかったとは言えぬ」

家宣が、辛そうな顔をした。

直系は三代で絶えると言われる。

天下をおさえた徳川家でさえ、その言い伝えには勝てなかった。

一族でも殺しあう戦国の世はいたしかたないとしても、泰平になっても同じであった。

切腹させられた家康の長男信康《のぶやす》は、戦国のならいと除外しても、次男秀康《ひでやす》は家康に嫌われて家督から外された。ここで長幼《ちょうよう》を筋とする直系は一度絶えた。

家康のあとを受けた秀忠《ひでただ》の血筋は、なんとか家光、家綱《いえつな》と三代続いたが、家綱に跡継ぎができなかった。

五代将軍を継ぐべき直系が絶えてしまったのだ。

天下をおさえている幕府の中心である将軍の空位は、思わぬ混乱をもたらし、ふたたび戦禍《せんか》の原因となりかねなかった。

病床に伏した家綱を前にして、将軍選びが始まった。

このようなときのために、家康は晩年の子三人に徳川の名跡《みようせき》と広大な領地を遺し、御三家を作っていた。尾張、紀伊《きい》、水戸《みと》の三家である。

さらに候補は二人いた。家光の子供や孫たちであった。館林宰相《たてばやしさいしよう》徳川綱吉、甲府宰相徳川綱豊であった。

これら五人、徳川家康の血を引く者たちの争いだけで済むはずの所へ、闖入《ちんにゆう》者《しや》が現れた。

病床の将軍家綱に代わって、幕府の最高権力を握っていた大老酒井雅楽頭忠清《さかいうたのかみただきよ》が、鎌倉《かまくら》幕府の故事にのっとり朝廷から宮家《みやけ》を招いて将軍にしてはどうかと言いだしたのだ。

酒井雅楽頭に幕政を私物化しようとの意図はなかった。妊娠していた家綱の愛《あい》妾《しよう》が子供を産むまでのつなぎであった。

徳川一族から将軍をむかえてしまうと、廃位することが難しい。もし、家綱の愛妾が男の子を産んだ場合、将軍位を巡って騒動が起こりかねないと酒井雅楽頭は考えたのだ。

三代将軍の座を次男家光と三男忠長《ただなが》が争ったとき、家康は家光が継ぐものと裁定した。戦国を制し、天下を握った家康は、神に比されている。その言葉は金科《きんか》玉条《ぎょくじょう》となり、幕府をしばっていた。

だけに、直系を尊重しようとした酒井雅楽頭の提言に幕閣《ばっかく》のほとんどが賛成した。

一人異《い》を唱えたのが、一年前、延宝《えんぽう》七年（一六七九）に老中になったばかりの上州安中《じょうしゅうあんなか》城主堀田備中守《びっちゅうのかみ》正俊であった。

堀田正俊は、家康の曾孫《ひまご》で血が近く、さらに儒教をよく学び聡明《そうめい》であるとの理由で、家光の四男綱吉を強く推した。

紀州家と尾張家は、ともに一度将軍家への謀反《むほん》を咎められており、水戸家は分家筋の高松《たかまつ》松平と嗣子《しし》を交換していた。これが御三家が推されなかった理由となった。甲府宰相綱豊が弱かったのは、家康から見ると玄孫《やしゃご》にあたり、血筋が遠かったからだ。

宮将軍と綱吉の一騎打ちになった後継者争いは、推薦人の力関係で終わりを告げた。酒井雅楽頭の意見を幕閣は選択した。

明日には、京の宮家へむかえの使者を出すと決まったその夜、堀田正俊は、深夜一人で病床の家綱の枕元におもむき、ついにその口から、世継ぎは綱吉にすると言わしめた。

それが家宣の恨みとなった。

家光には四人の男子がいた。長男が四代将軍家綱、三男が家宣の父綱重《つなしげ》、四男が五代将軍綱吉であった。

当時綱豊と名のっていた家宣には、儒学にもとづいた正しき政をしてみたいという理想があった。一昨年亡くなった父のあとを継いだ甲府藩では、すでに家宣の思いが藩政に反映されて、それなりの成果をあげていた。

若かった家宣は、甲府藩でできたことを天下に広めたいと願った。そして、それができる地位が目の前にあった。

家康の決めた長幼を明らかにする相続に従うなら、家綱のあとを継ぐのは、家光の三男綱重であるべきであり、綱重亡き今は、その長男である自分こそが、将軍になるべきであると家宣は考えた。

家綱の子供が、無事に生まれなかったり、生まれた子供が女であった場合、宮将軍を廃して、その座に就くのは自分しかいないと思っていた。だからこそ、家宣は酒井雅楽頭の案に反対しなかった。

それが、一夜にして綱吉に奪われた。

将軍位の争いに負けた家宣は、徹底して綱吉を嫌った。また、綱吉も家宣を厭《いと》った。親しくあるべき叔父と甥は、仇敵《きゆうてき》となった。

「あのころ、余は綱吉公を疑っておった。五代将軍選びが始まる一年半ほど前に父が三十五歳の若さで急死したのは、将軍の座を狙った綱吉公の手の者によって殺されたのだとな」

家宣が、かつての疑問を口にした。

「それが、余の瞳を曇らせてしまった。綱吉公にもっとも近き筋の者として、かの御仁を補佐すべきをしなかった。それが、生類憐みの令をはじめとする悪政を招いてしまった。まこと悔やみきれぬ。愚かであった」

家宣が、大きく息をついた。

「上様」

新井白石が気遣うのに、家宣は首を振った。

「白石先生、余は、涅槃《ねはん》を前にしてようやく悟れたのではないかと思う。憎しみはなにも生まぬ。いや、あしきを起こすだけじゃ。政をなす者は、広き心で人の醜さ、矮小《わいしょう》さも受けいれていかねばならぬ。清く正しき者も不正をなす者も、すべからく徳川の民なのだ」

家宣が、脇息からずり落ちた。顔色が紙のように白くなっていた。

「上様。誰か、誰かおらぬか」

駆けよりながら新井白石が、声を張りあげた。

すぐに小姓が走りこんできた。別の小姓が控えている奥医師を呼びに飛んでいった。

駆けつけた奥医師が、家宣の腕に糸を巻きつけて、その糸を握って脈をはかる。糸脈《いとみゃく》であった。高貴なお方の身体に直接触れることはおそれおおいとして、天皇や宮家、将軍、御台所などの診断に使われる。

「馬鹿なことを」

シドチから西洋の事象を得た新井白石は、聞こえないように吐きすてた。

かつて新井白石は、家宣の治療に口を挟み、すさまじい反発を喰らっていた。

「医師でもない者から、あのようなことを言われるとは、わたくしどもが上様のお身体を診るにたりぬと申されたも同然。奥医師一同、お役目を果たすことができませぬゆえをもって辞任させていただきまする」

奥医師すべてに反旗をひるがえされては、家宣も新井白石をかばうことはできない。家宣が新井白石をたしなめることでその場はおさまったが、遺恨が消えたわけではなかった。

新井白石は、荒い息をついて目を閉じている家宣に深々と頭をたれて、御休息の間を去った。

本多中務大輔へのお下賜金が取り消されたことは、一夜にして江戸城に知れわたった。

徒目付永渕啓輔は、下城の足で柳沢吉保を訪れた。

柳沢吉保は、庭園の四阿《あずまや》で永渕啓輔の報告を聞いた。

「そうか。いたしかたあるまい」

柳沢吉保は淡々としていた。

「どこからか、話が水城聡四郎に伝わったようでございまする」

徒目付の仕事は、江戸城大奥と御用部屋をのぞくすべての場所におよんでいる。

永渕啓輔は、水城聡四郎が御広敷台所にまで新井白石を探しにいったことも把握していた。

「隠しごとは、かならず露見《ろけん》する。漏らした者を咎めだてるよりは、堂々とことを運べなかったことを恥じねばならぬ」

柳沢吉保が、四阿の隅におかれている火鉢から鉄瓶を取りあげて、湯呑みに注いだ。

湯気のあがる白湯を柳沢吉保が喫するのを、永渕啓輔は待った。

「本多中務大輔さまのことは、いかがいたしましょうや」

「放っておけ。いつまでも甘えさせることもなかろう。いや、そうだな。中務大輔は若い。思わぬことを口にするやもしれぬ。少し脅しておくか」

柳沢吉保が、永渕啓輔を見た。

「過日、暑中の見舞いにやってきたおりに、我が手の者が訪《おと》なうやもと話をしてある。むやみに騒ぎたてはしまい」

「承知つかまつりました」

永渕啓輔が、頭をさげた。

「上様のごようすはいかがか」

柳沢吉保が話を変えた。

「芳《かんば》しくございませぬ。本日も奥医師がつきっきりでございました」

永渕啓輔が応えた。

「ふうむ。お世継ぎさまは、まだ西《にし》の丸《まる》にお移りではないな」

「はい」

元服していない家宣の息子鍋松は、生母お喜世《きよ》の方《かた》のもと、大奥で大勢の女に囲まれて養育されていた。

「おもしろくなってくるやもしれぬぞ」

柳沢吉保が、笑った。

「と申されますと」

永渕啓輔が問うた。

「上様は、四代将軍家綱さまの逝去にともなう幕政の混乱を覚えておられるからな。同じことを起こされることを潔《いさぎよ》しとはされまい。情に流されて嫡流《ちやくりゆう》を尊重するか、儒学にそって主君の命を絶対とするか。ふふふ、新井白石がどう出るか、おもしろいものが見られるやもしれぬ」

柳沢吉保が、話はすんだとばかりに永渕啓輔から目をはずした。

永渕啓輔は、もう一度深く平伏すると、甲府藩中屋敷をあとにして、日暮れた江戸の町へと出た。

大名小路《だいみょうこうじ》にある本多中務大輔忠良の上屋敷では、用人中山新兵衛《なかやましんひょうえ》が、藩主から責められていた。

「どうなっておるのだ。まちがいないと申したのは、そなたであったはずだ」

本多中務大輔が、癇《かん》の強い声で中山新兵衛を怒鳴った。

中山新兵衛は、畳に額をこすりつけながら詫びた。

「申しわけございませぬ。勘定奉行大久保大隅守さまが請けあってくださいましたので、大丈夫だと」

「たわけが、勘定奉行ごときの言葉に浮かれおって。なぜ、柳沢さまの保証をいただいておかなかったか」

中山新兵衛の言い訳を本多中務大輔が、断ちきった。

「おおせではございますが、柳沢さまは、言質《げんち》を取られるようなことを口にされるお方ではございませぬ」

中山新兵衛が逆らった。

本多家が姫路にあったときから仕えてきた家臣たちは、分家から養子に来た若い藩主を甘く見ていた。中山新兵衛もその一人であった。

「きさまは、おのれが手抜きを柳沢さまのせいにするつもりか。たわけ者が。禄を減らされただけではなく、姫路から村上、村上から刈谷、刈谷から古河と、続けざまに領地を代わらされた我が御家の窮乏をそなたは、どう思っておるのだ。このようなことで、本多平八郎忠勝さま以来の家柄、徳川随一の武勇を誇る本多家の体面が保たれると思うてか」

家臣に口答えをされて、本多中務大輔の怒りは増した。

「……………」

中山新兵衛は沈黙した。本多中務大輔が、言い疲れるまでじっと待った。

「もう一度、願いをたてよ。今年の暮れまでに一万両を用意せねば、我が家はもたぬ。刈谷よりも古河が格上とはいえ、実収は刈谷が多い。せめて転封をもう二月遅らせていただければ、今年の年貢を集められたものを」

本多家の転封《てんぽう》は七月に命じられた。稲を刈る前の転封は、移転後の地で年貢《ねんぐ》を取りたてるのが決まりであった。

それは、物成りの違いだけでなく、ようやくなじんで年貢の取りたてにも慣れたところから、まったくなにもわからないところへの移動であり、ほとんどの場合、大幅な減収になった。

「百姓どもは、ほくそ笑んでおることだろう。なにもわからぬ連中がやってきたとな。隠し田を検地するまもない年貢高決めは、百姓の申すがままではないか」

「御上のお決めになられたことでございまする。我らではなんともいたしようがございませぬ。それに、古河への転封を望まれたのは殿でございまする」

中山新兵衛が、開きなおった。

「…………」

本多中務大輔が、口を閉じた。

「御上の御役に就くなら、譜代名誉の地でなければとおおせられたのは殿でございまする。われらは、その願いに沿って動きましただけでござれば、お叱りをいただくは心外」

中山新兵衛が胸を張った。

「御上の御役に就かずとも、本多の家は格別でございますれば、お心違えのございませぬように。では、ごめんつかまつりまする」

中山新兵衛は、さっさと本多中務大輔の前から去っていった。そのあと、入ってくるはずの小姓や側役の姿が見えない。本多中務大輔が江戸藩邸で孤立していることはあきらかであった。

しばらく呆然としていた本多中務大輔が、独りごちた。

「御役にでも就かねば、皆、余を軽《かろ》んじることを止めぬではないか。分家の小せがれと陰で呼ばれておることを知らぬとでも思うたか」

本多中務大輔の恨み言を、天井裏で永渕啓輔が聞いていた。

徒目付の仕事の一つに隠密探索があった。八十人いる徒目付のなかから、体術にすぐれた者を選んで老中が直接命じた。

永渕啓輔は、柳沢吉保が大老格のころから隠密役も務めていた。

本多中務大輔が落ちつくのを待って、永渕啓輔は屋根裏から声をかけた。

「中務大輔どの」

御家人でしかない永渕啓輔と五万石の大名本多中務大輔とでは格が違うが、将軍に仕える身分としてみれば、御家人と大名は同列である。

永渕啓輔は、わざと対等の呼び方をした。

「誰か」

本多中務大輔が、天井に顔を向けた。すぐに顔を部屋の外に向けて人を呼ぼうとした。

「お騒ぎあるな。美濃さまの手の者でござる」

永渕啓輔は、柳沢吉保の使いであることを匂わせた。

「美濃……柳沢さまか」

「お名前を口にされるな」

永渕啓輔がたしなめた。

本多中務大輔が、うなずいた。

「この度のこと、あのお方もいたくお心を痛められておられる。じゃまをいたした者がおったのだ」

「誰でござる」

「新井白石」

本多中務大輔の問いに永渕啓輔が応えた。

「儒学者くずれが……」

本多中務大輔が、うめいた。

「いや、新井白石より、たちの悪いのがおる。勘定吟味役水城聡四郎。こやつが、お下賜金の書付に反対いたした」

永渕啓輔は、柳沢吉保に命じられていないことをしゃべった。

「勘定吟味役、水城聡四郎」

「いかにも。そやつが、今回のことを阻止した。勘定吟味役の同意なくば、金蔵の扉は開かれぬ」

「小役人風情《ふぜい》が……ゆるさぬぞ」

若い本多中務大輔が、憤激した。

「中務大輔どの。かのお方は、貴殿のことをお忘れではない。いつもお心に留めておられる。今は新井白石が幕政を壟断しておるゆえ、焦りを出されずときを待つようにとのお言葉である」

永渕啓輔は、本多中務大輔に釘を刺した。

「お言葉感謝しておりますするとお伝えくだされ」

本多中務大輔が、礼を言った。

「かのお方さまも、勘定吟味役は目障りと申しておられる」

それだけ言い残して、永渕啓輔が消えた。

「都築《つづき》、おらぬか」

本多中務大輔が、分家からついてきた家臣の名を呼んだ。

翌日、定刻に下城した聡四郎は、その足で相模屋伝兵衛の家へ行った。

めずらしく相模屋伝兵衛が、表土間で人足たちに声をかけていた。

「いいか、明日からは、寛永寺《かんえいじ》さまの修復だ。おめえたちならまちがいはないと思うが、お相手は将軍家菩提寺《ぼだいじ》で門跡《もんぜき》さまだ。ご無礼がねえように、普段よりも気を引き締めてかかるんだぞ。亥之吉《いのきち》、おめえが頭を務めるんだ」

「へい」

ひときわ大きな身体の人足が首肯した。

「これは、清めの酒代だ。飲みすぎるんじゃねえぞ」

相模屋伝兵衛は、幾ばくかの金を亥之吉にわたした。

「こりゃあ、どうも。おい、親方から酒手《さかて》をいただいたぞ」

その場にいた人足、職人たちが、亥之吉の言葉に続いて口々に礼を言った。

「じゃ、頼んだよ」

相模屋伝兵衛は人足たちを解散させると、聡四郎にていねいに頭をさげた。

「雑なところをお見せしました」

「いや、ご家業でござる。お気になされるな」

聡四郎は、相模屋伝兵衛についで奥へと入った。

「あいにく紅はまだ戻りませぬが、今宵は夕餉をともに願えましょうな」

相模屋伝兵衛が、聡四郎に笑いかけた。

「楽しみにしてまいりました」

聡四郎も微笑んだ。

「では、紅が帰りますまで、酒でも」

「馳走になりまする」

用意されたのは、焼き味噌の皿と酒だった。

片口に入れられた酒を勝手に注《つ》いで呑む。

しばらく世間話をしながら、杯を干した。

「で、なにをお訊きになりたいので」

相模屋伝兵衛が、問うた。

見抜かれていたかと聡四郎は苦笑した。

「大名の転封にどのくらいの金がかかるかをお教え願いたいのでございまする」

聡四郎は、本多中務大輔が二度の転封を受けたことを語った。

「短いあいだに二度は、きびしいですな」

相模屋伝兵衛が、同情した。

「引っ越しの道具だてや人数によって変わりまするが、荷物持ちの人足を一人雇うと一日でおよそ百二十文がかかりまする」

聡四郎は旅程を換算した。

「越後村上から三河刈谷まで、およそ百三十里《り》（約五二〇キロメートル）ほどでござろうか。女子供が加わっていることを考えて、一日に八里（約三二キロメートル）進むとして、十七日ほど。それに百二十文をかけると……」

「二千四十文になりまする」

相模屋伝兵衛が、答えた。

「大名家の家臣は、一万石で百人ほど、五万石となるとおよそ五百人。荷物は膨大でございまするな」

聡四郎は、考えるだけで嫌になっていた。

「人足百人は要りようでございましょう。単純に考えて人足代金だけで二十万四千文、ざっと五十両。それに荷馬代や旅籠《はたご》代、川の渡し代などを加えれば、二百両ではききますまい」

「そのていどでござるか」

聡四郎は意外と安いと感じた。

「水城さま、転封で本当に金のかかるのは、引っ越しではございませぬ。藩札《はんさつ》の引き換え、町方への借金の返済、任地の城や城下屋敷の修復、これらにとほうもない金がかかるのでございます」

相模屋伝兵衛が、首を振った。

諸国人入れ業を手広くやっている相模屋伝兵衛は、関八州の大名や旗本に頼まれて知行所《ちぎょうしょ》へ人を出すこともある。そのなかには、藩札で支払う家もあった。

藩札とは、その藩内だけで通用する紙幣である。大名家が発行し、城下の大商人が引き受け手となることが多いが、額面どおりの金額で遣えることはまずなかった。七割ならよし、五割で並、下手すれば三割にしかならないこともあった。

なにより大名家が改易《かいえき》になったり、転封でいなくなれば、ただの紙切れになってしまうものだけに、庶民たちは藩主の交代ともなれば必死になった。

改易ならば、ほっかむりをしてしまうこともできたが、転封となればそうはいかなかった。藩札さえ換えずに逃げたと悪評をたてられることになる。これは外聞が悪いだけではなく、藩政の汚点として幕府に目をつけられる原因ともなった。

財政が逼迫《ひっぱく》し、藩札で急場をしのいでいる大名にとって、引き換えは地獄であった。

「とくに減封《げんぽう》されての転封はつろうございますよ。藩札の発行は旧禄の規模、本多様の場合は十五万石高分出しておられたでしょう。それを五万石の蔵で引き受けなければならぬのでございます」

相模屋伝兵衛に言われるまでもなく、聡四郎にも理解できた。

「御上からくだされた三千両など焼け石に水でございますか」

「ないも同然で」

相模屋伝兵衛が首肯した。

そこへ紅が帰ってきた。

「こっちに来るなら来るで、朝のうちに言っておきなさいよ」

紅は怒っていた。

「すまぬ。不意に思いついたのでな」

聡四郎は謝るしかなかった。

「すぐに膳を用意するから、待ってなさいよ」

素直に頭をさげた聡四郎に満足したのか、紅は機嫌をなおして台所へ行った。

「しつけがいきとどきませず」

相模屋伝兵衛が、申し訳なさそうに言った。

「お気になされるな。拙者は気にいっておりますれば」

聡四郎は、笑いながら杯を手にした。

贅沢ではないが、心のこもった夕餉を楽しんだ聡四郎は、五つ（午後八時ごろ）前に相模屋を辞して、帰途についた。

吉原や深川などの遊芸場所なら、深夜にいたるまで人どおりはあるが、武家屋敷と寺社ばかりの本郷近辺は、日が暮れると人気《ひとけ》がなくなる。

聡四郎は、自宅まであと少しというところで囲まれた。

すでに気配に気づいていた聡四郎は、すばやく草履を脱ぎ捨て、太刀の柄に手をかけた。

「勘定吟味役、水城聡四郎だな」

覆面をした四人の侍が聡四郎を挟むように退路を断った。顔はわからないが、身形はこぎれいでどこかの藩士という風体であった。

「太刀を抜いているではないか。違うと言わさぬつもりであろうが。ならば、さっさとかかってこい」

聡四郎は、嘲笑《ちょうしょう》した。

「なにっ」

覆面たちが、憤った。

その隙を聡四郎は待っていた。太刀を抜いた侍に囲まれたというのは、すでに先手をとられたに等しい。気づいていたとはいえ、さすがに太刀を抜いて屋敷近くを歩くことはできなかった聡四郎は後手に回っていた。

だが、一瞬の隙を作りだせば、状況を変えることはたやすい。

泰平の世で命がけの戦いなど経験したことのない藩士たちに、とっさの対応はできなかった。

太刀を抜きはなちながら奔《はし》った聡四郎に、たちまち一人が斬り伏せられた。

「津島《つしま》」

残った三人のうちの一人が、倒れた仲間の名前を呼んだ。

「馬鹿が、口を聞くな」

聡四郎の背後にいた覆面が、叱った。

「人を斬ったことはなさそうだな」

聡四郎は、わざと相手を挑発した。

名人でも複数の敵と戦うことは難しい。数人が息をそろえてかかってくると、すべてに対応することなどできなかった。

聡四郎は太刀を肩に担ぎながら、嘲りをわざと続けた。怒らせることで気息《きそく》の乱れを誘った。

「仲間を殺されました、では帰れまい」

「うるさい。黙れ」

聡四郎の右手にいた覆面が、こらえきれずに飛びだした。

間合いが遠すぎた。初めて真剣を手にしたとき、人は萎縮《いしゅく》して、腕が縮む。覆面の刀は、聡四郎に届くことなく地面を削った。

「えっ」

あわてて刀を引きあげようとした覆面は、刀が動かないことに呆然とした。刀の峰を聡四郎が踏んでいた。

「わっ」

悲鳴を最後に覆面の首筋から血が噴いた。

「おのれ」

呪詛《じゅそ》の言葉を吐きながらも、残った二人の腰は引けていた。

先ほど名前を呼んだ覆面を叱った男が、もう一人に命じた。

「帰って報告せよ」

「しかし……」

命じられた覆面が逡巡《しゅんじゅん》した。

「我らの使命は、ここで無駄死にすることではない。次のために行け」

強い声で言われて、覆面の一人が太刀を抜いたまま背中をむけた。

聡四郎も追いかける気はなかった。

「さて、残ったのは、覚悟を決めたとっていいのであろうな」

聡四郎は、太刀を肩に戻して、すたすたと間合いを詰めた。

「舐めるな」

覆面が、青眼の太刀を大きく振りかぶった。一刀流威《い》の位《くらい》の太刀であった。気迫で敵をおさえこみ、射竦《いすく》めて、大根を切るがごとく撃つ。身につければまさに必勝の太刀であるが、一度も実戦で使ったことのない型など役にはたたなかった。

必死の思いで覆面が振りおろした太刀は、肩に力が入りすぎて普段の疾さを出せず、軽々と聡四郎にかわされた。

「どこの家中かを名のる気はないか」

聡四郎は、太刀を覆面の首筋に擬《ぎ》して訊いたが、すぐに後悔した。

覆面の瞳は、恐怖ではなく死の覚悟で光っていた。

「無礼を許されよ」

聡四郎は、問うたことを恥じながら、太刀を引いた。

鳴くような音をたてて、虎落《もがり》が夜の江戸に響いた。首の血脈から噴きだす血が少なくなるにつれて音は小さくなり、笛がやむにあわせて覆面がくずれた。

最期まで見届けた聡四郎は、太刀の血を拭いながら背後に声をかけた。

「最初から見ていたはずだ。文句があるなら目付を連れてくるがいい」

二筋ほど離れた路地から、気配が消えた。聡四郎は、それが町同心千堂三之助のものだと見抜いていた。

第三章　剣閃の舞

一

肉と骨を断つ、いやな感触が聡四郎の手に残った。

「そろそろあきらめたらどうだ」

聡四郎は血塗られた太刀を右袈裟に構えながら、諭した。

すでに三人を倒していた。

聡四郎は、連夜の襲撃を受けていた。はかったように聡四郎の下城を狙ってきた。

「黙れ」

刺客が憤慨した。

前回の反省からか、襲撃してくる侍の数は増えていたが、実戦を経験していない者をいくら並べたてても無駄でしかなかった。

真剣の威圧感は、向けられた者にも、持つ者にも襲いかかる。慣れていないと、鞘走らせただけで、息はあがり、気はうわずり、手足は竦む。

普段の稽古なら十分届く間合いでも、こわばった手足が伸びないため、かすることさえなく、空振りしてしまうのだ。

さらに刀はかなり重い。勢いのついた刀は、止めることもできずに地に食いこむか、悪ければ、おのが足を傷つける。

「ぎゃああ」

また一人、上段からの一撃を聡四郎にぶつけることができず、踏みだした左足の臑《すね》を自らの刀で傷つけた。

刀を放り投げ、足を抱えて転がる侍に、聡四郎は呆れはてた。

「修行を積みなおしてから来い」

「やかましいわ」

聡四郎の言葉をあざけりととった別の侍が、怒りをこめて斬りかかってきた。

「……ああああ」

出頭《でがしら》に声が出ていなかった。胸の筋肉が固まっている証拠であった。

胸の筋肉の一部は腕から延びている。声の出ないぶん、腕の伸びは足りない。

侍の斬撃を、わずか半歩退くだけで聡四郎は見切った。

「あえっ」

刀を振りおろした侍は、目の前に立つ聡四郎に啞然とした。

「道場じゃ遣い手なのかもしれぬが、畳のうえの水練《すいれん》だったと悔やむんだな」

聡四郎は、右袈裟から動かしていなかった太刀を、振りだした。

「………………」

固まったように、侍は避けなかった。

人を斬ることに慣れていくことをおそれた聡四郎は、太刀をすばやく返して、峰で首の血脈を撃った。

糸の切れた操り人形のように侍がくずれた。

「できるな」

少し離れたところで、ずっと戦いを見守っていた中年の侍が、右手にさげたまま
まだった太刀を片手青眼に構え、左手だけで器用に脇差《わきざし》を抜いて見せた。

聡四郎は、目を細めた。

両刀を遣う流派といえば、宮本武蔵の創始した二天一流《にてんいち》が有名である。それぐらいは、聡四郎も知っていた。

「二刀を遣う者がいたとはな」

聡四郎は、少しだが驚いた。

生涯六十余りの決闘で不敗をほこった宮本武蔵の編みだした二天一流は、片手に脇差、逆手に太刀を基本としていた。

敵の攻撃を太刀で受け、それを止めながら、反対側の脇差で斬る。得物《えもの》を押さえられている敵には、防ぎようのない必殺の技であった。しかし、誰にでもできるものではなかった。

二天一流をものにするには、片手だけで敵の放った渾身《こんしん》の一撃を受け止めるだけの膂力《りょりょく》が要った。

上段からの体重を載せた一刀などは、両手で太刀を持っていても支えることが難しいほど重い。

宮本武蔵が晩年を過ごし数多くの弟子たちを育てた熊本《くまもと》においても、今では二刀を遣う者は、ほとんどいなくなっていた。

だが、身につければ二天一流ほど恐ろしい刀術はなかった。それは、先《せん》の先《せん》でも後《ご》の先《せん》でも取れるところにあった。

先の先とは、相手が出ようとするのを察知し、その頭をおさえて勝つことをいい、後の先は、先に敵に動きを許しておいて、それに応じて勝ちを得ることをいう。

ほとんどの流派は、先の先、後の先のどちらかに集約する。

一放流は、近い間合いを得意とすることから、後の先を極意としていた。

武蔵の二天一流は、どちらでもできた。

敵の太刀を受けての後の先だけではなく、太刀を振るって斬りつけ、それへ対処した敵を脇差で倒す先の後というべき技もあった。

ただし、膂力と疾さの両方を兼ねそなえた者だけが、二天一流を使いこなすことができた。

中年の侍は、先の先をもって聡四郎に駆け寄ってきた。

「死ねえい」

六間（約一一メートル）ほどの間合いは、あっという間になくなった。

中年の侍が羽を拡げたように両腕を拡げ、片手持ちの太刀を走った勢いのまま横薙《な》ぎに振ってきた。

片手薙ぎは、太刀の重量を加えて伸びる。両手で握っているときに比べれば、五寸（約一五センチ）遠くへ届く。

聡四郎は、下がらなかった。

右袈裟からすばやく太刀を肩に担ぎ、腰を落として待った。

「ありゃああ」

気合い声がまともに出せるだけ、中年の侍はできていた。

中年の侍の太刀が、大きく弧を描いて聡四郎の右首筋を襲った。続けて逆手の脇差が、胴を薙ぎにきた。

聡四郎は声をあげることなく、太刀を投げ落とすように走らせた。

金槌《かなづち》を打ちあわせたような高い音と、火花が散った。

「げっ……ぐええええ」

中年の侍が驚愕《きようがく》の声をあげた後、うめき声を漏らした。

聡四郎の一閃は、中年の侍の太刀を叩き落とし、勢いを減じることなく、肩から存分に斬り裂いて、そのまま脇差さえも弾いていた。

疾さと重さに主眼をおく、一放流、後の先の面目躍如《めんもくやくじよ》であった。

聡四郎は、朽《く》ち木のように背中から倒れていく中年の侍に目をやることなく、太刀を見た。

「疲れたか」

聡四郎はつぶやいた。

日本刀は、柔らかい軟鉄の周囲を固い鉄で挟みこむことで、すさまじいまでの切れ味と折れにくい刀身を造りだしている。

神工鬼作《しんこうきさく》といわれる日本刀でも、無理を重ねると曲がることがあった。これを疲れると称した。

聡四郎の太刀は、相模屋伝兵衛から贈られたものであった。銘《めい》はないが、研ぎ師をして、備前《びぜん》ものの名刀と感嘆させたほどの業物《わざもの》である。それが曲がった。太刀と脇差を払い落とし、人を斬ったとなれば当然であった。

「替えを用意せねばならぬな」

曲がった太刀は鞘に入らなくなる。目釘《めくぎ》穴に紐をとおして天井から数日吊っておけば、多少の疲れならもとどおりになるが、その間無腰というわけにはいかなかった。

家督を継いだときに、父から贈られた水城家代々に伝わる刀は、すでに折っている。あとは、聡四郎が元服したときに与えられたなまくらしか残っていなかった。

「購《あがな》うしかないか」

血刀をぶら下げたまま、聡四郎は帰邸した。

聡四郎が去った後に闇から人影が湧いた。顔全体を覆っていた覆面を外すと月明かりに顔が浮かんだ。

徒目付永渕啓輔であった。手に鎧通しを握っていた。

鎧通しは、戦場でおさえこんだ敵の脇腹や喉を突いてとどめを刺す両刃の小刀のことである。

永渕啓輔は、倒れている中年の侍の傷口と太刀、脇差をていねいにあらためた。

「鬼神か、あやつは」

永渕啓輔の口から漏れたのは、怖れではなく歓喜の声だった。

「太刀の峰に斬り跡が残っている。一放流が兜ごと両断するというのは、噂ばかりではなさそうだな」

永渕啓輔は、十分に調べたあと、興味をなくしたように中年の侍の身体を投げだした。

「ご報告にあがらねばなるまい」

永渕啓輔の姿は、ふたたび闇に溶けた。

紀伊国屋文左衛門は、浅草に閑居していた。

妻と二人きりで、九尺二間《くしやくにけん》の棟割《むねわ》り長屋に隠棲した体をとったのであった。

「旦那」

店を任せた大番頭が、商売の報告に来ていた。

「遠州《えんしゆう》屋さんからご注文いただいた日光東照宮ご修復の木材でございますが、深川の木場から柾目《まさめ》の檜《ひのき》千本を出荷いたしました」

荻原近江守との癒着《ゆちやく》を指摘された紀伊国屋文左衛門は、表だって幕府の普請を受けることを止め、木材の売買に専念していた。

「そうかいそうかい。けっこうなことだよ。何度も言うようだけど、今は儲けなくていいからね。おまえさんたちのお給金さえ出ればいいんだよ。無理はしないことだ」

紀伊国屋文左衛門は、好々爺然《こうこうや》とした顔でうなずいた。

「ところで、旦那……」

大番頭が声をひそめた。

「気にしなくていいよ。ここは、裏長屋だからね。誰も隣の家の話なんぞ聞いちゃいない。明日どうやって生きていこうかと思っている連中に、そんな余裕はないからね」

小声になった大番頭を、紀伊国屋文左衛門が笑った。

世にいう裏長屋の住人は、必死で生きていた。日雇い人足や、通いの手代《てだい》、担ぎの物売りなど、雨が少し続くだけで干上がるような連中ばかりである。家賃も月払いではなく五日ごと十日ごと。貯えなどないにひとしい。

八丁堀《はっちょうぼり》の広壮な屋敷と店を離れた紀伊国屋文左衛門は、質素な身形で裏長屋に溶けこんでいた。

「へい」

「で、なんだい」

うなずいた大番頭に、紀伊国屋文左衛門が先を求めた。

「荻原近江守さまから、お使いの方がお見えになられまして……」

大番頭がそこで言葉を切った。

「大坂からの廻船に荷物を載せてほしいとのことで」

「金かい」

紀伊国屋文左衛門が、言い当てた。

「五千両を大坂城の金蔵から運びだすとかで……」

大番頭が依頼の内容を話した。

小判はかさばる。一枚の重さは、元禄小判も慶長小判も変わらず、四匁《もんめ》七分《ぶ》（約一八グラム）であるが、それが千両となると四貫《かん》七百匁（約一八キログラム）になる。

さらに小判は千両ごとに専用の頑丈な箱に入れられる。千両箱は一貫六十匁（約四キログラム）あり、両方合わせると千両で五貫八百匁（約二二キログラム）近い。それを五つ運ぶとなったら、陸路では辛く、目立ちすぎる。

「まだどうにかなるとお思いのようだ。勢いがご自身から離れていっていることにお気づきではないか。騏驎《きりん》も老いては駑馬《どば》におとるというが、まさにそのとおりだな」

紀伊国屋文左衛門が、辛辣《しんらつ》に荻原近江守を評した。

「では、お断りいたしましょうか」

大番頭が問うた。

「いや、お受けしておくれ。もうすぐ神無月《かんなづき》だ。海が荒れようほどにな」

紀伊国屋文左衛門が、にやりと笑って見せた。

「……………」

大番頭は、黙って頭をさげた。

「そうそう、勘定吟味役の正岡竹之丞《まさおかたけのじょう》さまに、ちょいとお金を届けておいておくれな」

紀伊国屋文左衛門が、大番頭に命じた。

正岡竹之丞は勘定吟味役になったときから、紀伊国屋文左衛門にすり寄っていた。

「いくつ用意いたしましょうか」

紀伊国屋文左衛門の言葉に大番頭が訊いた。

いかに留守を預かる大番頭といえども、金を勝手に使うことは許されていなかった。

「そうだねえ。四つほど頼むよ」

紀伊国屋文左衛門のいう四つとは、切り餅と呼ばれる二十五両包みが四個であった。

金額の多さに大番頭が目を大きくしたが、主の言いつけである。

「今夕にでもお宅へ」

「そのときに、この手紙をね。お渡ししておくれでないかい」

「へい」

大番頭は承知して、帰っていった。

その夜、紀伊国屋文左衛門の手紙を見た正岡竹之丞が、手のひらで切り餅の重さを量りながら、下卑《げび》た笑いを浮かべた。

新井白石は、腰を落ちつけることなく、江戸城中を動きまわっていた。将軍家宣の体調が一気に悪化したため、ここ数日、新井白石は下城していなかった。

「上様がご存命のうちに、お許しをいただいておかねばならぬ」

新井白石は、おのれの立場がもろいことを知っていた。

朝、家宣の病床に伺候《しこう》したのち、諸所の役人と交渉を重ねた新井白石が、与えられている下部屋に弁当をつかいに戻ったのは、すでに昼を過ぎた八つ（午後二時ごろ）であった。

将軍家のお気にいりとはいえ、城中で供されるのは白湯だけである。新井白石は屋敷から持ってこさせた弁当を開いた。

千二百石取りに出世しても新井白石は、いつまた禄を取り上げられるかわからないと質素な生活を変えなかった。弁当は味噌をつけて焼いた玄米の握り飯二つだけである。

食事は、すぐに終わった。

御殿坊主が持ってきてくれた白湯を飲み干した新井白石は、壁際に積まれた書付の山に目をやって、首をかしげた。

「あれは、覚えがないぞ」

新井白石は、書付の山から顔を出している一枚の紙を取りだした。

「……まさか、御上が、このようなことを……いかぬ。これを続けていては、ご政道の清らかさが疑われることになる」

新井白石は、跳びあがるようにして立ちあがると、内座に向かった。

内座は、勘定吟味役とその下役、並びに勘定衆殿中詰めの詰め所である。人の出入りは多いが、他人の仕事のじゃまをしないように静かにすることが、暗黙の了解となっていた。

襖の外から声をかけることもなく、新井白石が足音高く入ってきた。

「水城」

内座の片隅で太田彦左衛門と話しこんでいた聡四郎は、名を呼ばれて顔をあげた。

「どうかなされましたか」

聡四郎は、近づいてくる新井白石の眉がひそめられていることに気づいた。

新井白石は、切れ者過ぎて、いつも自分が正しいと思いこんで猪突猛進する。

何度も新井白石に振り回された聡四郎は、また始まったと思った。

「ご政道を汚すにもほどがある。水城、そなたなんとも思わぬのか」

新井白石が、いきなり叱責《しっせき》してきた。

内座にいた他の者たちの注目が集まった。

「お言葉ですが、なにをおおせられたいのか、わかりかねまする」

聡四郎は、新井白石らしいと感じながらも、用件を問うた。

「なにを言うか。そなたであろうが、このような紙を儂の部屋においたのは」

新井白石が、手にしていた紙をつきつけた。

「わたくしではございませぬが……拝見いたしてよろしいですか」

聡四郎は、新井白石が首肯するのを確認して、紙を受け取った。

「私もよろしいでしょうか」

太田彦左衛門が、顔を出した。

新井白石がなにも言わないのをいいことに、聡四郎と太田彦左衛門は、紙に気を向けた。

「これは……吉原の」

最初に声を出したのは、太田彦左衛門であった。

「吉原……」

太田彦左衛門の言葉を聞き咎めた聡四郎が、顔をあげた。太田彦左衛門が、それ以上口に出すなと首を振った。

「ついてまいれ」

気づいた新井白石が、聡四郎と太田彦左衛門の返答を聞きもせずに、背中をむけて歩きだした。

聡四郎は、太田彦左衛門にうなずいて、後を追った。

勘定吟味役正岡竹之丞が、じっと三人を見送っていた。

三人は、新井白石の下部屋に座をとった。

「どういうことか、説明せよ」

新井白石が、太田彦左衛門に命じた。

太田彦左衛門が、聡四郎に小さく会釈をして、口を開いた。

「それは、本来あってはならぬものでございまする。吉原運上《うんじょう》手控えと申しまして、勘定衆伺い方不出のもの」

太田彦左衛門が、驚きを含んだ声で告げた。

勘定奉行の配下になる勘定衆伺い方は、運上金、冥加金《みようがきん》、幕府所有の山林支配、将軍ゆかりの寺社の普請修復を担当した。勝手方と並んで優秀な人物が選ばれ、ここで経験を積んで勘定吟味役、遠国《おんごく》奉行に転出していく。一気に勘定奉行に出世する者もいた。

「それが、なぜ儂の手元にあったのかは、あとで調べる。なによりも、ここに書いてあることは真実《まこと》か」

新井白石の言葉は、太田彦左衛門を咎めるようであった。

「はい。違いございませぬ」

太田彦左衛門が、臆せずに首肯した。

「御上が、吉原から年に一万二千両もの運上を取りあげて……遊女どもの生き血をすっておるというのか、将軍家が」

新井白石が激した。

「このようなことがあってよいものか」

「なればこそ、闇なのでございまする」

新井白石をなだめるように、太田彦左衛門が静かに言った。

「この運上がいつから始まったものかは、誰も知る者はおりませぬ。毎年十一月に吉原に向けて一年の運上を命じる書面が出されまするが、控えを残すことはなく、吉原も受け取ってすぐに廃棄いたしますが決まり。これは、おそらくその下書きでありましょう。年号が入れられておりませぬゆえ、今年のものとは断言できませぬが」

「十一月とは、みょうな時期だな」

聡四郎が訊いた。

米を基準とする幕府では、一年の取れ高を集計する十月をなにかと決めにすることが多く、他方で将軍家の身の回りにかんすることなどは、正月を始まりとすることが慣例化していた。

「言い伝えでございますが、神君家康公が吉原をお認めになられたのが、元和《げんな》元年（一六一五）十一月のこととか」

太田彦左衛門が、答えた。

「どのような慣例、故事があろうとも、政に裏があってはならぬ。まして、人でない吉原の者どもから冥加《みようが》をとりあげるなど、言語道断。ただちに上様に申しあげて……」

勢いづいた新井白石が口籠もった。家宣の体調を思いだして、顔をゆがめる。

「御用部屋にはかって、悪癖をあらためねばならぬ」

新井白石がふたたび、声をはりあげた。

「政の骨子は儒学でなければならぬ。主君に忠、親に孝、民に慈。そして儒学の本分は清廉潔白である。すなわち、かけらといえども陰があってはならぬ。上様の御世《みよ》でこのような悪癖は断たねばならぬ」

新井白石は、きっと決意した顔を見せた。

「そもそも悪所である吉原に、公許《こうきよ》を与えておることがまちがいなのじゃ。遊女などこの世に不要な者。あのような遊女屋が存在するゆえ、人身の売り買いも起こり、男どもの喧嘩の原因ともなる。お膝元の治安のことを勘案しても、遊廓はただちに廃止すべきである」

新井白石が滔々《とうとう》と述べた。

「お待ちくだされ、吉原は神君家康さまより御免状を与えられておるとか。ならば廃すことはできませぬ」

　太田彦左衛門が、新井白石を止めた。

「そなた見たのか」

　新井白石が、冷たい目で問うた。

「いえ。あったといたしましても身分が違いますれば」

　太田彦左衛門が首を振った。徳川幕府にとって神である家康の自筆を、御目見得のできない御家人が見ることは許されなかった。

「おかしいとは思わぬか」

　新井白石が、声をやわらげた。

「御目見得はかなわぬとはいえ、御家人は徳川の家に仕える旗本である。旗本が見られぬものを、町人の、それも遊女屋の主ごときが奉じておるなど、理屈にあわぬ」

「家康さまから御免状をいただいた吉原の遊女屋西田《にしだ》屋の初代庄司甚右衛門《しょうじじんえもん》は、戦国の世に相模を領していた北条《ほうじょう》家の武将と聞きまするが」

「たわけたことを口にするな」

　太田彦左衛門の言葉を、新井白石が切って捨てた。

「出自がどうであろうが、今の身分が問題なのだ。先祖は名の知れた武将であろうが、仕える主を持たぬ者は浪人である。庄司家にいたっては浪人でさえないではないか」

新井白石の言うのは正論であった。

「たとえ、家康さまが庄司甚右衛門に遊廓をお許しになったとしてもだ。それは、初代甚右衛門一代の話であるべきであろう。代が替われば、あらためて許しを求めに来るが筋である。大名どもを見よ。将軍家が代わられるたびに、おのが家督を継ぐたびに、本領安堵《ほんりようあんど》を願いに来るではないか」

たしかに大名は、将軍が代わるたびに忠誠のあかしとして、所領の安堵状を下賜されるのを慣例としていた。

「………」

聡四郎は、口を挟むことさえできなかった。吉原のことが、なぜ大名の家督にまでかかわってくるのかわからなかった。

「もうよい。そなたたちは、仕事にもどるがよい。水城、いつまでも門外漢だと思うな。そなたは、すでに儂と一蓮托生《いちれんたくしよう》なのだ」

そう告げて、新井白石はせかせかと下部屋を後にした。

二

吉原の三浦屋の二階大広間に、紀伊国屋文左衛門が座っていた。吉原の二階は低い。路地を行きかう人がその気になれば、窓際の人物の顔を見ることができた。

「よろしいので」

三浦屋四郎左衛門が、問うた。表だって紀伊国屋文左衛門は隠居を宣したわけではないが、いちおう逼塞《ひっそく》している身であった。吉原に足を踏みいれるなどもってのほかで、世間をはばからねばならなかった。

「なあに、障子窓さえ開けなければ、誰も気づくことはありませんよ」

紀伊国屋文左衛門が、三浦屋四郎左衛門の心配を一笑した。

「お連れさまがお見えでございまする」

障子の向こうから、忘八が声をかけた。

「お出迎えをいたしましょう」

紀伊国屋文左衛門は、三浦屋四郎左衛門を誘って大広間を出た。

三浦屋の一階では、荻原近江守と本多中務大輔が、両刀を忘八に預けていた。

廓のしきたりで、見世にあがるまえに武士は両刀を外さなければならないことになっていた。これは、吉原のなかは、外界と途絶された無縁の地で、世間の身分はいっさい通用しないとの表れであるとともに、もめ事を防止するためでもあった。

「お待ち申しあげておりました」

紀伊国屋文左衛門が、ていねいに頭をさげた。

「世話になる」

若い本多中務大輔がうなずいた。荻原近江守も首肯する。

さりげなく三浦屋の周囲を忘八が巡って、他の客が近づいてこないようにしていたが、外から容易にのぞける場所での長話は好ましくなかった。

「まずは、お二階へ」

三浦屋四郎左衛門が、三人を案内した。

二階の大広間で上座に席をとったのは、荻原近江守であった。本来なら本多中務大輔が格上になるのだが、年齢と経験の差がものをいった。

「さて、本日はお忙しいところを、よくぞおいでくださいました。紀伊国屋文左衛門、厚く御礼申しあげまする」

紀伊国屋文左衛門が、口上を述べた。

「妓《おんな》どもはのちほど呼びますゆえ、その前に少しお話を」

紀伊国屋文左衛門の目配せを受けて、三浦屋四郎左衛門が部屋を出ていった。

密議をこらすのに、吉原は最高の場所であった。

まず、どのような身形の男が出入りしても不審ではなく、誰もが遊興に夢中であるため、他人のことを気にしない。

なにより吉原住人の口は、岩よりも堅い。

だからこそ、表舞台から去ったはずの紀伊国屋文左衛門と荻原近江守が席を同じくすることができ、そこに徳川譜代大名きっての名門本多家の当主が顔を並べることができるのだ。

「美濃守さまは、お見えではないのか」

不安げに本多中務大輔が、周囲を見回した。

「いけませんなあ、本多さま。いかに吉原とはいえ、お名前を出すようなまねはお避けいただきませんと」

紀伊国屋文左衛門が、本多中務大輔をたしなめた。

「そうじゃ。あのお方のご意向に幕府は従っておるのだ。ご当代さまや新井白石ごときは、飾りに過ぎぬ」

荻原近江守も紀伊国屋文左衛門の尻馬に乗って、若い本多中務大輔を責めた。

「申しわけございませぬ」

本多中務大輔が、肩を竦めた。

「まあ、今後はお気をつけいただくとして……」

紀伊国屋文左衛門が、言葉を切った。

「あのお方さまから、なにかご警告がございましたそうで」

聞いた本多中務大輔の顔色がさっと変わった。

「なぜ、それを知っている」

本多中務大輔が、腰をあげた。

「蛇《じゃ》の道は蛇《へび》と申しまする」

紀伊国屋文左衛門は、ごまかすように笑った。

「なんのことだ」

一人荻原近江守が、怪訝な表情で訊いた。

「………」

「おねだりが過ぎると、お叱りを受けられたのでございますよ」

黙ってしまった本多中務大輔に代わって、紀伊国屋文左衛門が答えた。

「ううむ」

お下賜金を請け合っておきながら、却下されたことが気まずかったか、聞いた荻原近江守も渋い顔をした。

「そこで、ちょっとおうかがいいたしたいのでございますが、本多さま。何度か勘定吟味役の水城さまにお手出しをなされたようでございまするが、それは、あのお方さまのご下命でございましょうか」

紀伊国屋文左衛門が、問うた。

「命じられたわけではない。ただ、あの者がいなくなれば、お下賜金を御破算にしてくれおった新井白石の手をもいだも同然と聞いたのでな」

最初に紀伊国屋文左衛門に一撃を喰らって、気をのまれた本多中務大輔が素直に話した。

「なるほど。そうでございましたか」

紀伊国屋文左衛門が、小さく何度もうなずいた。

「では、本多さまもお仲間でございますな、荻原さま」

「そうだの」

紀伊国屋文左衛門に同意を求められた荻原近江守が、鷹揚に首を縦に振った。

「本多家は、かつての勢いを失ったとはいえ、徳川にとっては、彦根《ひこね》の井伊《いい》、姫路の榊原《さかきばら》、若狭《わかさ》の酒井とならんで三河以来の名家よ。御三家、御一門さえ遠慮せねばならぬだけの勲功《くんこう》がある」

荻原近江守が、話を続けた。

「あのお方の願いを達するに、本多家の加勢は必須じゃ。なればこそ、表だってくれるなと、おおせられたのであろう。貴家の窮乏は十分に承知しておる。金蔵は江戸だけではない。遠国奉行どもは皆、儂の言いなりよ。心配せずとも、近いうちに朗報を届けられるであろう」

荻原近江守の言葉に、本多中務大輔が喜色《きしょく》を浮かべた。

「まことでございましょうか」

「うむ。儂とこの紀伊国屋文左衛門がついておる。心配するな」

「かたじけないことでございまする。今の苦境をお助けいただきましたなら、この本多中務大輔、かならずや吉里《よしさと》さまが、ご大統をお継ぎになられるおりに、身命を賭《と》してお役にたちましょうぞ」

本多中務大輔が、思わず大声を出した。

「このたわけもの。声が大きいわ。お名前を出すな」

荻原近江守が、怒鳴った。

「申しわけございませぬ」

本多中務大輔が、あわてて頭をさげた。

「まあまあ、荻原さま。それほどお怒りになられずとも。不退転の思いが思わずお出になられたのでございましょう」

紀伊国屋文左衛門が、本多中務大輔をかばった。

「さて、お話もすみましたことでございますれば、妓《おんな》たちを呼びましょう」

紀伊国屋文左衛門が手をたたくと、三浦屋四郎左衛門が顔を出した。

「待たせたね。妓を頼むよ」

すぐに遊女たちがあらわれ、座は一気に華やかになった。

宴席は一刻《いっとき》(約二時間)たらずで終わった。

それぞれの敵娼《あいかた》と部屋に消えていった荻原近江守と本多中務大輔を見送って、紀伊国屋文左衛門は一人大広間で杯を傾けていた。

三浦屋四郎左衛門が、酒の入った片口を持ってやってきた。

「ご相伴《しょうばん》よろしゅうございますかな」

「相手が欲しかったところだよ」

紀伊国屋文左衛門は、座るようにと膳の前を指した。

「最近はどうだい。客の入りは悪くないか」

「あまりよくございませんな。なにより、紀伊国屋文左衛門さまが、お出《い》でにならなくなったのが痛うございますよ。いまどき、あれだけ派手なお遊びをしてくださる方は、おられませぬ」

三浦屋四郎左衛門が、笑った。

「奈良茂《ならも》はどうだい」

紀伊国屋文左衛門が、訊いた。

奈良茂とは、紀伊国屋文左衛門と同じ材木問屋の主、奈良屋茂左衛門《もざえもん》のことである。紀伊国屋文左衛門と競うように、吉原で大尽《だいじん》遊びをした粋人であった。

「あまりお見えになられないようで」

三浦屋四郎左衛門が、首を振った。

吉原にはいくつかのしきたりがあった。その一つに馴染みを変えない、がある。馴染みとは、一人の遊女を相手と決めることだ。馴染みができれば、その遊女を抱えている見世以外には登楼しないことが決まりごとになっている。もちろん、同じ見世で別の遊女に手出しすることは御法度であった。

紀伊国屋文左衛門が、三浦屋をひいきにしているように、奈良茂は卍《まんじ》屋を馴染みとしていた。

別の見世の客であるが、奈良茂ほどになると吉原に足を踏みいれただけで話が伝わる。

「そうかい。新井さまが出られてから、御上のご普請はずいぶんきつくなったからね。奈良茂も遊べるほど儲けがあがらなくなったか」

紀伊国屋文左衛門が、酒を干した。刺客の手配を頼んだことなど忘れたように、紀伊国屋文左衛門が、新井白石の名前を口にした。

「一つ、お聞かせ願ってよろしいでしょうか」

空になった紀伊国屋文左衛門の杯に酒を注ぎながら、三浦屋四郎左衛門が言った。

「なんだい」

紀伊国屋文左衛門が、三浦屋四郎左衛門の顔を見た。

「お店をお退きになられたのではございませぬか」

「そうだよ」

紀伊国屋文左衛門が、膳の残り物に箸をのばした。

「ではなぜ、荻原近江守さまや柳沢美濃守さまとのおつきあいを続けられますので。一生涯遊び尽くされても困らぬだけの財をお持ちでございましょう」

三浦屋四郎左衛門が、本題に触れてきた。

訊かれた紀伊国屋文左衛門が、ふっと目を遠くにやった。

「三浦屋さん。あんたは、この吉原で生まれ、吉原で育ち、吉原で死ぬ。これに納得されておられますのかな」

紀伊国屋文左衛門が、逆に問うた。

「われら吉原の者は、この苦界《くがい》から出られませぬ。それは生まれたときから決められておりますれば、気にかけたこともございませぬ」

三浦屋四郎左衛門が、表情を消して応えた。

「わたしはね、それが我慢できないのだよ」

紀伊国屋文左衛門が、酒をあおった。

「船に乗っていたせいかもしれないけどね、わたしは、この国が狭すぎて息が詰まりそうなんだよ。生まれたときに身分が決まってしまう。武士は武士、商人は商人とね。それが気に入らない。こう言ってはなんだけどね、わたしは、その辺のお旗本やお大名より切れるつもりだよ。度胸もある。だからこそ、紀州の小さな廻船問屋でしかなかった紀伊国屋を江戸一、いや、日の本一の材木問屋に押しあげた。金もね、たぶん、将軍さまより持っているだろうよ。なのに、身分は変わりはしない。百年ちょっと前までは、百姓から太閤《たいこう》にまでなることができたというのに、徳川さまの天下はそれを許さない。才覚で登ることのできない世なんて、おもしろくもないじゃないか」

「…………」

三浦屋四郎左衛門は、黙って聞いている。

「海の向こうには、日の本の数百倍ほど大きな国がいくつもあるそうだよ。そこでは、皇帝といえども、力のある者に交代するんだそうだ。わたしはね、悔しいんだよ。なぜ、その国に生まれなかったかとね。まあ、この歳になって皇帝や将軍になりたいなんて望みを抱いたところで、どうにもならないことはわかっている。だからね、せめて、そういう国をこの目で見てみたいのさ」

「ならば、船で行かれればよろしいのではございませぬか」

三浦屋四郎左衛門が、尋ねた。

「本当に三浦屋さんは、海のことを知らないね。わたしの持っている一番大きな船でも、海をわたって異国に行くことはできないんだよ。潮の流れに負けてしまう。和船では海をこえることができない。南蛮船の技術がいる。だけど、南蛮の船はご禁制。造ることはもちろん、持つことも許されない。いくら、わたしでも千石船《せんごくぶね》よりはるかに大きな南蛮船を隠しておくことはできないからね」

紀伊国屋文左衛門が、喉を湿らせた。

「ことが成就《じょうじゅ》してあのお方が天下を握られたら、わたしは南蛮船を阿蘭陀《オランダ》から買う許しをもらう。そして、南蛮船にすべてを載せてこの国を出ていく。その願いを成就させるために、あの人たちの手助けを続けているんだよ」

紀伊国屋文左衛門が、強い口調で言った。

「身分のくびきから抜けられると申されるので」

三浦屋四郎左衛門が、驚愕の声を漏らした。

「小禄の陪臣《ばいしん》から大老格にまで成りあがっただけに、あの人には身分の縛りが、他のお侍ほどしみこんでないからねえ」

紀伊国屋文左衛門が応えた。

「それならば、我らも……」

「先祖と同じ武家の身分になることはできないだろうけど、商人にはしてもらえるだろうねえ」

「人に戻れると」

三浦屋四郎左衛門が、身を乗りだした。

「そのためには、力を貸してもらわないとね。心配しなくてもいいよ。ちゃんと忘八衆を使う口実は用意したから」

紀伊国屋文左衛門が、いままでの熱弁が嘘のように、落ちついた声で言った。


吉原に騒動が持ちあがっていた。

創業の功績を盾に、開設以来代々吉原惣名主《そうなぬし》を務めている西田屋甚右衛門宅に名主衆を兼ねる遊女屋の主たちが集まっていた。

皆を集めた三浦屋四郎左衛門が口を開いた。

「噂は誠でございましたでしょう」

三浦屋四郎左衛門が、西田屋甚右衛門に確認した。

「はい。複数の方々よりお報せいただきました」

小柄でどこぞの若旦那のような西田屋甚右衛門が、その風貌に似つかわしい柔らかい声で応えた。

「吉原をお取りつぶしにされる気か、御上は」

　驚きを見せたのは、元吉原以来の見世卍屋の主山本次郎右衛門《やまもとじろうえもん》であった。

「いや、御上ではござらぬ。御上には金がない。なにもせずとも年一万二千両も貢《みつ》いでくれる吉原を捨て去ることなどできませぬ。騒ぎたてておるのは、新井白石さまでござる」

「儒学で世のなかがまとまるとでも思っておるのかの」

　西田屋甚右衛門の話を受けて、三浦屋四郎左衛門が口にした。

「困ったことでございまする。江戸は女日照りの城下。遊廓をなくせば、荒々しい男たちの勘気《かんき》を引きうける者がいなくなり、喧嘩やもめ事が増えまするは、明白なのでございますがねえ」

　西田屋甚右衛門が、首を振った。

「それがわからぬ御上のお役人はおられぬと思っておりましたが」

　卍屋の主山本次郎右衛門が、西田屋甚右衛門と三浦屋四郎左衛門の顔を見た。

「言いたてておるのは、新井白石どのだけでござる。ただ、都合の悪いはかの人が将軍さまのお気にいりだということで」

　三浦屋四郎左衛門が、嘆息《たんそく》した。

「将軍さまのご体調は、思わしくないと聞きましたが……」

山本次郎右衛門が尋ねた。

「はい。このようなことを申しては、なんでございますが、そうお長くはあられますまい」

三浦屋四郎左衛門が、平然と言った。

「ならば、このままじっと、新井白石どのの失脚を待てばよいのではございませぬか」

「いや、そうは参りませぬぞ。ご当代の将軍家は、ご苦労もなされたゆえ、なかなか世の理《ことわり》をご存じでございまする。新井白石どのが言葉を鵜《う》呑みにされるようなことはございませぬが、次の上様となられるお方は、まだ幼い。新井白石どのが傅《ふ》育《いく》を担うとなりますれば……」

山本次郎右衛門にたいして、三浦屋四郎左衛門が首を振った。

「思うがままになると……」

山本次郎右衛門が、唾をのんだ。

「金でなんとかなりませぬのか」

じっと話を聞いていた他の楼主が訊いた。

「なるようでございましたら、吉原の運上を捨てるようなことはいたしませぬよ」

三浦屋四郎左衛門が、淡々と言った。

「では、どういたせばよろしいのか」

山本次郎右衛門が、三浦屋四郎左衛門に訊いた。

「忘八を使うしかございますまい。障害は除かねばなりませぬ。よろしゅうございましょうか、名主の衆よ」

三浦屋四郎左衛門が、冷たい光を瞳に灯《とも》した。

三

まさに旦夕《たんせき》にせまったかのようであった将軍家宣が意識を取り戻した。

小姓組頭から家宣のお召しと聞いて、新井白石は飛ぶように城中を走った。

「白石先生……」

荒い息で平伏する新井白石に、家宣がか細い声をかけた。

「幕府を立てなおさんとこの位に就いたが、もはや我が命に猶予《ゆうよ》はなさそうである。無念なりとはいえ、これが人の寿命というものであろう」

「上様……」

新井白石は否定の言葉をつむぐことができなかった。

「鍋松をな、あっぱれ名君に育ててやってくれ」

家宣があどけない子供の行く末を願った。

「白石、この命に代えましても」

新井白石が、畳に額を押しつけて応えた。

「白石先生と、この国をどのようによくするかと論じあった甲府のころが、懐かしいわ」

家宣が、目をつむった。

「はい。上様は、市井《しせい》で不満だけを肚《はら》に、埋もれていた私を拾いあげてくださいました」

新井白石も思い出に浸った。

「儒学を根底にした正しき政を、かならずなしてくれるようにな」

「うけたまわりましてございまする」

新井白石がつつしんで受けた。

「うむ。では、下がって休まれよ。先生が身体をこわされては、誰が鍋松を支えてくれるというのだ。今宵より城中に泊まりこむことは禁ずる」

家宣は、新井白石が帰邸していないことを知っていた。

「上様……」

感激した新井白石が涙をこぼした。

新井白石の体調をおもんぱかって、家宣が帰邸を命じたという話は、またたく間に江戸城を駆けぬけた。これは家宣の寵愛がまだ新井白石にあり、鍋松の傅育も任せると言ったにひとしかった。

正岡竹之丞は、それを聞いて、内座から下勘定所に行った。下勘定所は、内座と違い、諸大名家の留守居役や家老職が、勘定奉行への陳情で出入りすることが許されていた。

「後手は盤の外へ」

正岡竹之丞は、諸藩士たちの控え所の前でそうつぶやいて、内座に戻った。符《ふ》牒《ちょう》であった。囲碁で先手は黒石、後手が白石を使うことから、新井白石を表す隠語として使われていた。

しばらくして、控え所から一人の藩士の姿が消えた。

普段から新井白石の下城は遅い。江戸城に宿直《とのい》の役しかいなくなるころ、ようやく帰り支度をする。

下部屋を出た新井白石は、内座から話し声がするのに気づいた。

「まだ、おったのか」

新井白石があきれた声を出した。

内座では、聡四郎と太田彦左衛門が、書付を山のように積みあげていた。

「これは、新井さま。なにか御用でしょうや」

聡四郎が、問うた。

「もう、宵五つ（午後八時ごろ）に近い。油代がもったいないゆえ、今日のところは帰れ」

新井白石があきれながら命じた。

「もう、そんな刻限でございましたか」

太田彦左衛門が、あわてて書付をかたづけ始めた。

「なにを熱心に見ておったのだ」

新井白石が訊いてきた。

「吉原にかかわる書付でございまする。どのような事情で公許されたのか、明暦の火事で移転した後も公許とされた理由はあるのかなどを調べておりました」

聡四郎は、太田彦左衛門を手伝いながら応えた。

「そのようなことなら、日中にできようが」

新井白石が咎めた。

「…………」

聡四郎と太田彦左衛門が、顔を見合わせた。

「そうか。敵のなかであったな。なるほど動きを報せるわけにはいかぬか」

新井白石が、気づいた。

「日中なら、儂の下部屋を使え。許す」

「かたじけのうございまする。では、さっそくのお願いでございますが、この書付をお預かりいただけませぬか」

聡四郎の求めに首肯した新井白石とともに内座を後にした三人は、下部屋に立ち寄って下城した。

「それでは、私はここで」

一人方向の違う太田彦左衛門が、大手門を出たところで別れていった。

大手門前の広場では、新井白石の供が待っていた。

千二百石側用人格なら、馬に乗ることも許されるが、新井白石は徒歩であった。供も決まりより少なく、提灯持ちと挟み箱持ちだけだった。

「水城の屋敷は、本郷御弓町であったな」

「さようでございまする」

「なら、途中まで一緒に参ろう」

新井白石の屋敷は薬研堀《やげんぼり》にあった。本町《ほんちょう》から大伝馬町《おおてんまちょう》を進んで、通旅籠町《とおりはたごちょう》で右に曲がり、二筋目を東に折れれば、あとはまっすぐである。

「お供つかまつりまする」

聡四郎とは本町を抜けて大伝馬町の角までは、同じであった。

「どうだ」

新井白石の問いかけはいつも短い。

「なかなか、はかどりませぬ」

聡四郎は、正直に返答した。

「なんとかしてみせよ。荻原近江守さえ排することができたのだ。他の者どもなど、なにほどのことがあろう」

新井白石の気炎は、ますますあがっていた。

孤立無援の戦いをしているのは新井白石も同じであったが、聡四郎にはそこまでの気概がもてなかった。

新井白石の目指している政が、たまらなく窮屈に聡四郎は思えていた。

満月に照らされた聡四郎の顔を見た新井白石が言った。

「不満そうじゃの」

「いえ、そのようなことは」

聡四郎は、首を振った。

「隠さずともよい。儂がどのように陰で呼ばれておるかぐらいは、知っておる」

新井白石が苦笑した。

「水城、旗本が何人おるか知っておるか」

不意に新井白石が訊いてきた。

「いえ。存じませんが」

聡四郎は、首を横に振った。

「儂も知らぬ」

新井白石も首をかしげた。

「勘定方に勤めおるそなたも、畏《おそ》れ多いことながら上様より執政のことを命じられた儂も、正確な旗本御家人の数を耳にしたことさえない。なのに禄米も扶持も役料も違《たが》えることなく支払われている。みょうではないか」

「そう言われると不思議でございまするな」

聡四郎は考えたことさえなかったが、言われてみればそのとおりであった。

「払う方だけではない。年貢も運上もそうだ。徳川の領地はあちこちに点在しておる。九州から奥羽《おう》と気候も人も違う。毎年のように取れ高が変わる。運上も吉原がことのように隠されたものもある。このような不安定な収入をあてに幕府は動いているのだ。足下がさだかでなさすぎると思わぬか」

「はあ」

聡四郎は、新井白石がここまで幕府のことをつきつめて考えているとは、思ってもいなかった。儒学の理想だけを追っていると誤解していた。

「武で建てた幕府であるが、維持は経によるしかない。今後とも戦が起こることはまずあるまい。ならば、経を確立せねばならぬ」

「はい」

聡四郎は首肯した。

「だからこそ、あいまいなものは排除せねばならぬのだ。勘定方の役人の恣意で変わるようなものでは、百年の計どころか、一年先も見ることはできぬ。水城、勘定方こそ明確であってくれねば困るのだ」

新井白石が、真剣なまなざしで告げた。

聡四郎は、返答しなかった。背後からかすかに殺気が漂ってきていた。

「どうかしたか」

聡四郎の雰囲気が変わったのを感じた、新井白石が足を止めた。

「お屋敷までお供つかまつりましょう」

聡四郎は、新井白石をうながした。

「なにかあったのだな」

武術の心得はない新井白石も、聡四郎の雰囲気で異常を悟った。

「急いでお屋敷まで戻りましょう」

すでに行程は、大伝馬町を過ぎていた。ここからなら、城に戻るより屋敷に向かった方が早い。また、どのような理由にせよ、江戸城に逃げこむことは、政敵たちに格好の口実を与えかねなかった。敵に背をむけるのは、武士がもっとも恥ずべき卑怯《ひきょう》未練であり、咎められても仕方なかった。

「わかった。頼む」

新井白石が足を早めた。

千二百石の旗本が雇う使用人は、おおよそ十二人である。侍身分の者も含まれるが、学者の常、武を厭《いと》う新井白石の家臣に武芸の達者はいなかった。

今提灯を持って先導している者も、挟み箱を持ってついてくる者も中間《ちゆうげん》であり、木刀一本を腰に差しているだけであった。

聡四郎は、背後からついてくる気配よりも、前に注意を払っていた。

あまりにあからさますぎた。おそらく江戸城を出たところからついてきていただろうが、城に戻るよりも進んだ方がよいと判断する分岐点で殺気をあらわにしたことに、聡四郎は作為を感じた。

「提灯を消せ」

聡四郎は、中間に命じた。

「水城、足下が見えぬではないか」

新井白石が口を挟む。

「灯《あか》りは目印になりまする」

聡四郎は、新井白石の前に出た。目の前に薬研堀が見えてきた。

干潟だった薬研堀も江戸が大きくなるにつれて、埋めたてられ、わずかな池を残してほとんどが武家屋敷に変わっていた。新井白石の屋敷は、その海側に面して建っていた。

あと一筋というところで、聡四郎は足を止めた。

「新井さま、後ろに」

聡四郎は、新井白石を背中にかばった。

新井白石の背後では、中間二人が木刀を抜いているが、半期一期の奉公人では、主に対しての忠誠も薄い。

聡四郎はひしひしと押しよせてくる気配に、中間二人まで護ることはできないと判断した。

「おまえたちは屋敷に報せにいけ」

重代の恩を受けているわけではない中間たちだが、何もなしに逃げだすのは後々の奉公もあってなかなかしにくい。

聡四郎の言葉は、中間たちにこの場を離れるに十分な材料を与えた。

中間たちは、顔を見あわせると、うなずきあった。

「殿さま、お待ちくだされますように。すぐに皆さまを連れてまいりますゆえ」

「かならず戻ってまいります」

中間二人が走りだした。

辻灯籠《つじどうろう》の灯りが走っていく中間の姿を浮かびあがらせた。

風にあおられて火事の原因となると町人地では元禄に禁止された辻灯籠だったが、武家地は許されていた。

漆黒の闇でこそ灯りは、導《しるべ》たりうる。なまじ満月のあるとき、灯籠の生み出す光は、逆に明暗を作りだしてしまう。

灯籠の足下には、濃い闇が横たわっていた。

聡四郎は新井白石を壁際に押しつけると、一間（約一・八メートル）ほど前に立って太刀を抜いた。

使い慣れた太刀ではなかった。部屋住みだったころに与えられたなまくらだったが、それでも刀身に光を映して、その存在をしらしめた。

「来たらどうだ」

聡四郎は、あおった。救援が来るまで待つつもりはなかった。いや、助けが来ないことに新井白石が気づく前に片をつけたかった。

援軍が来ないことを知って恐怖にとらわれた者を護りつつ戦うのは、至難《しなん》の業《わざ》であった。

闇から影が奔《はし》りだした。

襲撃者側にも余裕はなかった。すでに夜半とはいえ、吉原帰りの酔客たちが通りかかるかもしれないのだ。

影が光のなかに入った。聡四郎は、襲撃者の姿を見て、眉をひそめた。

ごくふつうの職人に見えた。

右手に持った匕首《あいくち》の刃を上に向けて、職人ふうの男が聡四郎にすくいあげるように斬りつけてきた。

人の身体のなかでもっとも柔らかい腹を斬り裂こうとした。聡四郎は、半歩退いて、匕首に空をきらせると、右手にさげていた太刀で横っ面を引っぱたいた。

骨にあたれば太刀が折れるかもしれないと危惧した聡四郎は、つづいてよろめいた職人ふうの男の胸を蹴り飛ばした。

骨をくだいたにぶい感触が足に伝わった。

だが、職人ふうの男は、うめき声もあげずに立ちあがると、ふたたび匕首を腰だめにした。

「命はいらないということか」

聡四郎は、その態度から死を読みとった。

「なら、やむを得ぬ」

聡四郎も覚悟を決めた。

太刀を右袈裟に、聡四郎は構えた。

職人ふうの男が駆けよってくるのを、聡四郎は待たなかった。

匕首の間合いに入る前に、聡四郎は太刀を振った。

聡四郎の太刀が、職人ふうの男の左首血脈をはねた。音をたてて血が噴きだした。

「…………」

職人ふうの男は悲鳴をあげることなく、くずれた。

聡四郎は、その瞳に死ぬことへの恐怖を含めて、なんの感情も浮かんでいないのを見て、背筋が寒くなった。

「死兵《しへい》か……」

新井白石の声も震えていた。

「水城、いまのうちに屋敷に……」

一人倒したことで、安心した新井白石が歩きだそうとした。

「遅うござるな。すでに囲まれておりまする」

聡四郎は、けわしい声で命じた。

「えっ」

殺気を感じられない新井白石が、間の抜けた声を発した。

「けっして、そこからお動きになられませぬように」

聡四郎は、ちらと右袈裟にもどした太刀に目をやった。一瞥《いちべつ》したていどでわかるほど大きなゆがみも刃欠けも認められなかった。

「脇差を抜いておかれよ」

聡四郎は、武芸にたしなみがなくても振りまわしやすい脇差を、新井白石に持つようにと告げた。万一のとき、一撃だけでも防いでくれれば、助けに入ることができると聡四郎は考えた。

「刀など遣ったことないぞ」

新井白石は、鯉口《こいぐち》を切ることさえ忘れていた。

「なんとかなさってください」

聡四郎はそれ以上、新井白石にかかずらっていられなくなった。

闇から人影が四つわいた。

四人はそれぞれ違った風体であった。

屋号の入った半纏《はんてん》に股引《ももひき》の鳶職《とび》、縞《しま》の細かい着流しだけの無宿人《むしゅくにん》、禿頭に袈裟の僧侶、そしてあでやかな振り袖の娘と、昼間の江戸ならいくらでも見られる姿であった。

「…………」

無言で四人は、間合いを詰めてきた。

「なるほど、さっきの野郎は試金石というわけか」

一人目は護衛役の腕を見るための捨て石だったことに、聡四郎はおそれを抱いた。

「人の戦いかたじゃないな」

聡四郎の覚悟はすでにできていた。太刀を鞘走《さやばし》らせた以上、どちらかが倒れるか逃げるかするまで戦いは終えられなかった。

鳶職が背中にさしていた手鉤《てかぎ》を出し、無宿人が長脇差《ながどす》を鞘走らせ、僧侶が錫《しゃく》杖《じょう》を鳴らし、娘が髪から簪《かんざし》を抜いた。

「得物もばらばらか」

聡四郎は、緊張の度合いをあげた。

間合いの異なる武器をそろえられた。

六尺（約一・八メートル）の錫杖から、間合いがほとんどない簪では、対しかたを変えなければならなかった。

四人と聡四郎は三間（約五・五メートル）の間合いで対峙した。

聡四郎は、手鉤にもっとも意識を向けていた。およそ三尺（約九一センチ）の手鉤は、樫《かし》の柄に金輪をはめ、その先端に三寸（約九センチ）ほどの鎌刃をつけただけのものだが、柄で打たれれば骨が折れ、刃は小さいながら斬る、裂く、食いこむと万能である。首筋を狙えば必殺であった。

僧侶が石突《いしづ》きを地について、錫杖の音をたてた。

陽動であるとわかっている聡四郎は、僧侶に目を向けなかった。ずっと鳶職に気をつけていた。

「抜けた」

背後で脇差を抜くことに悪戦苦闘していた新井白石が、声を出した。

思わず聡四郎も気をとられた。一瞬の隙が生まれた。

「………」

僧侶が錫杖をまわしながら飛びこんできた。

錫杖は先が槍のように尖《とが》っているが、それよりも横薙ぎにくる一撃が怖い。堅くて太い柄は、防御のために出した太刀など鎧袖一触《がいしゅういっしょく》、はじき飛ばすか折る。いつもの刀なら、聡四郎は迷わず錫杖を両断した。一放流の一閃は兜さえ割る。木の棒などやすやすと斬れた。

だが、聡四郎はこの刀では耐えられないと、後ろに跳んで間合いを開けた。風音をたてて胴の前を錫杖が、過ぎていった。

見送った聡四郎は、躊躇《ちゅうちょ》なくつっこんだ。

長物は手元に入られると不利になる。

槍でも杖でも、間合いが一間をきると、とたんに動きが悪くなり、太刀に後手を引く。

「…………」

僧侶の懐に入りこんだ聡四郎を、殺気が襲った。聡四郎は、無意識に太刀を振った。

甲高い音がして足下に輝くものが落ちた。娘が手にしていた簪だった。

それを見ずに、聡四郎は大きく下がった。

聡四郎の頭があったところを手鉤が掻《か》いた。

目標を失った手鉤は、勢いのまま僧侶の胸を裂いた。

「味方の被害も気にしないか」

新井白石が驚きの声をあげた。

聡四郎は、それに応えず新井白石の前で体勢を整えた。太刀を下段に変えた。

僧侶も痛がるようすもなく、錫杖を構えなおした。

聡四郎は、簪にも注意を割かなければならなくなった。簪を使った手裏剣は、錫杖よりも間合いが遠い。力一杯打てば、新井白石に届く。新井白石ではかわすことも打ち落とすことも無理であった。

聡四郎の動きに制限がついた。

「水城……」

聡四郎の緊張が伝わったのか、新井白石が心細い声で呼んだ。

「お静かに。お気をお平《たい》らになされよ」

聡四郎は、新井白石がすがってくるのを、きびしくおさえた。背中に貼りつかれては、動きがさらに制限されてしまう。

娘を残した三人が、そろって近づいてきた。

聡四郎は、左手で脇差の鯉口をはずした。

「……………」

錫杖が正面からまっすぐに、聡四郎めがけて突いてきた。

斬りそんじはあるが、突きそんじはないといわれる。左右に避ければ、その隙間を手裏剣代わりの簪が縫う。

まっすぐ下がれば、錫杖はどこまでも追いかけてくる。そして、聡四郎の後ろには、新井白石がいた。

「つっ」

聡四郎は唇を噛んだ。腰を落として太刀を、峰を返しながら下段からあげた。

手の内がしびれるような衝撃がしたあと、みょうに柔らかい感触が聡四郎に来た。

聡四郎は太刀がひずんだことを悟った。一瞬の迷いもなく聡四郎は、曲がった太刀を振り袖の娘めがけて投げた。

「……ぐっ」

聡四郎の太刀は、回転しながら飛んで、娘の胸を斬りさいて闇に消えた。

「男……」

新井白石が大きな声を出した。

斬られた振り袖の胸が大きく開いて、肌が見えていた。夜目にも白い肌だったが、そこにはあるべきものがなく、代わりに赤い筋が徐々に広がっていった。

錫杖と手鉤に襲いかかられていた聡四郎に、それ以上娘を見る余裕はなかった。

すでに鯉口を切ってあった脇差をすばやく抜いて、聡四郎は錫杖をはねのけ、手鉤を払った。

聡四郎が僧侶と鳶職の相手をしているのを横目に見ながら、無宿人が長脇差を右手に新井白石に近づいた。

「無礼者、寄るでないわ」

新井白石が脇差をむやみに振って威嚇《いかく》したが、無宿人は歩みを変えることなく近づいていった。

聡四郎は、視界の隅でその光景をとらえていたが、駆けよることができなかった。錫杖と手鉤は、あわせたように聡四郎の動きを規制した。

聡四郎を倒そうとしていないだけに、二つの武器の軌跡には余裕がある。しかし、少しでも聡四郎が、新井白石を助けに行こうと体勢をくずしたら、牽制《けんせい》の撃は、必殺の一閃となることはまちがいなかった。

「くっ……」

聡四郎は、焦りを顔に浮かべた。錫杖と手鉤を相手にするには脇差はあまりに短すぎた。このままでは、二人ともやられるのは確かであった。

聡四郎は、ちらと瞳だけで無宿人を見た。無宿人は、足を止めて長脇差をあげていた。猶予はなくなっていた。

聡四郎は脇差を右手だけで握りなおした。

錫杖が突いてきた。電光石火の疾さではあったが、必殺の気迫には欠けていた。

聡四郎は、わざと手鉤の鳶職に近づいて、錫杖を左にかわした。

「…………」

はずれた錫杖を手元に繰りこもうとするのを、聡四郎は身を寄せて、脇にはさんだ。

「……うっ……」

僧侶が初めて、声を漏らした。

聡四郎は錫杖を押さえたまま、身体をまわして、まっすぐ首に襲いかかってきた手鉤を避けた。流れるように足を送りながら、右手の脇差で鳶職を突いた。

「…………」

鳶職の心の臓を貫いた代わりに、聡四郎は脇差を失った。深く突き刺さった脇差は、片手で抜くことができなかった。

錫杖が強く引かれた。聡四郎は、腰を落として耐えた。今度は錫杖が押される。

聡四郎はそれを待っていた。

押さえていた錫杖を離し、突かれた勢いに載せるように両手で摑《つか》んでひっぱった。

「……………」

明らかに驚いた顔を見せて僧侶がよろけた。あわてて錫杖を捨てて、懐から三《さん》鈷杵《こしょ》を出したのは見事であった。

「うわあああ」

新井白石が、無宿人の一撃をかろうじて脇差で防いだ。だが、衝撃に握りがゆるんで、脇差を落とした。

残忍な笑いを浮かべ、とどめと無宿人が長脇差を振りあげた。

聡四郎は手にした錫杖を振り返りざまに無宿人めがけて突いた。

笑いはそのまま凍りついた。聡四郎の突いた錫杖が無宿人の右脇下から左首へと貫きとおった。

長脇差をおろすこともできずに、無宿人が死んだ。

聡四郎は、僧侶に向きなおるまもなく、体《たい》を開いた。

僧侶が手にした三鈷杵が、空を切った。

仏具の一つである三鈷杵は、古代インドの武器をかたどったもので、握りを中央に、左右にそれぞれ三本の刃を出している。

大きさは一尺（約三〇センチ）ほどしかないが、当たれば三本の刃が深く食いこみ、一撃で死にいたらしめることができた。

すべての武器を失って、無手になった聡四郎は、かわすしかなかった。

また、刺客最後の一人になった僧侶も、聡四郎を放置して、壁際で腰を抜かしている新井白石を襲うだけの余裕はなかった。

聡四郎と僧侶は、戦い続けた。

「水城……」

新井白石が、感嘆の響きを出したが、聡四郎は気を取られるわけにはいかなかった。

「痛い」

夢中になって見ていた新井白石は、腰を起こそうとして己の手にしていた脇差の刃で足を傷つけた。

「遣え、水城」

新井白石が脇差を聡四郎めがけて投げたが、届くことなく転がった。

「……」

聡四郎は、脇差に目をやることなく、僧侶の攻撃を避けることに集中した。

三鈷杵は、前後に刃がついているので、突く、斬る、薙ぐができる。ただ、握りから刃の先端までの長さが短いために、少し間合いがあれば届かなかった。

顔をめがけ、胸を突き、回転して背中を襲ってくる三鈷杵を聡四郎は、反り、かわし、流した。

聡四郎はうかつに反撃できないでいた。

一放流にも拳撃《けんう》ち、足蹴りの技はあった。間合いがないにひとしい距離で戦う一放流は、体術を重視してきた。

聡四郎もそれなりの手練《しゅれん》をもっていたが、僧侶の持つ三鈷杵は、すさまじい疾さで縦横に駆けめぐり、聡四郎の攻撃をはばんでいた。

聡四郎は、じりじりと押された。

新井白石の激しい呼吸の音が、聡四郎の耳に聞こえた。

「耐えよ、儂はまだ死ぬわけにはいかぬ。幕府を千年の盤石《ばんじやく》にみちびくまで、息絶えることは許されぬのだ」

新井白石が、聡四郎を励ました。

腰を抜かしている新井白石は動けなかった。聡四郎は、新井白石と身体を接するほど近くにまで押さえこまれた。

三鈷杵が、聡四郎の首筋を襲った。

新井白石を気にした聡四郎の動きが一瞬鈍くなった。三鈷杵が首筋を浅く裂いた。

「くっ」

聡四郎が苦鳴《くめい》を漏らした。

「水城」

新井白石が悲鳴をあげた。

勢いづいた三鈷杵が、聡四郎の胸めがけて突きだされた。

「ちいい」

これ以上下がれなくなった聡四郎は、肘をまっすぐに落として、三鈷杵の勢いを殺したが、肩衣《かたぎぬ》を裂かれた。

「太刀を……」

聡四郎がうめいた。

「水城」

新井白石が、腰に差していた太刀を鞘ごと抜いて聡四郎の左に出した。

「……………」

僧侶が、それを見て、聡四郎の左に打撃を送った。聡四郎は、右足を一歩前に出しながら体《たい》を開いてこれを流し、そのまま左足で僧侶の臑を蹴った。

肉の薄い臑は、鍛えようのない急所の一つである。

「……っ」

僧侶の顔がゆがみ、半歩身を退いた。

「拝借」

聡四郎は後ろ手に左手を伸ばして、新井白石の太刀を受けとった。

鞘走らせる間はなかった。一度ひるんだ僧侶だったが、すぐに気をとりなおして、ふたたび襲いかかってきた。

聡四郎は鞘ごと、太刀を突きだした。

鞘の底につけられている金具と三鈷杵がぶつかった。剝がれるような音がして三鈷杵が鞘を割った。

割れた鞘は刀身にたいしてゆるくなる。聡四郎は、そのまま右肩に担いだ。

一放流瞬速の太刀に聡四郎は、必死の思いをかけた。

聡四郎は全身から殺気を放出した。

それを受けて僧侶も動きを止め、三鈷杵を握りなおした。

次の交差で勝負がつくことは、この場にいる三人ともがわかっていた。

僧侶が、細く長く息を吐いた。

聡四郎は、すでに呼吸を止めていた。

「しゃああ」

僧侶が初めて気合い声をあげて、右手で握りしめた三鈷杵を突きだした。虚と見抜いて、聡四郎は反応しなかった。

三鈷杵は聡四郎の寸前で止まり、僧侶は踏みだした右足を軸にまわりながら、左足で蹴ってきた。

聡四郎は一歩踏みだして、蹴りを手前で受けた。左腰に鈍い衝撃があったが、伸びきっていない一撃は、聡四郎をよろけさせるほどではなかった。

「くっ」

僧侶は慌てて左足を降ろし、身体を逆にひねり戻しながら、三鈷杵で聡四郎の顔を狙ってきた。

聡四郎は太刀を渾身《こんしん》の力で振りおとした。

僧侶の左肩に当たった太刀は、自らの鞘を粉砕して、僧侶の骨を斬り割った。

「……つうう」

左肩を割られながらも僧侶は三鈷杵で聡四郎を襲ったが、命の火が消えかけては、威力も疾さもなかった。

聡四郎は、太刀をひるがえして、僧侶の右手を肘から斬りとばした。

大きな衝撃とともに僧侶が倒れ、離れたところへ落ちた右腕が、小さな音をたてた。

残心《ざんしん》の構えを解いて、聡四郎は太刀を青眼に戻した。

「終わったのか」

新井白石が、震える声で訊いた。

「まだでござる」

殺気は消えていなかった。

「お見事と言っておこう」

新井白石の屋敷に近い闇から、浪人者が姿をあらわした。

「勘定吟味役、水城聡四郎どのか。一放流だそうだが、これだけ遣うものは、江戸にもそうはいまい」

辻灯籠の灯りに全身をさらした浪人者は、右手に太刀を抜いていた。聡四郎は、太刀の刃が光をあまり反射していないことに気づいた。

浪人者が、よく見えるようにと太刀を辻灯籠の灯にさらした。

「血か……斬ったな」

聡四郎は、その血が新井白石の中間二人のものだと理解した。

「お互いさまではないか。おまえは四人、拙者は二人。どちらの罪が重いかは申さずとも知れようが」

浪人者が嘲笑を浮かべた。

「何者だ、きさまら」

聡四郎の問いを、浪人者は笑って拒否した。

「いまをときめく寄合旗本千二百石新井筑後守《ちくごのかみ》君美《きんみ》どのを襲って、名乗る馬鹿がいると思うか」

七間(約一二・七メートル)の間合いを開けて、浪人者が足を止めた。倒れている連中にちらと目を走らせた。

「かなりの遣い手ばかりだったんだぜ」

浪人者が、聡四郎に語りかけた。

すさんだ表情であったが、歳は若そうであった。はりつけたような笑いの奥で瞳が無感情に暗い色をしていた。

「そろそろ人も来る。いろいろと都合もあってな。拙者はこれで失礼させていただこう。近いうちにまたお目にかかることになるだろうがな、それまで他の奴らに殺されることのないように願いたいな。水城聡四郎、おぬしは、拙者が斬ると決めた」

天気の話をするような、さりげない口調で浪人者が告げた。

「ではな」

浪人者がくるりと背中を向けて、闇のなかへ吸いこまれていった。

「追わぬのか」

新井白石の問いに、聡四郎は首を振った。それだけの体力も気力も聡四郎には残っていなかった。

聡四郎は、新井白石の太刀を一度地においた。新井白石の手を引いて立ちあがらせる。

「何者であろうか、こやつらは」

新井白石が一人一人をじっくりと観察した。

「わかりませぬ。それぞれ変わった技の持ち主でございましたが……」

聡四郎は語尾をにごした。

「だが、水城にはかなわなかった」

新井白石の声が少しうわずっていた。血を見たことで昂奮《こうふん》したのだ。

死のくびきから逃れた者は、脱力して失禁してしまうか、安堵感から高揚してしまうか、大きく分けて二つの反応をとる。

新井白石は後者であった。

「町奉行に命じてきびしく探索させねばなるまい。こやつらの一味をかならず捕えて、なにもかも白状させなければならぬ。上様のご信任を受けて政にかかわる儂を襲うは、御上への謀反と同じ」

冷徹な施政者の瞳に戻った新井白石が、憎々しげに言った。

聡四郎は、鳶職の胸に刺さったままの脇差を取り返すと、ていねいに鹿皮で拭いをかけた。

振り袖男の向こうに転がっていた太刀は、大きく曲がって、もうあきらめるしかなかった。女を手にかけることの罪悪感を感じるまもなく太刀を投げていたが、敵が男であったことに聡四郎はあらためてほっとしていた。

「かたじけのうございました」

聡四郎は新井白石の太刀の血糊《ちのり》を拭って返した。

「水城の太刀は、曲がってしまったのだな」

太刀を受けとりながら、新井白石が訊いた。

「はい」

聡四郎はうなずいた。

「そうか」

新井白石は、手にした太刀を聡四郎に押しつけた。

「これを遣え。屋敷に帰るまで太刀なしというわけにもいくまい。あの浪人者が、どこかにひそんでおるやも知れぬ」

「かたじけのうございます」

急激にきな臭くなっていく状況に、聡四郎は暗澹《あんたん》とするしかなかった。

四

君側《くんそく》の寵臣《ちょうしん》、新井白石が襲われたとして、町奉行はおろか目付までが出たが、結局襲撃者のことはわからずじまいであった。

五人の男たちの人相書にも届けがなかった。裏長屋の住人まで人別でしばり、町役《ちょうやく》である大家が、町内の者たちを把握している江戸で、まったくわからないというのは、異常であった。

「警固《けいご》の者を」

家宣の命で、新井白石の登城と下城には、徒組《かちぐみ》から手練《てだ》れが数人配されることになった。

「ありがたいことだ」

新井白石は、家宣の厚恩に感謝したが、だからといって明るいうちに帰邸することはなかった。

一方、聡四郎は、紅の怒りに閉口していた。

毎日いつものようにやってくるのだが、口を利かないのだ。

新井白石が襲撃を受けた翌日、紅にそのことを隠そうとした聡四郎は、味方だと信じていた喜久の裏切りにあった。

喜久は、切り裂かれた肩衣や血まみれになった小袖を、いつものように早朝やってきた紅に見せた。

女のたしなみを紅は完全に忘れた。台所から聡四郎の居間となっている書院まで、足音も荒く紅が駆けてきた。

襖を破るような勢いで開けて、紅は聡四郎の側に来た。

「大丈夫、怪我してない」

泣きそうな声を出した紅が、聡四郎の傷がそれほどではないと知った途端に豹変《ひょうへん》した。

「なにやってんのよ、あんたは」

隠居所までひびく大声をあげて、紅は聡四郎を怒鳴った。

「このあいだの金座のことで少しは懲りたと思っていたけど、全然だったわけね」

紅が、怒りで顔を真っ赤にしていた。聡四郎は、母親に叱られた気分になった。

「あんた一人でなんでもできると思っているの。あのときだって、袖吉がいなければ、あんたもあたしも死んでいたわよ」

紅の言いぶんは正しかった。一人で死地におもむいた聡四郎は、見事に罠にはまって、危機におちいった。それを袖吉が救ってくれた。

「わかっているつもりだ」

聡四郎は、そう応えるしかなかった。

「あんたは、あんたは、本当に残される者の気持ちを考えたことがあるの」

紅の目に涙が浮かんだ。

そっと紅が聡四郎の首筋に巻かれた布に手をやった。この下には、真新しい傷口があった。

「すまん」

聡四郎は、頭をさげた。

感情を爆発させた紅は、そのあと一気に不機嫌になった。

聡四郎が家にいるあいだ、ずっと側についているのだが、睨《にら》みつけるだけでいっさい口を開かなくなった。

そのくせに食事の給仕、出仕の支度などはいつものように手伝う。聡四郎は自邸で居心地の悪さを感じ、久しぶりに厄介者だったころを思いだしていた。

逃げだすわけではなかったが、聡四郎は下城後自邸を過ぎて、入江無手斎の道場を訪ねた。聡四郎の見張りを紅に命じられた相模屋の若い衆がついてきていた。

「情けない顔をしておるな」

入江無手斎が、聡四郎を見るなり大笑した。

「あの娘がらみか」

何度も道場へ差し入れに来たことで、紅の存在を入江無手斎は認識していた。

「おそれいりまする」

察しのいい師匠に聡四郎は、苦笑した。

「逃げていては、かえってことを悪くするぞ。女というのはな、なにをおいてもおのれを第一にしてくれなければ、機嫌が悪いからな。それにな、あの娘は気が強そうだ」

入江無手斎が、聡四郎を諭し、最後は笑った。

「はあ」

聡四郎は覇気《はき》のない返事をした。

「で、今日はどうした」

入江無手斎の顔つきが変わった。

勘定吟味役は連日勤めである。その忙しい聡四郎が、下城のついでとはいえ、下駒込村まで足を延ばしたには、なにか用件があると入江無手斎は気づいていた。聡四郎は、先夜の襲撃者たちの目に、ひとかけらの心さえ映っていなかったことを話した。

武術というのは、身体の戦いでもあるが、同時に心の争いでもある。気迫で勝てなければ、勝負でも負ける。

その気がもっともよく表れるのが瞳であった。

だからこそ、敵と対峙したとき、目を細めたり、胸のあたりを見据えて、感情を読みとられないようにする。逆に、勝てるとわかったとき、勝たなければならないときは、瞳に力をこめて睨みつけるのだ。

「死兵か」

入江無手斎が言葉に、聡四郎は首肯した。

「九州は佐賀鍋島家《さがなべしま》に伝わる書物に、葉隠《はがくれ》がある」

入江無手斎が話しだした。

「そこにな、武士道というは死ぬことと見つけたりという一文がある。これをどう思うか、聡四郎」

入江無手斎が聡四郎に問いかけた。

「いざ戦いとなったときに命を惜しむなと……」

聡四郎は思ったことを口にした。

「ふむ。やはりそう思うか。では、そのあとに続く文を教えてやろう」

入江無手斎が、語った。

「朝の目覚めの床うちで、あらゆる死にかたを心のなかで積みかさね、存分に死んでおけ。葉隠に書いてあるとおりではないぞ。流し読んだのでな、かなり忘れておる」

入江無手斎が笑った。

「もしや、心のなかで死んでおくことで、いざ死を目の前にしたときに動揺することなく、冷静に対処できるということでございまするか」

聡四郎は、問うた。

「おそらくそういう意味であろう。かと申して、儂とて葉隠を書いた御仁に聞いたわけではないがの」

入江無手斎が首肯した。

「それを念頭において、昨夜の者どもを思いだしてみよ」

入江無手斎に言われて、聡四郎は瞑目《めいもく》した。

「死兵ではなかろう」

入江無手斎が、断定した。

「はい」

聡四郎も気づいた。

「死んでいたのでございまする、あやつらは」

「おそらくの。死兵は、戦場で死を覚悟した者どものことじゃ。決してあたるべからずと軍学でも申しておるように、逃げ場を失い、そこを突破せねば死ぬとわかって、生へしがみつく欲望を狂気としてほとばしらせた者。それに比して、聡四郎のいうそやつらには、それがないようじゃ。人としてかならず存在する生への執着が感じられぬ。死兵ではなく、死人《しびと》だの」

入江無手斎が、首を左右に振った。

「死人を相手にする剣など、どこにも存在せぬ。聡四郎、面倒な奴らを敵にしたな」

入江無手斎が、愛弟子《まなでし》を心配した。

「いえ。かえって気が楽になりましてございまする。死人なら殺す必要はございませぬ。ただ、兜のように割るだけ」

　聡四郎は決意を口にした。

「ならば、太刀には気と金を使え。それと、一人では多人数の死人に襲われたときに困ろう。どうだ、大宮玄馬を家士《かし》に雇わぬか」

　入江無手斎が、聡四郎に言った。

　聡四郎の弟弟子にあたる大宮玄馬は、御家人の三男である。

「実はの、あやつの長兄に嫁が来ることが決まっての。次兄はすでに御弓同心の家に養子にいっておるし。ここ最近、沈んでおったのは、そういうわけもあったのよ」

　入江無手斎に説明されるまでもなく、聡四郎には十分にわかった。いまでこそ五百五十石取りの旗本の当主となっているが、一年前までは、無駄飯食いと呼ばれていた。

「直参《じきさん》ではなくなりますが、よろしいので」

　聡四郎の家士ならば、陪臣である。

「そのようなことを申していてもしかたあるまい。身分よりも生活《たつき》の道が、肝腎であろう。師範代として儂の道場を手伝わせようかとも思ったのだがな、玄馬の手は一放流には軽すぎる」

入江無手斎が、ちらと辛そうな顔をした。

「わたくしの一存では決めかねまするし、それほどの禄は出せませぬが、よろしいので」

聡四郎は即答を避けた。旗本の当主になって、かえって融通がきかなくなっていた。金はなくても、責任のなかった部屋住みのころが懐かしく思いだされた。

「玄馬には、儂から声をかけよう。よしなにな」

入江無手斎が、聡四郎に頼んだ。

聡四郎が、礼を言って帰った後、入江無手斎がつぶやいた。

「兜のように割るだけ。そう思いきれるほど、そなたは、冷たくはなれまい。なにかを護るために手を握れば、手のひらに載せていたもののいくつかはこぼれよう。すべてを手にすることは、かなわぬのだぞ」

入江無手斎は、陽が完全に落ちるまで、道場でじっと立っていた。

三浦屋四郎左衛門は、不機嫌そうに腕を組みながら、向かいあっている浪人者に声をかけた。

「ずいぶん、遅いご帰還でございましたな。山城《やましろ》さま」

「潮風にあたりたくなってな。木更津《きさらづ》まで行ってきた」

悪びれる体もなく応えたのは、先夜、新井白石の中間を斬り殺した浪人であった。

「忘八どもがやられたのなら、ときを空けずにお報せいただきませんと、御上への手配りが後手になりまする」

三浦屋四郎左衛門が、注意した。

「おぬしが、そのような情けないまねをするとは思えぬが。どうせ、見張りをつけていたろう」

山城は、とぼけたような顔で言った。

「もう、よろしゅうございまする」

三浦屋四郎左衛門が、あきれた。

「一兵衛《いちひようえ》以下がやられたことはわかりましたが、詳細をお聞かせ願いましょう。見張りは話まで聞いておりませぬゆえ」

三浦屋四郎左衛門に求められて、山城が報告した。

「勘定吟味役の水城聡四郎……。一度、紀伊国屋文左衛門さまが、お招きになられたが、遊女を抱くことさえせずに逃げた、あの小心者が」

三浦屋四郎左衛門が驚きの表情を見せた。

吉原に来て女を抱かずに帰るのは、金がないか度胸がないかのどちらかに分類された。

男女の密事《ひそかごと》は、互いにすべてをさらすことになる。身体はもちろんのこと心の一部も見せる。馴染みとなれば、心のなかに入ることさえ許すのだ。

遊女を抱くことができない男を、吉原では他人とのふれあいをおそれる者、己に自信のない者として、一人前あつかいしなかった。

「戦いぶりを見もせずによく言う」

山城が、三浦屋四郎左衛門をあざ笑った。

「女を抱こうが抱かまいが、水城が、忘八五人を倒したことにはかわりない。おのが見たものだけを真実だと思いこむのは、やめたほうがいい」

忠告された三浦屋四郎左衛門の顔が、けわしくなった。

「人に説教をする暇があったら、その水城を何とかしていただけませんかね。わたくしは、山城さまにのんべんだらりと暮らしてもらうために、大枚を支払っておるわけではございませぬよ」

三浦屋四郎左衛門が、冷たい声で告げた。

「拙者が命じられたのは、見届けだけだったはずだが。あの場でやっていいなら、最初からそう申して欲しいな。見張りだけの金しかもらってなかったぞ」

山城が、不満を口にした。

「それぐらいのこと、その場で判断していただかねば困ります。子供の使いではございますまいに」

三浦屋四郎左衛門が、咎めだてた。

「新井白石はどうする。もう、見張らなくていいんだな」

山城が、訊いた。

「そっちは、別の者にやらせます。山城さんは水城をお願いします」

三浦屋四郎左衛門が、告げた。

「吉原は、廓に住む者たちの城。人としての身分を捨てなければ生きていけない者たちの砦《とりで》でございます。何人《なんぴと》といえども手出しはご無用。たとえ、それが御上であったとしても」

三浦屋四郎左衛門が、強い意志のこもった声で宣した。

第四章　傾城《けいせい》の戦い

一

大宮玄馬は、三十石《こく》で聡四郎の家士となった。貧乏御家人の息子としては、妥当な道であった。

御家人だけではなく旗本でも、次男三男以降の身の振り方に頭を痛めていた。学問や武術で見いだされて別家をたてられる者は数年に一人いるかいないか、旗本や御家人の婿養子にいける者はほんの一握り、商家や百姓の跡継ぎにもらわれるだけでも幸運で、運が悪ければ生涯長兄の厄介者として、使用人同然にあつかわれ、妻を娶《めと》ることもできず、老いていくだけの運命をたどることになる。

それを思えば、陪臣になるなど些細なことだった。

前からいた佐之介が、三両一人扶持の年季奉公なのにくらべれば、破格の待遇であるが、これは将来水城家の用人として家宰《かさい》を任せる意味がふくまれていた。

「三十石もやりすぎではないか。流れの用人なら、一年十両で雇えるのだぞ。それこそ、あの紅とか申す娘の家に頼めば、もっと安くで……」

反対する父功之進を、聡四郎はさえぎった。

「五両の差で、譜代の家臣を得られるのでございまする」

「譜代など戦場で命をかける時代なればこそ意味があるが、この泰平の世に無駄な金は使わぬが賢明だぞ」

「無駄な金と申されるか。人に値をつけるおつもりか、父上」

「そう申せば、身も蓋《ふた》もないではないか」

「これは、わたくしが決めたことでございますれば、お口出しはご遠慮くださいませ」

最後は当主の権で押しきった。

水城家に移った大宮玄馬は、紅の存在に驚かされた。

「殿のお許嫁《いいなずけ》でいらっしゃいますか」

紅の聡四郎に対する態度に目をむいて、大宮玄馬は喜久に訊いた。とても女が男に、それも旗本にしていい言葉遣いではなく、大宮玄馬の育ってきた常識とあまりにかけ離れていた。

「今は違いまする。四郎さまも紅どのも、お互いがどれだけ大事なのか、まだおわかりになっておられませぬ」

喜久はほほえみながら首を左右に振った。

なにはともあれ、聡四郎は常時行動をともにする強力な護衛を手に入れた。

いつものように登城した聡四郎を、新井白石が待ちかまえていた。内座の聡四郎の席に腰をおろしていた新井白石が、甲高い声で命じた。

「吉原の運上が、いままでどこに使われていたか調べよ。あと、吉原の運上を停止した場合、どれほどの支障が出るかもな」

返事も聞かずに新井白石は、内座から出ていった。

仕事を干されているにひとしい聡四郎は、朝五つ（午前八時ごろ）前に登城するが、勘定方でもっとも忙しい殿中詰めなどは、六つ（午前六時ごろ）過ぎにはそろっている。

新井白石の言葉は、内座の全員に聞かれた。

太田彦左衛門があきれ顔で近づいてきた。

「わざとやっておられまするな」

「そのようでござる」

聡四郎は苦笑した。

新井白石は、いまだ荻原近江守の影響を強く残している勘定方をゆさぶるために、聡四郎を最大限に利用しようとしていた。

新井白石の命は、小半刻《こはんとき》（約三十分）もたたないうちに下勘定所に伝わり、一《いっ》刻《とき》（約二時間）たらずで荻原近江守の屋敷に届けられる。

報を受けた荻原近江守は、かならず動きを見せる。その餌に聡四郎は使用されたのだ。

「太田どの、隠居なされてはいかがでしょう」

聡四郎は太田彦左衛門に去るようにと勧めた。このままでは、太田彦左衛門も命を狙われる。

「惜しいような命ではございませぬ。妻も先に逝っております」

太田彦左衛門が寂しそうに笑った。

「…………」

聡四郎は、黙礼してその覚悟に敬意を表した。

「さて、では、ちょっと行ってまいりましょう」

太田彦左衛門は、立ちあがった。

「お願い申します」

聡四郎は、頼んだ。支配者荻原近江守を排除した敵として、勘定方で孤立無援の聡四郎と太田彦左衛門は、内座以外で資料を手に入れるしかなかった。

内座を出ていった太田彦左衛門の後を追おうと勘定吟味下役が動いた。聡四郎は、わざとその前に立ちふさがった。

「じゃまをするな」

聡四郎は、殺気を発した。

人を斬ったことのある者が出す殺気は、実際に刃物を突きつけられるのと同じ恐怖を与える。

勘定吟味下役は、腰を抜かした。

「ひっ」

両手で後ずさっていく勘定吟味下役を無視して聡四郎は、内座にいる勘定方一人一人に目を合わせていった。

誰もが、一瞬ももたずに目をそらした。

「……………」

太田彦左衛門の後が追えなくなるほどの間をおさえて、聡四郎も内座をあとにした。

徒目付永渕啓輔は、柳沢吉保に新井白石のことを報告していた。

茶室で茶を点《た》てながら、柳沢吉保がうなずいた。

「そうか、吉原をな」

柳沢吉保は、ゆっくりと茶を喫した。

「荻原近江守の案ではないな。あやつにそこまでの器量はない。吉原には通っていたようだが、その奥にあるものに気づいてはいまい」

「では、新井白石に吉原のことを報せたのは……」

「紀伊国屋であろうな。物事の裏を、あの男はよく見ているからな」

柳沢吉保がちらと瞳を光らせた。

「いかがいたしましょうや」

永渕啓輔が、命を乞うた。

「ほうっておけ。吉原の手助けをする必要はない」

「よろしいのでございますか」

永渕啓輔が、目を見張った。

柳沢吉保は、かつて吉原から多額の金をもらっていた。もちろん、女の命を削って得た金で生きている吉原が見返りのないことに遣うはずはなく、それに見合うだけの庇護を柳沢吉保は、与えていた。

「吉原だけを特別あつかいするわけにもいかぬであろう。吉原はあまりに金がかかりすぎる。そうであろ」

柳沢吉保が、訊いた。

「あいにく、わたくしごときでは、吉原にかようことなどできませぬので」

永渕啓輔が、申し訳なさそうに応えた。

吉原は不思議な場所である。本質は、男が性の欲求を発散させる場所でありながら、あまりにしきたりを作りすぎていた。

初会《しょかい》の日は、口もきかない。二回目は会話だけで、床にはつかない。三回目でようやく客は遊女を抱くことができる。

もちろん、なにもできない一回目と二回目の遊女の揚げ代は支払わなければならないし、三回目にはお床入りの祝いとして、遊女に連なる者たちに祝儀をわたすことが慣習となっていた。

一夜の揚げ代だけで一両をこえてしまう、大名や大商人を相手にする太夫は高《たか》嶺《ね》の花としても、吉原を支えている格子女郎《こうしじょろう》でも、銀二十五匁《もんめ》、銭になおしておよそ千五百文《もん》、金にすると一分《ぶ》二朱《しゅ》かかる。

たった一度の床入りに、三日分の揚げ代と祝儀で二両ちかい金がとんでいくのだ。

年収およそ六十両ほどの徒目付に二両は高額であった。

「深川あたりの岡場所でしたら、その日に床入り、代金も数百文ほどですみまする」

永渕啓輔も若い男であった。

「御上の手の内にない遊廓は、許されるべきではない」

柳沢吉保が、断じた。

岡場所は、幕府の許可を得ていない私娼窟《ししょうくつ》である。人身売買の場でもあり、犯罪も病も多発していた。

「申しわけありませぬ」

永渕啓輔が詫びた。

「うむ。だが、江戸は男手でささえられている。当然、女の需要はあり、それを認めぬわけにはいかぬ。ただ、お許しのないものがご城下にあることはよろしくない。ならば、公許を岡場所にも与えて、町奉行所のもとにおけばよいのだ。吉原だけに公許が認められたことが、問題なのだ」

柳沢吉保は、江戸の男たちの欲望まで幕府の管理下におこうとしていた。

「誰もが手出しできぬ神君家康公のお許しを、新井白石は、いや、水城聡四郎はどのように処分するのか、楽しみだな」

柳沢吉保は、二服目の茶を点てるために、釜から湯をすくいあげた。

幕府に納められる運上などの現金を、金銀御金蔵納量《きんぎんおかねぐらのうりよう》と称した。主として、関東諸国と上方《かみがた》諸国の二つに分かれ、関東が金で、関西が銀で納められることになっていたため、金銀の相場によって高が上下した。

運上のなかでもっとも大きな金額をしめるのが、長崎運上である。唯一海外に開かれた長崎での貿易の利潤にかけたものだが、元禄十六年（一七〇三）で六万七千五十七両余りに達していた。

長崎運上を始め、酒造運上、鉱山運上などを合わせた金銀御金蔵納量金は、一年で三十七万両ほどにのぼった。これは米に換算して三十七万石余り、およそ、外様《とざま》の大大名薩摩島津《しまづ》家一年分の年貢に匹敵した。

どこからか資料を手配してきた太田彦左衛門に、聡四郎は問うた。

「このなかに吉原運上は記載されておりませんが」

「さようでございまする。吉原運上は、裏ということになりましょう」

太田彦左衛門が応えた。

吉原が納める月千両の運上は、どこにも載っていなかった。

「年一万二千両といえば、かなりの金額でございますが……」

聡四郎は、首をかしげた。

幕府が年間にあつかう金額は、五百万両に近い。それから見れば、たいした金額ではないと思われるが、五百五十石水城家のおよそ五十年分にあたる。

「この運上にかんしては、まったく記録が残されないようでございまする」

太田彦左衛門が、告げた。

「記録がないとしますと、右筆部屋をとおらない金と」

右筆部屋は、幕府すべての書付を取りあつかう。旗本御家人の家督相続から、役人の任免まで、右筆の筆が届かないところはないはずであった。

聡四郎は、聞き耳を立てている同役たちに届かないよう、小声になった。

「勘定方で……」

聡四郎は、語尾を濁らせた。勘定方が私腹しているのではないかと問うたのだ。

「それはありえませぬ」

太田彦左衛門が首を振った。

「隠し金は、露見したとき、ただではすみませぬゆえ」

勘定奉行は激務であるが、勤めあげれば町奉行あるいは大目付などへ出世できる役職である。その座を狙う者は多い。また、同役同士での足の引っ張り合いは日常茶飯事であった。そのようなところに隠し金はあり得なかった。

「となれば……」

「はい。おそらくは、御用部屋の……」

太田彦左衛門も声をひそめた。

御用部屋とは、幕府の最高権力者である老中たちの執務する場所である。呼ばれないかぎり若年寄といえども入室することはできず、この部屋で幕政のすべてが決定された。

「大事になりまするぞ」

聡四郎は、さすがに震えた。

「勘定吟味役は、御用部屋でも監察することができるお役目となっておりまするが、実際は難しゅうございます」

太田彦左衛門もため息をついた。

新井白石によって抜擢された聡四郎であるが、表向きは老中の支配を受ける。老中ににらまれれば、御役御免どころか、家をつぶされかねなかった。

「吉原から始めるしかありませんか」

聡四郎の意見に、太田彦左衛門も首肯するしかなかった。

聡四郎は、翌日、内座に顔を出したあと、すぐに下城して衣服を替えると大宮玄馬を供に吉原へと向かった。紅のつけた見張りは、まいてあった。

明暦の火事で丸焼けになった吉原は、幕府の命で日本橋葺屋町から浅草日本堤へと移転させられた。

江戸城まで数丁（数百メートル）の好地から、江戸とは名ばかりの郊外への引っ越しの条件として、吉原にはいろいろな便宜《べんぎ》が図られた。

移転費用として二万両の下賜、さらに移転前の二倍の敷地、そして吉原の悲願であった昼夜営業の許可であった。

吉原は、創業のころ昼夜営業が許されていた。だが、幕藩体制が整うにつれて武士の規律もきびしくなり、非常にそなえて日の暮れ以降は自宅に待機していることが義務づけられた。

それでも吉原で遊女に腑抜《ふぬ》けにされ、一夜どころか数日居続ける輩《やから》はあとをたたなかった。業《ごう》を煮やした幕府は、ついに吉原に日没以降の営業と、客を泊まらせることを禁止した。

幕初、吉原にとって主な客は武士であった。戦がなくなったおかげで暇はあり、命をかけることに慣れていたせいか、金に対する執着がなく、払いがいい武士は上客であった。

しかし、時代が少し進むと、武士から潔さが消え、金もなくなった。代わりに吉原の得意となったのは商人であった。だが、商人は日中に働き、夜にならないと遊廓へ足を運ばない。

当初の繁栄が嘘のように、吉原から活気が失われた。

吉原は、なんども幕府に夜の営業を求めたが、認められることはなかった。

そして明暦の火事が起こった。

明暦三年（一六五七）正月十八日、本郷本妙寺《ほんみょうじ》からひろまった火事は、じつに二日間、江戸を蹂躙《じゅうりん》した。

大名屋敷五百余、六十一の橋、五百町《ちょう》をこえる町屋を焼き、死者十万二千人以上の大災害は、江戸を根こそぎ灰にした。江戸城も天守閣をふくめて灰燼《かいじん》に帰《き》した。

幕府はこれを機に、一から江戸の再生に取りかかった。

もともと、田舎の漁港でしかなかった江戸を、豊臣秀吉《ひでよし》によって三河から転じられた家康が城下町に選んだことが始まりであった。

家康が関ヶ原《せきがはら》の合戦で勝利をあげ、天下人となったことで急激に江戸へ人が流れこんできた。家康に臣従《しんじゅう》を誓った大名たちが、江戸に屋敷を建て、人質をおいた。

人が来れば、生活の糧を売る者、家を造る者、ものを運ぶ者が要る。

江戸は急激に増殖していった。

すさまじい勢いで拡大していった江戸の町は、武家地と町人地が入りまじり、あまりに無秩序であった。

幕府は、火事で更地に近くなった江戸を新しく計画することにした。そのとき、問題になったのが吉原であった。

江戸城の顔、大手門に悪所である吉原は近すぎた。吉原は、江戸城からはるか遠い浅草日本堤へと移された。

聡四郎は大宮玄馬と肩を並べて、日本堤を歩いていた。着流しの二人は、旗本か江戸詰の藩士が、休みを利用して遊びに行く風体に見えた。

「殿、吉原でなにをなさるおつもりか」

大宮玄馬の声に、非難が混じっていた。

「紅さまがおられるというに」

「遊びに行くわけじゃない」

聡四郎は、背後に気を配りながら応えた。

かすかに変わった聡四郎の雰囲気に、大宮玄馬が問うた。

「どうなされましたか、殿」

「いや、吉原の警戒に驚いただけだ」

聡四郎は、日本堤に入ったところから、ずっと背中に目を感じていた。かなり遣う大宮玄馬が気づかないほどかすかなものだったが、聡四郎は察知した。

「……………」

大宮玄馬の顔がひきしまった。

「今から、そう気を張るな。長丁場になったときに辛いぞ」

聡四郎は、大宮玄馬に力むなと諭した。

日本堤から吉原へ向かう五十間道《ごじっけんみち》へと曲がったところで、聡四郎は別の気配を見つけた。

「またか」

聡四郎は、男なら誰でもむかえいれる吉原の万一にそなえた用意周到さに驚いていた。

吉原の大門は、八つ（午後二時ごろ）に開かれ、九つ（午前零時ごろ）に閉じられる。すでに八つは過ぎている。五十間道をいそいそと歩く男たちが、聡四郎と大宮玄馬を抜いていった。

吉原は、東西三丁（約三三〇メートル）、南北二丁（約二二〇メートル）、二万坪以上の敷地周囲に幅二間（約三・六メートル）の堀をめぐらしている。

出入り口は、北向きの大門のみで、入った右手に会所《かいしょ》、左手に番所があった。

聡四郎は吉原に足を踏みいれると、紀伊国屋文左衛門の招きで訪れたことのある三浦屋をめざした。

京町《きようまち》一丁目にある三浦屋の前にさしかかった聡四郎と大宮玄馬を、大三と白く屋号を染め抜いた紺半纏《こんばんてん》の忘八が出むかえた。

「おいでなさいませ。お馴染みさんは、おありでやんすか」

忘八が訊いた。

「悪いな、遊びに来たわけではない。主どのにお目にかかりたい」

聡四郎は、駆け引きが苦手である。正面きって用件を告げた。

「失礼でござんすが、お侍さまは……」

忘八が、聡四郎に名のりを求めた。

「一度お目にかかったことがある。紀伊国屋文左衛門どのとともにな。勘定吟味役水城聡四郎と申す」

聡四郎は、かつて来たことがあることもまじえて、身分をあかした。

「ちょいとお待ちを」

勘定吟味役の役職よりも、紀伊国屋文左衛門の名前が大きかったかもしれない。

忘八は、聡四郎たちを見世のなかへと案内したあと、あわてて奥へと消えていった。

見世に隣接する居宅で、遊女たちの水揚げを帳面に入れていた三浦屋四郎左衛門が、忘八の報せに驚きの声をあげた。

「勘定吟味役、水城聡四郎と名のったのだな」

三浦屋四郎左衛門は、大声で確認した。

「へい」

忘八が首肯した。

「わかった。一階の奥座敷に案内しておきなさい。酒は出さなくていい。茶の用意をしておいておくれ。ああ、それと山城さんを呼んできておくれ」

「承知しやした」

三浦屋四郎左衛門の命を受け、忘八が出ていった。

奥座敷に案内された聡四郎は、慣れない場所に居心地の悪さを感じていた。

「このようなところなのでございますか」

大宮玄馬も落ちつかなかった。

案内されたのは、普段、格子女郎が馴染みの客を取る小部屋であった。

吉原のしきたりの一つに、遊女を抱くのは見世ではなく揚屋《あげや》と呼ばれる貸座敷に限るというのがあった。さすがに最下等の端《はし》女郎は、そこまでうるさくはないが、太夫《たゆう》はもちろん、格子女郎は、揚屋に呼ばなければならなかった。

しかし、そんなことを厳密にやっていては客が来なくなってしまう。吉原の格でもある太夫にはよほどの相手でないと認められなかったが、深い馴染みとなれば格子女郎を見世で抱けるようにしたのだ。

部屋には、鬢《びん》つけ油と男女の濃密なにおいがしみついていた。

「知らぬ。拙者《せっしゃ》も吉原で女を抱いたことなどないゆえな」

聡四郎も閉口していた。

二人は、茶一杯でしばらく放置されたが、面会を求めたのはこちらからである。座を蹴って帰るわけにはいかなかった。

聡四郎たちを待たせている三浦屋四郎左衛門のもとへ、山城がやってきたのは半刻《はんとき》（約一時間）ほど経ってからだった。

「お呼びだそうだが」

山城が訊いた。

「お待ちしてましたよ」

三浦屋四郎左衛門が、焦りを声にふくめた。

山城は吉原から四半刻《しはんとき》（約三十分）たらずの距離、浅草門前町のはずれに住んでいた。

「水城が、来たんでございますよ」

「ほう」

三浦屋四郎左衛門の言葉に、山城が驚きを見せた。

「何をしに来たんだ」

山城が尋ねた。

「わかりませんよ」

「なんだ、まだ話も聞いていないのか」

山城が、あきれた。

「会う前に山城さんに来ていただいたんでございますよ。もし、争いごとになったら、勝てませぬ。腕のたつ忘八は、新井白石が周囲に張りつけてますから、人が足りないんですよ」

三浦屋四郎左衛門が、首を振った。

「やれやれ、まあ、仕方ないか。雇い主の安全は、用心棒の仕事だ」

山城は軽く言いながら、刀の目釘《めくぎ》を確かめた。

「じゃ、まいりましょう。お願いしますよ」

三浦屋四郎左衛門が、先に立って歩きだした。

「なあ、三浦屋。ここで水城に暴れさせるのも手なんだがな。御上のお役人が吉原で刃傷沙汰《にんじょうざた》を起こしたら、無事ではすむまい」

山城が、さりげなく三浦屋四郎左衛門に斬られてこいと告げた。

「馬鹿言わないでください。吉原の大門うちは、無縁の地。ここで何があろうとも大門外には出さないのが初代からのしきたりでございますよ。斬り得、斬られ損が吉原の決めで」

三浦屋四郎左衛門が、山城をたしなめた。

「じゃ、なんのために大門の左に番所がある。同心、岡っ引きが詰めているじゃねえか」

山城が、問うた。

「同心は、いつもいる訳じゃござんせんよ。隠密廻り方が、ときどき金をせびりに顔を出すだけ。岡っ引きは、この浅草をなわばりにしているやつが、やっぱり金を取るために手下をおいているだけで。何があっても知らん顔でございますよ」

三浦屋四郎左衛門が、吐き捨てた。

町奉行直属の隠密廻り方同心は、本禄に役料を上乗せされるが、代わりに、定町廻りのころに得ていた担当町屋からの付け届けがなくなる。本禄をはるかに上まわる付け届けを失って生活が苦しくなった隠密廻りは、唯一町屋でありながら定町の担当ではない吉原にたかった。

「なるほどな。吉原の矜持《きょうじ》でもあり、御上《おかみ》のことなかれでもあるか」

山城が、笑った。

「そのおかげで、山城さまのようなお方にもお仕事があるのでございますからね」

三浦屋四郎左衛門が、釘を刺した。

「では、隣室で控えていてください。なにかことが起こりそうになったら、頼みますよ」

三浦屋四郎左衛門はそう命じると、聡四郎たちの待つ小部屋の障子を開けた。

「お待たせいたしました」

廊下に膝を突いて、三浦屋四郎左衛門が聡四郎たちにわびた。

大宮玄馬が、きっとにらみつけた。

「遅い。一刻ちかくも待たせるとは、無礼にもほどがある」

「不意のお見えでございましたので、わたくしもちと他行しておりました。ご無礼はひらにご容赦のほどを」

三浦屋四郎左衛門があっさりとかわした。若い大宮玄馬の怒りなど、世慣れた三浦屋四郎左衛門にとっては、痛くもかゆくもなかった。

「それについては、こちらがわびねばならぬ。すまぬことであった」

聡四郎はていねいに腰を曲げた。

「これは、おそれ多いことを」

勘定吟味役といえば、御目見得の許される旗本である。その旗本が遊女屋の主に頭をさげた。身分からいけば、あり得ることではなかった。

「どうぞ、お顔をおあげくだされ」

三浦屋四郎左衛門が、あわてた。

「そこでは、話ができぬ。こちらへお越しいただけぬか」

聡四郎は、三浦屋四郎左衛門を手近へと招いた。

上座に聡四郎、右手に大宮玄馬、下座に三浦屋四郎左衛門が場所を決めた。

「よくお訪ねくださいました。また、先だっては、お遊びいただき、まことにありがとうございました」

三浦屋四郎左衛門が、平伏した。

「あのおりは、いかい世話になった」

聡四郎も礼を述べた。

「で、本日は、どのようなご用件で」

「神君家康公の御免状を拝見いたしたく、参上つかまつった」

聡四郎は、いきなり斬りこんだ。

「吉原創設のお許し状でございますか」

三浦屋四郎左衛門が、聞きかえした。

「さようでござる。申さずともおわかりあろうが、昨今幕府ご執政《しっせい》の方々のあいだに吉原への公許《こうきょ》を再考すべきとのご意見がござる。その前に吉原が唯一であることの証拠である御免状が、現存するかどうかを確認いたさねば、議論の意味をなさぬ」

聡四郎は、言った。

「失礼ながら、それを勘定吟味役の水城さまがなさる権をお持ちでございましょうか」

三浦屋四郎左衛門の疑問は当然である。勘定吟味役は、老中や若年寄にくらべて、はるかに軽い身分であった。

「神君家康さまにかかわる書付でございますれば、それ相応のご身分のお方でないと」

三浦屋四郎左衛門は、はっきりと聡四郎の身分に不足を申したてた。

「勘定吟味役は、幕府の金にかかわるすべてを監察する権を有しておる」

聡四郎は、一気に声音をきびしく変えた。

「吉原だけに遊び女《め》を許された神君の状があればよし。なければ、吉原に課した運上を取りやめねばならぬ。このまま運上を続けるなら他の遊廓どもにも運上を命じ、公許を与えることになる。でなければ、不平が出よう」

聡四郎は、強引に話を進めた。

「無茶な……」

三浦屋四郎左衛門が、唖然《あぜん》とした。

「神君東照大権現《とうしょうだいごんげん》さまがお許しを、なかったことにされるとおおせか」

三浦屋四郎左衛門が、気をとりなおしてくってかかった。

聡四郎の言を認めれば、吉原創設の故事がくずれ消えてしまうことになる。それは、吉原に与えられた特権を失うことであった。

「大奥にさえ、いや、上様のお手元金にさえ、手出しすることを許された勘定吟味役である。なにか障りがあるというか」

聡四郎は、きびしい口調で続けた。

「しかし、慶長の御世から正徳《しようとく》の今にいたるまで、一度たりとてもそのようなことを申してこられた前例はございませぬ」

三浦屋四郎左衛門が、断った。

「それが、不思議なのだ。大名は、代替わりごとに所領安堵状を新しくされる。これは、御三家といえども変わらぬ。なのに吉原だけが、一度もおあらためを受けていない」

聡四郎が、三浦屋四郎左衛門を注視した。

三浦屋四郎左衛門も目をそらさなかった。

「なにより、御状は当家にはございませぬ。西田屋甚右衛門方が、預かっておりまする。今すぐにお見せすることはできませぬ」

三浦屋四郎左衛門は、拒否の姿勢を変えなかった。

「今日は、不意であった。いきなりではなにかと不都合もあったろう。承知した。ひとまず帰るとしよう」

聡四郎は、あっさりとあきらめた。

三浦屋四郎左衛門も大宮玄馬も目を丸くした。

「えっ」

「殿、よろしゅうございますのか」

聡四郎は、立ちあがった。

「次は、西田屋でお目にかかろう」

三浦屋四郎左衛門にそう言い残して、聡四郎は大宮玄馬を連れて吉原を出た。

二

すでに秋の日は、大きく西に傾いていた。

早々と灯りをともした吉原の見世の光に見送られて、聡四郎と大宮玄馬は大門を通りすぎた。

聡四郎は、大門脇の会所から鋭い目が突き刺さってきていたのを思い出しながら、五十間道を歩いた。

「よろしかったのでございますか」

五十間道に並ぶ編み笠茶屋の端、見返《みかえ》り柳《やなぎ》の角に来たところで大宮玄馬が訊いてきた。

「初手だからな。ここからは、三浦屋四郎左衛門の度量しだいだな」

聡四郎は、まっすぐ前を見ながら応えた。

「度量でございますか」

大宮玄馬がわからないと首をかしげた。

「ああ。三浦屋四郎左衛門の度量が、拙者の思っている以上なら、後日吉原への招きがこよう。神君家康さまの御免状をご覧にいれますゆえとな」

聡四郎は、続けた。

「度量が、拙者の思っているとおりなら、明日あたり、勘定奉行どのか、下手すればご老中からお呼び出しが来よう。吉原に手出しをするなとな。新井さまのお口添えがあれば、謹慎ぐらいですむだろうが、下手をすれば御役御免のうえ、小普請《こぶしん》落とし」

「小普請組……」

大宮玄馬が、息をのんだ。

小普請とは、おおむね三千石以下で無役の旗本、御家人が入れられる組のことだ。本禄は支給されるが、御役についていないので役料はなく、その上、江戸城の補修工事に従事する人足代金として禄に応じた小普請金という費用を納めなければならなかった。

旗本が余っている世に、小普請組に落とされることは、二度と日の目を見ないことを表していた。

「そして、拙者が思っているより度量が狭く、度胸だけがあるなら……」

聡四郎は、そこまで言うと足を止めた。

「殿」

大宮玄馬の声が鋭くなった。

「三浦屋四郎左衛門は、度量がなかったようだな」

聡四郎は、苦笑した。

ときも得ていた。夜遊びの客のほとんどが大門向こうに消えた、日暮れの山谷《さんや》堀《ぼり》に沿う日本堤に人影は途絶えていた。

聡四郎は太刀を抜いた。大宮玄馬もしたがった。

「やっぱり、会ったな」

山城が両手を懐に入れたまま、追いついてきた。

「三浦屋で隣にいたな」

聡四郎は、気づいていた。

「ほう」

山城が、目を細めて驚いた。

「三浦屋四郎左衛門が、待たせすぎたからな。それに一度ふれた殺気は忘れない」

聡四郎は、太刀を構えた。

「きさまが三浦屋とつながっているなら、先日のあやつらは忘八だったのか。どうりで命に拘泥《こうでい》しないわけだ」

聡四郎は、腑《ふ》に落ちていた。

吉原の忘八は、これ以上行くところのない連中のたまり場である。人別もなく、吉原から離れたら生きていくどころか、居場所すらなかった。今を生きているだけの忘八に拘《こだわ》るものなどなにもなくて当然であった。

「やはりできるな、おめえ」

山城が懐から手を出した。

「もうちょいと、おめえのやることを見ていたかったんだが、雇い主の命とあっちゃ、いたしかたあるめえ。まあ、ちょっとの差だ。あきらめてくんな」

口調はひょうげていたが、山城の目は笑っていなかった。

「さて、ここじゃ、吉原女人国へ魂を飛ばしにいくお客さまがたに迷惑がかかる。ついてこい」

山城が、山谷堀の土手を駆け降りていった。

そこはちょっとした広場のようになっていた。周囲に灌木《かんぼく》の茂みがあり、吉原へ急ぐ男たちの目にはとまりにくい場所であった。

聡四郎は大宮玄馬をうながして、山城のあとに続いた。

「殿……」

横に並んでいた大宮玄馬が堀向こうに目をやって、聡四郎の後ろにまわった。背中同士をあわせ、太刀ではなく脇差に替えた。

高い音がして、矢が飛んできた。

大宮玄馬が、矢をたたき落とした。足下に二つに折れた矢が転がった。

「短弓でござる。お気をつけくだされ」

大宮玄馬がささやいた。広いところに誘いこまれたときは、飛び道具を疑うのが剣術遣いの心得であった。

山城が、一歩踏みこみながら笑った。

「なかなかやれる家臣をもっているじゃねえか。うらやましいねえ。先祖の功績だけでなんの苦労もなく、毎日おまんまが喰えて、御役につけるうえに、優秀な家臣までついてくるとあっちゃ、旗本は三日やったらやめられねえな」

山城が、嘲笑《あざわら》った。

「……………」

聡四郎は、せまり来る山城を見ていなかった。

普通の弓にくらべて矢が小さく、速射もきく短弓と山城の組みあわせは確かに脅威であった。しかし、聡四郎と山城が剣をあわせ始めると、同士討ちの可能性が出てくるために短弓は遣いづらくなる。

これが聡四郎一人ならば、短弓で牽制《けんせい》したところを、山城の一刀でというかたちになるが、短弓を防ぐだけの腕を持つ大宮玄馬がいては、効果はあまりなかった。

三浦屋四郎左衛門は、聡四郎が大宮玄馬と二人で来ていることを知っていた。ならば、短弓と山城だけと考えるより、他に刺客が隠れていると見るべきであった。

「ぬっ、くっ」

大宮玄馬は、続けざまに飛んでくる矢を小さな動きで的確に払っていた。

「軽いな。一撃で人を殺せる筋じゃねえ」

山城が、大宮玄馬を評した。

「三人か……」

聡四郎のつぶやきに、山城が顔色を変えた。

「へええ、わかるのかい。だが、わかっていても無駄なときは、あるんだよ」

山城が太刀を抜くと、八双《はっそう》に構えて奔《はし》った。

聡四郎は、右袈裟《けさ》で待った。うかつに動くと大宮玄馬の援護からはずれることになる。山城に気を向けていながら短弓をかわすことは難しく、矢を打ち払った構えのくずれを狙われたらどうしようもなかった。

聡四郎は、腰を落として待った。

「おりゃあああ」

山城が大きな気合い声をあげた。

遣い手が声をあびせるのは、敵を萎縮《いしゅく》させるか、気をそらすためであることが多い。

聡四郎は、あわせるように太刀を振った。

重い手応えをもって、山城の一撃が聡四郎の手をしびれさせた。聡四郎は、身体をまわして駆けてきた勢いのまま過ぎていこうとする山城を追った。

「ぬん」

山城は、聡四郎に受け止められた太刀をすばやく戻して、小さな振りから鋭い一刀を大宮玄馬の後頭部に送った。

短弓に神経を集中させていた大宮玄馬は、かわすことも防ぐこともできなかった。山城の目標は、まず聡四郎の手足をもぐことだった。

「ふっ」

山城の顔に浮かんだ余裕は、一瞬で消えた。

「えいりゃああ」

左下に流れていた柄《つか》から手を離し、太刀を投げ捨ててその勢いを殺した聡四郎は、脇差を抜き撃った。

聡四郎の一閃は、山城の急所右脇へと奔った。

「ちっ」

身体を左にひねって、聡四郎の脇差を避けた山城の太刀先は大きく流れ、大宮玄馬には届かなかった。

「くそったれが。うまくいったと思ったのによ」

五間《けん》（約九メートル）ほど駆けて離れた山城が、悔しげに言った。

「ありがとうございます。殿」

短弓の方向から目を離さずに、大宮玄馬が礼を述べた。

「気にするな。頼むぞ」

「承知」

大宮玄馬が、一歩下がった。体勢の乱れを襲われないように連携して、聡四郎は投げだした太刀を拾いあげた。

「みょうに息があってやがる」

山城が、太刀をだらりとさげた。隙だらけに見えた。

「仕方ねえか。楽をしようと考えちゃ、いけねえってことだな」

山城は、地面をつま先でえぐるように、草履を擦って間合いを詰めてきた。

足先を地につけたままなのは、一撃に重さを載せるためであった。歩きながら、あるいは走るようにしての一刀は、どうしても重心が浮わつき、疾くなっても、軽くなる。

「………」

大宮玄馬の背中を押して聡四郎は身体の位置を入れ換えた。山城を短弓の射線上におくようにした。

それに気づいた山城が、唇の端をつりあげて笑った。

聡四郎は、太刀を肩に担いだ。

重さの載った太刀にかなうのは、それよりも重厚な斬撃だけだ。いかに鋭く山城の急所を断とうとも、その勢いを殺せなければ、相討ちになるだけである。

入江無手斎が、大宮玄馬の太刀筋を危惧《きぐ》する理由がここにあった。

じりじりと間合いが縮んでいった。

三間(約五・五メートル)をきったところで、山城が止まった。ゆっくりと腰を沈めていく。呼吸を整えて、山城が必殺の太刀の準備に入った。

聡四郎は、右足を半歩前に出し、軽く膝を曲げた。

一放流雷閃《らいせん》の一刀は、踏みだした右足が食いこむように地を蹴りながら身体を前にして、肩に載せた太刀を振りおとすのだ。

道場でともに袋竹刀で十年以上たたき合った仲だ。なにも言わなくても、大宮玄馬は空いた隙間を詰めた。

日が落ちた。わずかな赤みだけが、聡四郎たちを照らした。

山城から、殺気がふくれあがった。

聡四郎は、息を止めた。

出合いがしらをむかえ撃つ。後の先を得意とする聡四郎の準備が整った。

山城が、太刀を上段にあげた。切っ先が、わずかに右にかたむいた。

腰を落として、山城の頭がさがった。そこから短弓が飛んできた。

矢は違わずに聡四郎の胸をめざした。

「くっ」

背中に大宮玄馬がいる。避けることはできなかった。

聡四郎は構えをくずして、短弓を払った。

その隙を逃さず、山城が気合い声を吐いて斬りかかってきた。

「はぁああ」

聡四郎は短弓の矢を肩からの一閃で屠《ほふ》ったが、山城に備える間は与えられなかった。

聡四郎を左首から右腰へ両断せんと、すさまじい刃風を伴って存分に重さの載った上段からの一撃が来た。

避けることもできない聡四郎は、矢を落とした後、切っ先を左に向けていた太刀の柄を右へと突きあげるようにあげた。

真っ向からの一刀なら、聡四郎の命はなかった。矢の罠を仕掛けるために、山城が切っ先を斜めにしたことが、聡四郎を救った。

聡四郎は身体を後ろに預けた。聡四郎より小柄な大宮玄馬だったが、突然のことにも動じず、支えた。

聡四郎の柄頭《つかがしら》が、山城の切っ先を受け止めた。

渾身《こんしん》の斬撃は、柄を斬って食いこんだ。

山城の太刀は、聡四郎の左手小指の付け根を傷つけたが、聡四郎の太刀の茎《なかご》に当たって、そこで止まった。

「ちっ」

山城が、太刀を手放して、後ろに跳んだ。

聡四郎を支えていた大宮玄馬が追うように脇差を振るったが、届かなかった。

「…………」

聡四郎は、そのままの体勢で背中から落ちた。

「おい、手伝え」

山城が声をかけた。

ざわついた音がして、土手下や脇の茂みから男たちが得物《えもの》を手に出てきた。

聡四郎も柄の割れた太刀を捨てて立ちあがった。

脇差に手をかけて、ゆっくりと男たちを見た。

土手下から現れた忘八二人が長脇差、茂みから出た忘八が隠し槍を持っていた。

隠し槍は、長さ半間（約九一センチ）ほどの短い槍である。穂先を隠せば、ただの杖にしか見えないことから、暗殺武器として遣われることもあった。

「なるほどな。茂みの近くへ追いこんで、槍で後ろからか。卑怯者《ひきょうもの》の考えそうなことだ」

先ほどの撃を受け止めたことであがった息を、聡四郎は整えるときをかせいだ。

「なにをぬかしやがる。戦いはな、卑怯未練じゃねえ。生き残った者が勝ちなんだよ」

山城が反発した。山城も呼吸を必死でおさえようとしていた。

大宮玄馬が口をはさんだ。

「槍をいただけませぬか」

大宮玄馬が隠し槍と戦いたいと申し出た。

脇差で短いとはいえ隠し槍を相手にするのは不利であったが、そのようなことは大宮玄馬も重々承知している。

「槍は、疾いぞ」

聡四郎は、一言だけ忠告した。

「ありがとうございまする」

一言礼を述べて、大宮玄馬は滑るように、隠し槍の忘八に向かって歩を進めた。

「矢がきれたか」

見送って聡四郎は、山城をにらみながら笑った。

「さあてな」

山城も口の端をゆがめたが、聡四郎を射たのを最後に矢は飛んできていなかった。地面には矢が、七、八本転がっていた。

矢の補充に吉原まで帰ったとしても、もう戦いには間にあわなかった。

「りゃあ」

近づいた大宮玄馬に、隠し槍が突きだされることで戦いは再発した。

「うおおおお」

先日と違って、狂気を声に出しながら、忘八たちがかかってきた。

度胸と気迫だけで聡四郎とわたりあえるわけではなかった。

脇差は長脇差に比べて間合いが短いが、それは一放流の得手である。

「………」

聡四郎は、振りかかってきた長脇差を身体を開いてかわした。

力一杯振った長脇差の勢いに引きずられて忘八の体勢がくずれた。聡四郎は、脇差で撫でるように首筋を断った。

血が一間（約一・八メートル）ほど飛んだ。

「この野郎」

残った忘八が、長脇差を一目で見よう見まねとわかる、理にかなわない青眼《せいがん》に構えた。

聡四郎は脇差を下段にして、間合いを詰めた。

目の隅で山城が、動いた。

「今宵はこれでな」

山城は背中をむけると、吉原に向かってゆうゆうと去っていった。

「………」

聡四郎は、追う気にもならなかった。

「……けえ」

山城の行方に目をやった聡四郎に隙を見いだしたか、忘八が長脇差を横に薙いできた。聡四郎は、脇差の峰で受けた。

日本刀はねばり強いが、打ちあてれば折れる。

峰と当たった忘八の長脇差が、折れ飛んだ。

手元に残ったわずか五寸（約一五センチ）ほどの長脇差に目をやって、忘八が声をなくした。

「………」

聡四郎は、ゆっくり脇差を突きだした。脇差は、呆然としている忘八の胸をつらぬいた。

「ひくっ」

しゃっくりのような声をあげて、忘八が死んだ。

聡四郎は脇差を抜くと、周囲を警戒した。気配が感じられないことを確認して、大宮玄馬と隠し槍の戦いに近寄った。

五間離れたところで聡四郎は止まった。これ以上近づくと、戦っている者の気を乱すことになる。

「おう」

隠し槍が、大宮玄馬の胸をめがけて繰りだされた。

大宮玄馬が、脇差で払う愚をおかさず、足を送って避けた。

隠し槍というのは便利な武器である。突けば槍になるし、薙げば薙刀《なぎなた》になる。穂先だけでなく石突きも用いれば杖としても遣えた。

隠し槍を遣う忘八は、聡四郎にかかってきた二人より落ちついていた。

目標を失った隠し槍をすばやく戻すと、石突き付近を右手で握り頭上で大きくまわした。

忘八を中心に、半間の間合いは、槍のものとなった。

聡四郎は、手出しをしなかった。

「…………」

大宮玄馬は、じっと隠し槍を見ていた。構えを青眼から、下段へとうつした。

忘八が一歩まえにでた。

隠し槍の軌道が変わった。正面の大宮玄馬めがけて、角度をつけてきた。

大宮玄馬の顔へと、穂先が襲いかかった。

「ぬん」

大宮玄馬は小さな気合いを発し、下段の脇差を斬りあげた。

乾いた音がして、隠し槍の穂先が切り離されて舞った。

忘八は、慌てなかった。すぐに穂先のなくなった隠し槍を戻すと、右脇に抱えこむようにして一歩退いた。

「杖術《じょうじゅつ》か」

聡四郎は、忘八の姿が尋常でないことに気づいた。

両足を肩幅より少し広く、膝と腰を軽く曲げて棒の中央を両手で握った構えは、堂にいったものだった。

「油断するな」

聡四郎は、大宮玄馬に声をかけた。振り向くことなく大宮玄馬がうなずいた。

大宮玄馬は、ふたたび下段に戻っていた。

刃をもたない杖は侮られやすい武器であるが、そのじつ、かなりやっかいな相手であった。

まず、前後がないのでどちらからでも攻撃が繰りだせる。つぎに刀よりも間合いが遠く、よく乾かした木は、当たれば骨を砕き、刀も折る。

穂先を使うことが主眼である槍よりも、制限がないだけ相手にするのは難しい。

「しゃあ」

忘八が気合い声を発し、杖をまわすようにして、尾部で大宮玄馬の頭蓋を狙った。

「…………」

大宮玄馬が左斜め前に足を運び、杖の先を流した。

「りゃあああい」

杖の恐ろしさが出た。

忘八は外された杖の手元を腰に押しつけ、それを支点として方向を変えたのだ。

上からの攻撃はいきなり横薙ぎになった。

聡四郎も息をのむ見事さだったが、大宮玄馬はあわてなかった。

「ふっ」

息を吐くような気合いとともに、大宮玄馬の脇差が動いた。

金と金を打ちあわせたような音を出して、脇差と杖がからみあって止まった。

大宮玄馬が、鍔《つば》を使って杖を受け止めていた。

杖は大宮玄馬の柄を押さえたまま、反対側を使って攻撃してきた。動いた杖に巻きこまれるように、大宮玄馬の脇差が下にずれた。

大宮玄馬の上半身が無防備になった。

聡四郎は、じっと見ていた。大宮玄馬の剣は、護りである。自ら進んで戦うことはあまりないが、敵の攻撃を防ぎ続けて、その陣をくずすのが型であった。

大宮玄馬は、退かなかった。

逆に身体を忘八に押しつけて、杖の回転する力を殺した。太刀でいうところの鍔迫《つばぜ》り合いのかたちにしたのだ。

右肩に杖が振りおろされたが、勢いの死んだ一撃は、大宮玄馬の眉をひそめさせただけだった。

槍にせよ杖にせよ、長物は手元に飛びこまれると動きがとりにくくなる。

忘八は、大宮玄馬を突きとばして、間合いを取ろうとした。

鍔迫り合いから逃れるのは至難《しなん》の業《わざ》である。ともに必殺の間合いだけに、うかつなまねは取り返しのつかない隙を生んでしまう。

名人上手といえども機が熟すまで、鍔迫り合いには耐えるのだ。

鍔迫り合いの決着は、力押しに押して敵を圧倒するか、あるいは敵の力を受け流して体勢をくずすかのどちらかしかなかった。

鍔迫り合いから逃げようとした忘八に大宮玄馬が貼りついた。

間合いなしでの足送りは、小太刀が得意としている。

大宮玄馬が脇差を両手でひねるようにして杖から離した。

「げっ」

引き離せない大宮玄馬に、忘八が驚愕の声をあげた。急いで、解放された杖を後ろに引こうとした。

「……………」

大宮玄馬が無言で脇差を振るった。

「ああっ」

首から胸を裂かれ、泣くような苦鳴《くめい》を残して、忘八が倒れた。

大宮玄馬が、盛大な返り血を浴びた。

「ほう」

倒れた忘八を見ていた大宮玄馬が、大きなため息をついた。

「初めてか、人を斬ったのは」

聡四郎が問うた。

「はい」

大宮玄馬が、小さく応えた。

「脇差を貸せ」

「と、とれませぬ」

大宮玄馬が、手が開かないと訴えた。強く握りすぎたことと、人を斬った緊張から手の筋の肉が動かなくなっているのだ。

聡四郎は、指を一本ずつはがすようにして、大宮玄馬の手から血塗られた脇差をとりあげた。

懐から出した鹿皮でていねいに大宮玄馬の脇差をぬぐった。脇差を月にかざしてみる。曲がりもひびも認められなかった。

聡四郎は脇差を大宮玄馬に返すと、自分のそれも同じようにぬぐって鞘に戻した。

少し離れたところに落ちている太刀を拾いあげた聡四郎は、柄に食いこんだ山城の太刀を外して、山谷堀に投げすてた。

「さて、このままの格好で屋敷に帰るわけにもいくまい。もうしわけないが、道場に寄らせていただくことにしよう」

力なく肩を落とした大宮玄馬を連れて、聡四郎は入江無手斎のもとへと歩きだした。

聡四郎は大宮玄馬を巻きこんでしまったことを後悔した。

三

翌朝出勤した聡四郎を、御殿坊主が待ちうけていた。

「水城さま、ご老中阿部豊後守正喬《あべぶんごのかみまさたか》さまが、お呼びでございまする」

阿部豊後守は、武州忍《おし》十万石の城主である。やはり老中であった父正武《まさたけ》同様綱吉の寵愛を受け、若くして奏者番《そうしゃばん》、寺社奉行を歴任して、正徳元年（一七一一）、老中にのぼった。

御殿坊主に先導されて、聡四郎は城中の奥、御用部屋前に向かった。

御用部屋にはいることが許されているのは、御殿坊主と奥右筆だけであり、老中に呼びだされた者といえども襖の外で待機する。

聡四郎は、御用部屋の隣、入り側《いりかわ》と称される畳敷きの廊下に端座《たんざ》した。

御殿坊主が、来着を阿部豊後守に告げたにもかかわらず、かなりの間、聡四郎は放っておかれた。

江戸城中でもっとも忙しいであろう御用部屋の前で、行きかう若年寄、目付、奥右筆たちに好奇の目で見られながら、聡四郎はじっとしていた。

一刻ほど経って、ようやく御用部屋から阿部豊後守が姿を現した。

「待たせたの。なにぶん、御用繁多《はんた》でな」

阿部豊後守は、尊大に言うと、聡四郎を入り側の隅へついてくるようにと命じた。

入り側はちょっとした部屋ほどの広さがある。ここで老中や若年寄が係の役人と密談することがままあるので、誰も立ち止まることなく去っていく。

聡四郎は、立ち止まった阿部豊後守の前に膝をついて控えた。

「なぜ、儂《わし》が呼んだか、わかっておろう」

阿部豊後守が、頭上から声を落とした。

「いえ」

聡四郎は、短く否定した。

「わからぬはずはあるまい。なにも申さず、手を引け」

阿部豊後守が、きびしい声で命じた。

「なにをおおせになっておられるのか、わたくしにはわかりかねまする」

聡四郎はとぼけた。

阿部豊後守の言いたいことが吉原の一件であるとは、十分承知しているが、どのような理由をつけてくるのかを知りたかった。

「吉原のことじゃ」

阿部豊後守がいらついた声を出した。

「吉原をどうせよと……」

聡四郎は、阿部豊後守が、金がらみなのか、家康がらみなのか聞くまでとぼけるつもりでいた。

「ふざけたことをするやつ。よいか、吉原には手出し無用じゃ。神君家康公のお墨付きがある御免色里《ごめんいろざと》に、勘定吟味役ふぜいがかかわることは許されぬ。わかったな」

阿部豊後守が、告げた。

「お言葉ながら、遊廓にお墨付きがあることが、よろしいのでしょうか。神君家康さまのお名前に傷がつくのではございませぬか」

聡四郎は食いさがった。

「たわけ者め」

阿部豊後守が聡四郎を叱りつけた。

「神君家康公を侮るような今の言葉、許しがたい。ただちに屋敷にたち帰り、別命あるまで謹慎いたしておれ」

阿部豊後守が、聡四郎を怒鳴った。

聡四郎は、黙って頭をさげた。

人の口に戸はたてられない。

聡四郎が阿部豊後守を怒らせて謹慎となったことは、半刻足らずで江戸城を駆けめぐった。

役目に就いている旗本に蟄居閉門《ちつきよへいもん》などの罪を与えるためには、評定所《ひようじようしよ》での評議が要った。それまで聡四郎は、屋敷で外出を控えるだけであった。

新井白石は馴染みの御殿坊主からその顚末《てんまつ》を聞かされた。

「そうか」

御殿坊主を去らせて、新井白石は笑った。

「さっそくやってくれたの」

新井白石は、ゆっくりとした足取りで御用部屋に阿部豊後守を訪ねた。

「なにかの、新井先生」

阿部豊後守は不機嫌であったが、将軍家宣が先生と呼ぶ新井白石を邪慳《じやけん》にはできなかった。

「勘定吟味役水城聡四郎を謹慎になされたそうでございますな」

新井白石は、わざと役名をつけた。

「いかにも。管轄外のことに口出しをいたしたゆえな」

阿部豊後守が、理由を述べた。

新井白石が首をかしげた。

「管轄の外《ほか》と申されましたな。勘定吟味役は、先の上様、綱吉さまが幕府の金銭出納《すいとう》にかかわるすべてを監察し、無駄をなくせとご創設なされたお役目。ならば、運上があるかぎり、勘定吟味役は吉原にも手を入れることが許されると解釈すべきではござらぬか」

新井白石は、自論をとうとうと述べた。

「よ、吉原に運上など存在せぬ」

阿部豊後守が、首を振った。

「ほう。さようでございまするか。ならばけっこうでござる。水城聡四郎の謹慎は当然でございましょう」

すんなりと退いた新井白石に、阿部豊後守がほっとした顔を見せた。

「吉原に運上はない。これは御用部屋の意ということでよろしゅうございましょうな。ならば、その旨《むね》、吉原に通達させていただきましょう。あと、今後、吉原からの金を受けとった者がおりますれば、それは収賄でござる。勘定方にきびしく申しつけておかねばなりませぬ。ではただちに」

新井白石は、いままで見せたことがないほどていねいに頭をさげて、阿部豊後守に背をむけた。

御用部屋の襖が開いて、呆然としている阿部豊後守に代わって大久保加賀守忠《かがのかみただ》増《ます》が、新井白石に声をかけた。

「お待ちあれ、新井先生」

大久保加賀守が、新井白石を止めた。

小田原《おだわら》十一万三千石の城主大久保加賀守は、まだ五十七歳で、老中になって八年になる。徳川最多の家門数を誇る大久保一族の統領であり、御用部屋一の実力者であった。

「これは、大久保加賀守さま」

新井白石はふりかえって慇懃《いんぎん》に礼をした。

「若いものをあまりいじめてくださるな」

大久保加賀守は、十六歳下の阿部豊後守を若輩あつかいにすることでかばった。

「いじめるとは、また異《い》なことを。上様のご信任をもって執政に推されたご老中を、寄合旗本若年寄格でしかない、わたくしが」

新井白石は大仰《おおぎょう》に驚いて見せた。

「お許しあれ。阿部豊後守どのも悪意があったわけではござらぬ。まだ、政に慣れておられぬだけでござれば、表に出せぬこととの区別がまだ……」

大久保加賀守が、阿部豊後守に目配せした。

「白石先生、思慮《しりよ》がたりませなんだ」

阿部豊後守も詫びた。

口だけと明らかにわかる不満げな阿部豊後守の顔に、新井白石は笑いかけた。

「こちらこそ、言葉がすぎたようでございまする」

新井白石も頭をさげた。

「では、これでよろしいな」

大久保加賀守が、阿部豊後守をいざなって御用部屋に戻ろうとしたのを、新井白石がさえぎった。

「お待ちあれ」

新井白石の声は冷たかった。

大久保加賀守の表情が締まった。

「なんでござろうか」

大久保加賀守が、阿部豊後守を背中にかばうようにして、新井白石に向かいあった。

「勘定吟味役水城聡四郎がことは、いかがなされましょうか」

新井白石が、するどく問うた。

「とは」

大久保加賀守が、逆に訊いた。

「吉原の運上のことを表に出せぬこととおっしゃられた以上、その存在をお認めになられたも同然。ならば、勘定吟味役が吉原に手出しをするは、お役目として問題ないかと勘案いたしまするが、いかがでござろう」

阿部豊後守のことを不問に付すなら、聡四郎も同じようにしろと新井白石はせまったのだ。

「あの者は、神君家康公をおそれ多くも批判したのでござる」

阿部豊後守が声を大きくした。

「それはまことでございましょうな」

新井白石が、きびしい声で問うた。

「戯《たわむ》れでこのようなこと、申せるものではないわ」

阿部豊後守が、叫ぶように言った。

「お平《たい》らに、豊後守どの」

あわてて大久保加賀守が、おさえにかかったが遅かった。

「それは、捨ておけぬことでございまする。旗本たる者が、神君家康公の御名を汚《けが》すようなことを申したとあっては示しがつきませぬ。ただちに評定衆を参集させ、目付立ち会いのもとで糾明《きゅうめい》いたさねばなりませぬ」

新井白石が、周囲に聞こえるように声をはりあげた。

「お静まりあれ、新井先生。豊後守どの、貴殿は、なかでお控えなされよ」

阿部豊後守を大久保加賀守が御用部屋に押しこんだ。

大久保加賀守が、新井白石を真剣な目で見た。

「新井先生……」

大久保加賀守が、焦るのも当然であった。

幕府にとって、徳川家康は格別な存在であった。神として崇《あが》められる家康に不敬の行為をなせば、たとえそれが御三家、譜代名門であっても容赦されることはなかった。

聡四郎の言動を家康への非難ととれば、水城家は改易《かいえき》、聡四郎は切腹になる。しかしそれをするには、さまざまな手続きを踏まなければならなかった。目付による取り調べ、それを受けて評定衆の招集がおこなわれることになる。

当然、聡四郎はどこででも釈明する。吉原に家康の御免状があり、その吉原から毎月千両もの金が幕府のどこかに流れて消えていると語る。

となれば、吉原から表に出せない金を受けとっていることが、白日のもとに晒《さら》される。これは、幕閣にとってまずい事態であった。

「阿部豊後守どのは、今日、勘定吟味役水城聡四郎を呼んで、幕府財政についての諮問《しもん》をおこなったと」

大久保加賀守が、新井白石の顔をうかがった。

「ならば、問題ございませんな。水城聡四郎の謹慎はなかったことにいたしましょう。ですが、阿部豊後守さまに非礼があったとして、水城には三日の登城遠慮を申しつけておきましょう」

新井白石は、阿部豊後守の体面を保つように配慮した。

「けっこうでござる。では」

大久保加賀守も御用部屋へと入り、新井白石の前で襖が音をたてて閉められた。

「すぐに、この向こうに行ってみせようぞ」

新井白石が小さな声で漏らした。


登城遠慮を言いわたされた水城聡四郎は、太田彦左衛門に事情を話した。

「思いきったことを……」

太田彦左衛門が絶句した。五百五十石の旗本が老中に嚙みつくなどありえていい話ではなかった。

「ということでござれば、三日ほどまいりませぬので」

「承知いたしました。わたくしはわたくしなりにできることをなしておきまする」

太田彦左衛門に見送られて、聡四郎は下城した。

聡四郎は、その足で相模屋伝兵衛に会いに行った。

「けわしい顔をなされておられますな」

相模屋伝兵衛が、驚いた。

「叱られまして」

聡四郎は、事情を話した。

「なんというまねをなされるか」

相模屋伝兵衛が驚愕した。

聡四郎がとった手段は、阿部豊後守から言質《げんち》を引き出すことに成功したが、一つまちがえば、水城の家をつぶすことにもなりかねなかった。

「お若いからこそおできになるのではございましょうが、残される者の身にもなっていただきませぬと」

相模屋伝兵衛が、苦言を呈した。

「わかっておりまするが……」

聡四郎には勝算があった。新井白石が、このまま数少ない手駒である聡四郎を見捨てることはしないと読んだのだ。

「なんにせよ、無理はまだしも無茶はいけませぬ」

相模屋伝兵衛の親身な意見に、聡四郎は頭をたれた。

「以後、気をつけましょう」

聡四郎は、無茶はしないとの確約はしなかった。

「……まったく、似た者が寄るとはよく申したことで」

相模屋伝兵衛が苦笑した。

「ところで、本日はどうなされたので」

相模屋伝兵衛が問うた。

通常、遠慮を言いわたされれば、そのまま自宅に戻らなければならない。それをわざわざ寄り道した理由を相模屋伝兵衛は知りたがった。

「お訊きしたいことがござる。相模屋どののところでは、吉原に人を入れてはおられぬか」

聡四郎は、訊いた。

相模屋は、江戸一の人入れ稼業である。大名屋敷、商家、職人、寺院と相模屋伝兵衛の手の者がかかわっていないところはないといっていいほど手広く商売をやっていた。

大奥にさえ、中臈《ちゅうろう》たちの身のまわりの世話をする御末《おすえ》の女中を手配しているほどであった。

だが、相模屋伝兵衛は、首を横に振った。

「せっかくのお尋ねですが、吉原には人を出してやせん。これは、うちだけじゃなく、どこの人入れ屋も同じでございます」

「なぜでございまするか」

聡四郎が訊いた。

吉原といえども遊女だけが生活しているわけではなかった。遊女屋の主にその家族、見世を手伝う忘八とかなりの人がいる。

なにより吉原には、遊女屋以外に仕出し屋や風呂屋もあるのだ。そこで働く奉公人も数多い。

「吉原は、無縁の地だからでございますよ」

相模屋伝兵衛が応えた。

「無縁でございまするか」

聡四郎は、聞き慣れぬ言葉に首をかしげた。

「無縁とは、その字のとおり他人と縁のない者たちのことでござる。吉原に入った段階で俗世の縁はすべて断ち切らねばなりませぬ。これは、売られていった女たちも同じでございまする」

相模屋伝兵衛が言った。

幕府は人身売買を禁じていた。家康が江戸の幕府を開いて十三年、豊臣家を大坂に滅ぼした翌元和二年（一六一六）、二代将軍秀忠は「一《ひとつ》、人《ひと》売り買いのこと一円停止《いちえんちょうじ》たり」と法を制定して、違反した者は、売り買いの利益を没収のうえ、誘拐とわかれば死罪と定めていた。

幕府の法、こればかりは、無縁の吉原といえども従わなければならなかった。

「売られたと申しましても、かたちは年季奉公でございますゆえ、年季が明ければ、女たちは吉原を去ることが許されておりまする。が、そんな幸運に恵まれる者は、数えるほどで。ほとんどの女が、そのままさらに安い見世に落ちていくか、吉原から追いだされて船饅頭《ふなまんじゅう》となるか、岡場所に身を沈めるか、どちらにせよ死ぬまで身体をひさぐことになりまする」

相模屋伝兵衛が、語った。

「つまり、吉原の大門は、客として通らば極楽の門、住人として潜《くぐ》れば、抜けだすことのできない地獄の扉なので」

「地獄でございまするか」

聡四郎は、吉原がきらびやかな姿の裏に隠している闇が、いちだん濃くなった気がした。

「はい。あのなかは、江戸で唯一御上が手を出されぬところでございまする。人を殺したやつでも、吉原の忘八になれば町方は追いはいたしませぬ。その代わり、二度と吉原から離れることはできませぬが」

当然である。もし、自在に出入りできるようなら、吉原は、咎人にとっての駆け込み寺になる。

「一度吉原の忘八になったものは、人別《にんべつ》も消され、人としてあつかわれませぬ。代わりに俗世での罪は問われませぬ。もし、吉原から逃げだそうとすれば、それこそ恐ろしい仕置きが待っておるのでございまする」

相模屋伝兵衛が、目を閉じた。

「吉原には、しきたりがいくつもございまする。忘八には、逃げること、遊女に手を出すこと、金を盗むこと、喧嘩口論することが禁じられまする。破れば、考えられるかぎりのいたぶりを受け、全身の皮を剝がされて殺されまする。また、逃げ出してもかならず捕まりまする。人別をなくした男が生きていけるのは、やくざか遊廓。そのどちらにも吉原は大きな力を持っておりますれば、

「死の掟《おきて》でございまするか」

聡四郎は、新井白石を襲った忘八たちの瞳を思いだした。

「はい。そのような人の世ではない場所に、奉公人を手配できようはずもござい

ませぬし、覚悟のできていない者を吉原も受け入れはいたしませぬ」

相模屋伝兵衛が首を振った。

「仕出し屋や湯屋もか」

「申しましたとおり、大門うちは常世《とこよ》ではございませぬ」

相模屋伝兵衛が、きっぱりと告げた。

「水城さま」

相模屋伝兵衛が、声をかけた。

「吉原を敵にされることはお止めなされませ。吉原は、江戸の闇。常人のうかがいしれぬ深淵の底でございまする」

相模屋伝兵衛の忠告に、聡四郎は沈黙で応えた。

四

徒目付永渕啓輔は、聡四郎が登城遠慮を言いわたされたと知って、すぐに本郷御弓町まで走った。

聡四郎の動きを確認するためであった。

登城遠慮は閉門とちがい、門を封じず、人の出入りもさまたげられないが、当人が出歩くことは思わしくなかった。

永渕啓輔は、聡四郎がおとなしくしているとは考えていなかった。

「出てこぬな」

永渕啓輔は二筋ほど離れた辻角から、聡四郎宅を見張っていた。

時刻は、すでに八つ半（午後三時ごろ）を過ぎている。聡四郎が江戸城を出たのが、正午ごろであったから、すでに帰宅して一刻以上になっているはずであった。

永渕啓輔が見張りだして、さらに半刻ほど経った。

「なにい」

永渕啓輔が目を見張った。

聡四郎がようやく姿を現した。

「裃姿のままか。下城途中にどこぞへ立ち寄ったか。おそらく相模屋伝兵衛だな」

永渕啓輔は、日が暮れるまで聡四郎の屋敷を見張り続けた。

帰ってきた聡四郎を出迎えたのは、真っ赤になって怒った父功之進であった。

「ご老中さまに逆らったそうだの」

「ご存じでしたか」

聡四郎は驚いた。

隠居して外出することの少なくなった功之進が、どこから話を聞いたのか聡四郎には不思議であった。

「儂にも報せてくれる人はおるわ」

功之進は、興奮していた。聡四郎がいきなり勘定吟味役になり、加増も受けたことをこころよく思っていない誰かが、よけいなお世話をしたようであった。

「これでせっかく得た御役も御免になるであろうし、加増どころか、禄も減らされよう。幕府開闢《かいびゃく》以来の水城家がそなたの代でついえることになったら、儂はご先祖さまにどのようにお詫びすればよいのだ。それというのも、そなたが儒学者などにつき、勘定筋の方々に敵対するようなまねをいたしたからじゃ」

功之進が延々と聡四郎を責めた。

「父上、せっかくのお話ながら、所用がございますゆえ、これにて」

聡四郎は四半刻ほどで、功之進の前から逃げた。

「待て、聡四郎、まだ話は終わっておらぬ」

功之進の声をあとにして、聡四郎は書院に戻った。

書院では、紅が待っていた。

「馬鹿やったんでしょ」

言葉は悪いが、紅の声は優しかった。聡四郎は、久しぶりに紅の声を聞いた。

「知っているのか」

「ご隠居さまが、大騒ぎなされてたから」

紅が、笑った。

「そうか」

聡四郎は裃を脱ぎ、紅が受け取ってたたんだ。

「まったく、正しいことがいつもとおるとはかぎらないんだから。ちょっとは世間を学びなさいよ」

弟を諭す姉のような表情を紅が見せた。

歳下の紅に言われて、聡四郎は苦笑した。

「そうだな」

着替えを終えた聡四郎は、紅に訊いた。

「玄馬は、どうしている」

紅の表情が曇った。

「食事もしないで、部屋にこもってる」

紅が、中庭の向こう、聡四郎の書院と対をなす位置に与えられた大宮玄馬の部屋に目を向けた。

生まれて初めて、戦いのうえとはいえ、人を殺した大宮玄馬の受けた衝撃は大きかった。かろうじて聡四郎を江戸城に送る仕事は果たしていたが、あとは何もせず、閉め切った部屋のなかから出てこようとしなかった。

「無理もないか」

聡四郎は、悲しげな声でつぶやいた。

刀を一度抜いたかぎり、敵を倒すか己が斬られるかしないと戦いは終わらない。剣術を学んだ者なら誰でもわかっていることだ。

されど現実は、頭の理解をこえて心を痛めつける。刀から伝わる肉を切る感触、己を包むような血のにおい、耳にひびく人が倒れていく音、そして死んでいく敵のすがるような目は、脳に焼きついて消え去ることなどない。

心についた傷は糊塗《こと》して隠すだけではだめなのだ。一度切り開いて、なかを観察してから縫いあわせておかないと、ふいに開くときがある。傷をふさがなけれ

ば、大宮玄馬は剣士であり続けることはできず、次の戦いで命を落とすことにな
る。

他人の命を奪った者が、かならず陥る落とし穴であった。

聡四郎もとおった道であった。

「話してあげなさいよ。あんたも経験して、のりこえたのでしょ」

いつのまにか、紅が酒をのせた膳を用意していた。

「あたしのために死ぬ気になれたあんただもの、玄馬さんを見捨てることなんて
できっこないわ」

そう言ってほほえみかけてくれる紅に、聡四郎はやすらぐものを覚えた。

「二人で飲んできなさい」

紅に膳を持たされ、聡四郎は大宮玄馬の部屋を訪れた。

西日を受けて真っ赤に染まった部屋の片隅で、大宮玄馬は塑像《そぞう》のように端座し
ていた。

「これは、殿」

声をかけることもなく障子を開けて入ってきた聡四郎を見て、大宮玄馬の瞳に
わずかな光がともった。

「ご用でございましたら、お呼びくだされればまいりましたものを」

大宮玄馬の声には感情がこもっていなかった。

聡四郎は、ため息をついた。話ではたらないと感じた。

「玄馬、袋竹刀を持って、庭に出よ」

聡四郎はそう言いつけると、紅が用意してくれた膳をそのままにして、部屋を出た。

愛用の袋竹刀を手にした聡四郎が中庭に戻ったとき、すでに大宮玄馬は立っていたが、覇気《はき》がまったくなく、幽鬼《ゆうき》のように薄かった。

「構えよ。稽古試合じゃ」

聡四郎は袋竹刀を青眼につけた。

「…………」

大宮玄馬も袋竹刀をあげた。

「かかってこい」

聡四郎は開始の声をあげるなり、大宮玄馬に襲いかかった。

二間（約三・六メートル）の間合いを一気に詰めて、聡四郎は、大宮玄馬の袋竹刀をたたき落とした。

た。

「拾え」

聡四郎は、冷たく命じた。緩慢な動きで大宮玄馬が袋竹刀をふたたび手に持った。

「撃ってこい」

聡四郎は、袋竹刀を上段にした。

上段は一撃必殺の気迫を放つが、胴ががら空きになる。聡四郎の好きな構えではないが、大宮玄馬に影響を与えるには上段の持つ威圧感しかないと考えた。

聡四郎と大宮玄馬の剣の腕の間にある壁は、心構えの差でもあった。命のやりとりの非情さをわかっているかいないかの違いであった。

ゆえに稽古で向きあえば、四本に一本は大宮玄馬も取れる。だが、実戦では、大宮玄馬の太刀は聡四郎にふれることもできないのだ。

真剣での立ち合いなら、命取りになりかねないが、聡四郎は、あえて袋竹刀の一撃をがら空きの胴に受けるつもりで構えた。

聡四郎の放つ気にも、大宮玄馬は反応しなかった。

「きぇえええい」

聡四郎は、渾身《こんしん》の気合いを放って、大宮玄馬の左肩を撃った。ずしりと重い一撃は、骨をつうじて身体の芯をゆすった。

大宮玄馬が、膝をついてうずくまった。

「まいりました」

蚊の鳴くような声で、大宮玄馬が試合の終わりを告げた。

聡四郎は、じっと大宮玄馬を見おろした。

「道場での苦しみや悩みをふくめた修行のすべてを捨て去るつもりか。いや、なにより師の教えを無駄にする気か」

聡四郎は、惨烈な言葉を大宮玄馬に浴びせた。

「一放流をあきらめ、小太刀に進んだ覚悟は飾りだったのか」

聡四郎は、続けざまにののしったが、大宮玄馬はじっと肩を落としたまま、顔をあげようともしなかった。

「護りたいものがないのか、おまえには」

「…………」

大宮玄馬の肩がわずかに震えた。

聡四郎は、大宮玄馬をおいて書院へと戻った。

書院前の廊下でじっと二人を見ていた紅が、聡四郎を迎えた。

「不器用なんだから」

聡四郎にそうささやきかけて、紅は書院を出て行った。

「頼む」

聡四郎は、紅の背中に小さく声をかけた。

紅が、中庭でいまだに肩を落としている大宮玄馬の隣でかがんだ。

「玄馬さん」

紅が声をかけた。

歳の近い大宮玄馬に親しみを覚えたのか、紅は最初から名前で呼んでいた。

「…………」

大宮玄馬はうつむいたままだった。

「わたしには人を殺すことがどれだけ重いのかはわからない。でも、わたしを護るために、聡四郎さまが人を殺すのを見ました」

紅は人前では、聡四郎にさまをつけている。言葉遣いも変えていた。

「お侍さまが、両刀を差しているのは、なんのためなのでございましょう」

紅が問うた。

「……主君をお護りするためでございまする」

一拍ののち、大宮玄馬が応えた。

「なら、聡四郎さまに刀を向けてくる敵がいたら、玄馬さんは、どうするの」

紅が続ける。

「身を賭《と》してでも防ぎまする」

大宮玄馬が、うつむいたまま返答した。

「それくらいなら、あたしだってやれるわよ」

紅がいつもの調子になった。

いきなり変わった紅に、驚いたように大宮玄馬が顔をあげた。

「大切な人のためなら、あたしでも命を投げ出せる」

紅が、きびしく言った。

「女は愛しい人のためなら、死ねるのよ。それも剣術の修行なんてしたことないただの女が」

「…………」

大宮玄馬が沈黙した。

「お侍の覚悟って、そのていど」

紅が挑発するように立ちあがった。

「あたしたち庶民が、お侍が二本の刀、いえ、人斬り包丁を差して歩くことを許しているのは、なぜなのかわかっているの」

「刀は武士の魂だ。町人づれになぜ許しを乞わねばならぬ」

紅の言い分に、大宮玄馬がくってかかった。

「はあ、あいつも馬鹿だけど、あんたはそれに輪をかけた馬鹿ね」

あきれ顔の紅に、大宮玄馬が真っ赤になった。

「ふざけるな」

大宮玄馬がわめいた。

「試合で竹刀を振るだけの気力はないくせに、女を怒鳴る元気はあるのね」

紅に皮肉られて、大宮玄馬が鼻白んだ。

「庶民が侍に刀を差して闊歩《かつぽ》することを許しているのは、国を、民を護るために命をかけていると信じているからよ。でなきゃ、あんな危ないものをたえず持ち歩かせるものですか」

紅が、きっぱりと言った。

「あんたはさっき、主君を護ることが侍だと言った。あたしは国と民を護ることが侍の仕事だと思ってる。この違いがわかる」

紅がたたみかけるように訊いた。

「………」

大宮玄馬が、紅の気迫に呑まれたように黙った。

「目に見えるか見えないかの差なのよ。殿さまは、そこにいるからはっきりわかるわ。でもね、国や民って、これって手にすることができるものでもないし、どこまでって特定できるものでもないわ。どう言えばいいかしら。そう、形がないのよ。そんなあいまいなものを護るために、いつでも戦えるように侍の腰には刀がある。だからこそ、自ままに刀を抜いての私闘にはきびしい罰が与えられる」

紅の話を大宮玄馬が、真剣に聞きだした。

「ああ、もう。うまく説明できない」

紅が癇癪《かんしゃく》を起こした。

「ようするに、侍が刀を抜いていいのは、正義をおこなうときだけ。我意のためではなく、おのが命や他者を、そして国を護るときだけ、人を斬ることが許される。ここまでは、わかった」

紅が大宮玄馬に念を押した。

大宮玄馬が首肯した。

「じゃ、あんたが人を斬ったのは、私利私欲のため」

紅に尋ねられて、大宮玄馬が首を振った。

「槍と戦ってみたいとは思いましたが、殿を護らなければと必死で……」

「そう。あんたが戦ってくれなければ、あの人はあそこでぼうっとなんてしてられなかったかもしれない。あなたは自慢していいことをやったの」

紅が大宮玄馬をはげました。

「一つの命をその手で絶った辛さは、あたしなんかにわかるはずない。でも、そうしてくれないと消えた命があった。命を天秤にかけるのは、いいことじゃないけど、玄馬さんにとって、どっちが重いかで判断して」

紅が口調を戻した。

「本当にありがとう。あの人のために戦ってくれて。あたしは、こころから感謝しております」

紅は、聡四郎に聞こえないように声をひそめた。

「愛しい人の命を護ってくれて、ありがとう」

「……紅さま……」

大宮玄馬の目にやわらかくほほえむ紅の顔が映った。

「お部屋にあるお酒を飲んで、今日はお休みなさい。明日から、いつもの玄馬さんよ。それから、肩を冷やすのを忘れないで」

紅の心遣いに大宮玄馬は黙って頭をたれた。

まだ悩んでいるようながら、先ほどよりはしっかりとした足取りで歩く大宮玄馬を見送って、紅が聡四郎の隣に戻ってきた。

聡四郎が、礼を口にした。

「かたじけない」

紅が笑った。

「男は口にしないで、想いをくみとってもらおうとするけど、言葉にしないと伝わらないことのほうが多いんだから」

じっと紅が聡四郎を見つめた。

「そんなものなのか」

その想いのこもったまなざしに気づかず、聡四郎は紅に問いかけた。

「はあ、そういうものなの。さて、そろそろ帰るわ。暗くなると物騒《ぶっそう》だから」

ため息を吐《つ》いた紅が立ちあがった。

「ああ。今宵は本当に助かった。気をつけてな」

聡四郎に見送られて水城の屋敷を出た紅を、永渕啓輔が見つけた。

「あれは、相模屋伝兵衛の娘ではないか。やはり、水城は相模屋伝兵衛と縁をつないでいたか」

永渕啓輔は、紅のあとをつけようとして、足を止めた。

「護衛つきか。前後に二人、娘の隣に一人か。隣についている鳶《とび》ふうの男は、かなり遣うな。行き先は知れている。無理につけずともよいか」

永渕啓輔は、屋敷の門が閉まるのを確認すると、見張りを中止した。

その足で柳沢吉保に面談を願いでた永渕啓輔は、来客中とのことで待たされた。

柳沢吉保は書院で、紀伊国屋文左衛門と会っていた。

「あいかわらずのようじゃの」

柳沢吉保は紀伊国屋文左衛門の隠棲《いんせい》が、上辺だけと知っていた。

「いえいえ。ここ最近はとんと商いの勘も鈍りましてございまする」

紀伊国屋文左衛門が、平伏しながら応えた。

「長屋暮らしというのは、どのようなものじゃ」

柳沢吉保が訊いた。

「なかなかにおもしろいものでございまする。女房と二人、枕を並べて寝ますのも久しぶりで、つい昔を思いだしたりいたしまして」

紀伊国屋文左衛門が、笑った。

「若いな。まだまだ、枯れそうにないの」

柳沢吉保も破顔した。

「で、今宵は何用じゃ」

柳沢吉保が、用件を問うた。

「本多さまへのご下賜金のことでございますが、わたくしどもからお貸しすることにさせていただきたいのでございまする」

紀伊国屋文左衛門が、頭をさげた。

「はて、あの金は、荻原近江守が上方から手配すると聞いたが」

柳沢吉保が、首を小さくかしげて見せた。

「この時期の遠州灘《えんしゆうなだ》は、大時化《おおしけ》になることが多ございますゆえ」

紀伊国屋文左衛門が、淡々と言った。

「……見捨てたか、近江守を」

柳沢吉保がするどい声を、紀伊国屋文左衛門にぶつけた。

「水練《すいれん》でよく申しますそうで。溺れている者にすがりつかれては、こちらも危ないと」

紀伊国屋文左衛門が、たとえ話を口にした。

「勘定方の皆さまに申せることでございましょうが、目の前の損得に気を奪われ、ちと先がお見えになっておられぬようで」

「足下もであろう。勘定方には、新井白石がくさびが、よくきいておるしな」

柳沢吉保が、紀伊国屋文左衛門の言葉を受けた。

「憎らしいほどで」

紀伊国屋文左衛門が、小さく笑った。

「代わりに本多家を買ったか」

「二度の移封《いほう》で財政は疲弊《ひへい》しつくされたようでございますが、越後村上から三河刈谷、そして下総の古河と移られるたびに土地柄は、よくなっておられますので」

紀伊国屋文左衛門が、首肯した。

役を得て若年寄から老中と進むには、慣例が決められていた。

関ヶ原以前に徳川に仕えた譜代《ふだい》であることを皮切りに、五万石から十万石ほどで海防の地でないこと、江戸、京、大坂に近い、もしくは街道を扼《やく》する要地の城主であることなどであった。厳密ではないが、これらの条件を満たしたものが、執政になることが多いのは確かであった。

本多家は、譜代名門中の名門四天王の一つ、奥羽への押さえである古河の城主で五万石と、要件を完全に満たしていた。

「わかった。いざとならば、金は紀伊国屋文左衛門が用だてると本多家に伝えておこう」

柳沢吉保が、首肯した。

「ありがたく存じまする。次は遠州灘で獲れました黄白《こうはく》を土産といたしまする」

紀伊国屋文左衛門が、上目遣いに柳沢吉保を見た。

「…………」

柳沢吉保は、返事をしなかった。

二刻《ふたとき》（約四時間）ほど待たされて、ようやく目通りできた永渕啓輔は、柳沢吉保の機嫌が悪いことにとまどった。

それを気にしながら、まず聡四郎のことを報告した永渕啓輔は、最後に柳沢吉保に問うた。

「いかがなされましたか」

「………」

永渕啓輔を睨んだ柳沢吉保が、口を開いた。

「商人のおそろしさを知っただけじゃ。いずれ、この国は、武家ではなく商人のものになるであろうよ」

柳沢吉保は永渕啓輔から目を離して、嘆息した。

第五章　女城陰陽

一

三浦屋四郎左衛門が、吉原惣名主《そうなぬし》西田屋甚右衛門を訪れていた。

「家康さまの御免状を拝見いたしたい」

三浦屋四郎左衛門は、あいさつも抜きできりだした。

「いきなり、どうされましたので」

西田屋甚右衛門が面食らった。

「勘定吟味役が吉原の運上に手出しをしようとのこと、ご存じないとは言わせませんよ」

三浦屋四郎左衛門が、きつく言った。

西田屋甚右衛門は、初代庄司甚内《じんない》こと庄司甚右衛門から数えて五代目になる。見世の規模としては三浦屋の半分ほどしかなく、太夫もいないが、吉原の創設に尽力した格別の家柄として代々吉原惣名主の座にあった。

「きな臭いことがあるとは存じておりますが、たかが勘定吟味役一人のこと。なにもおそれることなどございますまいに」

三浦屋四郎左衛門より十歳ほど若い西田屋甚右衛門は、事態を軽視していた。

「甘いことを申される」

三浦屋四郎左衛門が、あきれた。

「すでに、家康さまの御免状を見せろと昨日私どもの見世にまいりましたぞ」

「まことで……」

西田屋甚右衛門が、驚いた。

「手元にないと断り、いったんは帰しましたが」

「三浦屋さんのことです、そのままではおかれなかったでしょうが」

西田屋甚右衛門が、三浦屋四郎左衛門の話をさえぎって口をはさんだ。

「見事にやられましたわ」

三浦屋四郎左衛門が、苦い顔をした。

「なんですと」

西田屋甚右衛門が、大きな声を出した。

三浦屋は、吉原創設以来の歴史を持つだけではなく、乳母に自分の産んだ子を抱かせて太夫道中をした初代高尾、仙台《せんだい》六十二万石の太守伊達陸奥守綱宗《だてむつのかみつなむね》に体重と同じ重さの小判を積んで身請けされた二代高尾など名妓《めいぎ》を輩出した、名実ともに吉原一の見世である。

名妓にめぐまれず、衰退しつづけて名前だけになった西田屋と違い、その力は吉原全体におよんでいた。抱えている忘八の数も質も図抜けている。

「三浦屋さんの忘八衆が、一人の旗本に……」

西田屋甚右衛門が呆然とした。

見世の規模が大きくなり、評判の遊女を抱えれば、もめ事も多くなる。一人の遊女を巡って客同士が争ったり、はやっているから手薄になるだろうと金を払わずに逃げようとする男がいたり、わざと難癖をつけて金にしようとするやつが来たりなど、たえず騒動が起こった。

大門うちのことは吉原できまりである。それは、見世のことは見世のなかで片づけろということでもある。

そのもめ事をおさめるのが、忘八であった。

人外とされる忘八になる連中は、世間からはじき出され、すべてを奪われて吉原に来るのだ。怖いものなどとっくに失っている。まさに命知らずの集まりであった。

三浦屋の忘八は、その数、腕前、気迫と吉原のなかでも飛びぬけた連中ばかりであった。

「いままでのお役人と同じだと思われては、いけません。あの勘定吟味役の後ろには、新井白石がついております」

三浦屋四郎左衛門が、西田屋甚右衛門をたしなめた。

「新井白石さまでございますか」

西田屋甚右衛門がしぶい顔をした。

儒学者はその教えからか、遊廓の存在を認めようとはしなかった。

「三浦屋さん、手はうたれたのでございましょう」

西田屋甚右衛門が、忘八以外の手段を尋ねた。

「伝《つて》を使いましてね、とあるご老中さまにご尽力いただきました。なんとか、勘定吟味役を謹慎から御役御免にとお願いしましたが、新井白石によって邪魔されましたわ」

三浦屋四郎左衛門が、悔しそうな顔をした。

「新井白石は上様のご信任が厚い。幕府の金を握っておられた荻原近江守さまさえ、新井白石の前には退かれるしかなかったのでございますよ。吉原などわずかな傷でたちまちにつぶされてしまいましょう」

西田屋甚右衛門が、危機感をあらわにした。

「どうすればよろしいので」

三代目以降、覇気ある人物が出なかった西田屋は、五代目も気弱であった。

「人としてあつかわれない我らが、御上にたちむかうとしたら、金か権威しかございますまい。したが、金は新井白石も勘定吟味役水城聡四郎も、受けとりますまい。ならば、権威でおさえこむしかありませぬ」

三浦屋四郎左衛門が、告げた。

「なるほど、それで家康さまの御免状を」

西田屋甚右衛門が納得した。

「お見せいただきましょう。現物を確認しておかねば、こちらが強気に出ることさえかないませぬので」

三浦屋四郎左衛門が、西田屋甚右衛門にせまった。

「それが……」

西田屋甚右衛門が口ごもった。

「どうしました。まさか、ないなどと申されるのではございませんでしょうな」

三浦屋四郎左衛門が、ひと膝近づいた。

「そのとおりでございまして。明暦の大火のおりに焼けてしまったので」

西田屋甚右衛門が、申し訳なさそうに頭を下げた。

明暦の大火は、日本橋葺屋町にあった元吉原を完全に焼いた。

板葺《ぶ》き屋根の吉原は、火がはいると、まるで松明《たいまつ》のようであった。

吉原の惨事は、建物の構造ではなく、遊廓の主たちが遊女たちの逃亡をおそれて、避難させなかったことに原因があった。

普通の火事ではないとさとった遊廓の主たちが逃げだしたとき、すでに吉原の周囲は火におおわれていた。もう手遅れと遊女たちは見捨てられた。

遊女たちを救ったのは、西田屋の主であった二代目庄司甚右衛門であった。父が作りあげた吉原の最期をみとるつもりだったのか、火が吉原にはいるまで残っていた庄司甚右衛門は、捨てられた遊女たちをまとめて、急ぎ手配した小舟で対岸の西本願寺《にしほんがんじ》寺内へと脱出させた。

それでも四千人をこえる遊女の半数近くと、忘八のほとんどが焼死した。よるべき場所と人を失った吉原は、拒否し続けていた幕府の移転要請に従わざるを得なくなった。

「女どもを助けるために、御免状を焼いてしまわれたというのか」

三浦屋四郎左衛門は、愕然《がくぜん》とした。

金であがなえる女と二度と手にすることのできない家康の親筆をくらべるなど、三浦屋四郎左衛門でなくとも遊女屋の主なら誰でも考えるまでもないことだった。

「申しわけのないことで」

西田屋甚右衛門が、首をすくめた。

「あなたに詫びられてもどうしようもございませぬ。さて、こうなれば、御免状が逆に痛手になりますな」

三浦屋四郎左衛門が、苦い顔をした。

「さようで」

西田屋甚右衛門が、他人事《ひとごと》のように言った。

「明暦の火事でなくなったとなると、西田屋さんは、現物をご覧になってない」

三浦屋四郎左衛門が訊いた。

明暦の火事は、五十五年前のことだ。今年で四十歳になったばかりの西田屋甚右衛門が見ているはずはなかった。

「はい。父から写しは伝えられておりますが」

西田屋甚右衛門が、答えた。

「写しがございますのか」

三浦屋四郎左衛門が気負いこんだ。

「はい。ちょっとお待ちを」

西田屋甚右衛門が、別室へと消えた。

たばこを一服吸いつけるほどの間で、西田屋甚右衛門が戻ってきた。

手に掛け軸をいれるほどの桐箱をさげていた。

「どうぞ」

西田屋甚右衛門に差しだされた箱を、三浦屋四郎左衛門が受けとって開けた。

ていねいに包まれている油紙を剝がすと、なかから奉書紙《ほうしょがみ》が出てきた。

「焼けてしまったのちに、二代目が記憶を頼りに書いたものでございますゆえ、まちがいないかと申されれば、返答に困るのでございますが」

西田屋甚右衛門は、小さく首を振った。

「これは……」

奉書紙に目を落としていた三浦屋四郎左衛門が、口を開けたまま西田屋甚右衛門を見た。

「家康さまのご親筆ではございません」

西田屋甚右衛門が、淡々と口にした。

三浦屋四郎左衛門が持っている奉書紙に写されていたのは、庄司甚内に柳町《やなぎちょう》にて遊廓を営むことを許す旨《むね》と、三箇条の禁令が記されていただけであった。

「筆書きは、本多佐渡守正信《さどのかみまさのぶ》さまではございませんか」

三浦屋四郎左衛門が絶句した。筆書きとは、文章の最後に証拠となる花押《かおう》を記すことだ。花押は、署名のあとにいれる自筆の印である。人によって形が違い、花押のないものは、本物としてあつかわれなかった。

「これでは、御免色里とは申せませんぞ」

「いえ、家伝によりまするど、このご裁可状は、家康さま秀忠さま、ご両所お立ち会いのうえ、伝奏所《てんそうじょ》にて賜ったものでございますれば、御免色里と申してなんの障りもないかと」

西田屋甚右衛門が、言った。

庄司家に伝わる話によると、最初に庄司甚内が家康に遊廓の設置を願いでたのは、関ヶ原の合戦の直前にまでさかのぼるという。

慶長五年（一六〇〇）九月、会津上杉《あいづうえすぎ》家征伐のために、大坂を出て居城江戸城に戻っていた家康のもとに、石田三成《いしだみつなり》挙兵の報が届いた。

ただちに大坂へととって返す家康を、庄司甚内は鈴ヶ森《すずがもり》で待ちかまえ、見目《みめ》麗《うるわ》しい女たちに湯茶の接待をさせた。

「気の利いたる前祝いよな」

好色な家康は、庄司甚内の心遣いをいたく喜び、目通りを許した。

そして、関ヶ原の合戦に勝った家康は、江戸に幕府を開いた。

庄司甚内は、ことあるごとに、公認遊廓設置の願いを出したが、許されることなく、十年が過ぎた。

そして元和元年（一六一五）、生涯の気がかりであった豊臣家を大坂に滅ぼした家康は、隠居城である駿河から年賀を受けるために江戸に入り、庄司甚内を呼びだした。

「長年、そなたの願いを聞き届けなんだが、ようやく天下も落ちついた。これより江戸は日の本一の城下になる。人も集まる。となれば、遊び女《め》も要りようになろう。かと申して、自ままに遊廓を造られても騒動の種になるだけじゃ。そこで、そなたに江戸の遊女たちすべての父となることを命じ、二丁四方の土地をくだしおく。きっと取り締まりおくように」

家康は、自ら庄司甚内に声をかけた。

「そのおりに、このご裁可状を本多佐渡守さまより、ちょうだいしたと聞いておりまする」

西田屋甚右衛門の話が終わった。

「本気でそのように申されておられるのか」

三浦屋四郎左衛門があきれかえった。

「家康さまの花押なしでは、ご裁可状であって、御免状とは申せませぬ。そのような伝聞など、なんの証《あかし》にもなりませぬ」

三浦屋四郎左衛門が、頭をかかえた。

「そうでございましょうか」

西田屋甚右衛門は、せっぱ詰まっていなかった。

「ご裁可状を焼失したと知られれば、吉原はただではすみませぬぞ」

三浦屋四郎左衛門の危惧《きぐ》は正しかった。

家康の裁可があればこそ、吉原には数多くの特権が認められてきた。その最たるものが、岡場所の排除であった。

江戸の遊廓は吉原のみと家康が定めたとされたのだ。他の遊廓の存在は許されなかった。

吉原には岡場所を訴える権利があり、町奉行所にはそれを取り締まる義務が課せられた。

また、町奉行所の手入れを受けて捕縛された隠し遊女たちは、吉原に下げわたされ、無給で遊女奉公に従事させられると定められた。

湯女《ゆな》風呂や岡場所が人気を博するたびに、吉原は町奉行所に手入れを願い、それによって手にいれた女たちに稼がせることで、大きな利益をあげていた。

これらの特権が失われるだけならまだしも、家康の親筆と偽ってきたことがばれれば、吉原の名主一同は一族郎党 磔《はりつけ》獄門《ごくもん》に処せられかねなかった。

「親筆ではなく、本多佐渡守どのの裁可状であったことにできたとしても、それを焼いてしまったとなっては、吉原から公許の文字は奪われますぞ」

三浦屋四郎左衛門が、肩を落とした。

吉原と岡場所が同列になれば、格を誇りに客をあしらってきた今までのやり方が使えなくなるどころか、辺鄙《へんぴ》な場所にある吉原は、つぶれかねなかった。

聡四郎が求めたご親筆開示は、まさに吉原の首元をわしづかみにしたにひとしかった。

「偽造いたすしかございませんな」

三浦屋四郎左衛門が、小さな声で言った。

「偽造ですと」

西田屋甚右衛門が、驚愕の声をあげた。

「家康さまのご親筆を作りあげるなど、罪が重すぎまする」

西田屋甚右衛門が、震えた。

「ご裁可状を焼いてしまった西田屋さんに言われたくございませんな。創設以来、百年の歴史を失わず、今後百年の繁栄を求めるには、それしかございますまい。ご心配あるな。勘定吟味役とはいえ、家康さまのご親筆を見たことなどありませぬ。ごまかしようはいくらでもございましょう。さて、とならば、用意をいたさねばなりませぬ。これにて失礼いたしまする」

あっけに取られている西田屋甚右衛門を残して、三浦屋四郎左衛門は出ていった。
「のんびりしすぎている。まったく、遊女屋の主が乳母日傘《おんばひがさ》で育ってどうすると
いうんだ」
西田屋をあとにした三浦屋四郎左衛門は、愚痴をこぼした。
「君がてて、吉原遊女すべての父、吉原惣名主と言ったところで、女の生き血を
すすって生きていることには違いないというのに」
三浦屋四郎左衛門は、憎々しげに吐きすてた。
一人残った西田屋甚右衛門が、裁可状の写しを桐箱に収めながらつぶやいた。
「吉原は、女の城。わたくしたち見世の主のものではないのでございますよ、三
浦屋さん」
西田屋の顔つきは、先ほどと違って厳しかった。

二

聡四郎のもとへ新井白石の使者が来たのは、翌朝であった。
新井白石の従者は、玄関で伝言を告げた。

「主の言葉でございまする。この三日間で吉原がことを片づけてまいれと」

「…………」

聡四郎は無言でうなずいた。

新井白石の与えた猶予三日間の意味を聡四郎は理解した。

次に聡四郎が登城したとき、幕閣《ばっかく》は正式に吉原への対応を伝達することはまちがいなかった。は簡単である。吉原の運上を跡形もなく消してみせることぐらい、幕閣には簡単である。いかに勘定吟味役でも、そうなれば動きがとれなくなる。新井白石は、幕閣にそうなるまえに手をいれてしまえと命じたのだ。

「それと、この刀を水城さまへと主から預かってまいりました」

新井白石の従者が、太刀を聡四郎に手渡した。

「先日のお礼だと」

「これは、かたじけない」

聡四郎は、喉から手が出るほど欲しかった太刀にすなおに喜んだ。あの夜、白石から貸してもらった太刀の拵《こしら》えを修復して差していたが、小柄な新井白石が持っていたものだけに、刀身が短く、遣うに不安だったのだ。

新井白石がよこした太刀は、相模もので備前に比べると細身だが、聡四郎が遣うに十分なだけの作りをしていた。

「過日の太刀もそのままお遣いくだされと、主は申しておりました。では、これにて」

新井白石の従者が帰ったあと、書院に戻った聡四郎を紅がむかえた。

「また騒動に首をつっこもうとしてるわね」

紅があきれた口調で言った。

「なんのことだ」

聡四郎はとぼけた。

「ごまかせると思っているの。あんたの考えていることぐらい、あたしにはお見とおしよ。まったく。無茶ばかりしようとするんだから」

紅の声が小さくなった。

「……すまん」

紅が、真剣に心配してくれているとわかっている聡四郎は、頭をさげた。

「止めても行くんでしょ。なら、仕方ないわ。あたしは家に帰る。全部片づいたら、むかえに来て。ずっと家にいるから」

紅が、寂しそうな笑顔を浮かべた。

「かたじけない」

聡四郎は、ふたたび頭をさげた。紅はかつてのように、自分が聡四郎をおさえるための道具とされることを危惧したのだ。

人入れ稼業として気の荒い男たちが絶えず出入りしている相模屋伝兵衛宅ほど、安全な場所はなかった。

「怪我したり、死んだりしたら、一生許さないから」

紅はそう言い残すと、聡四郎の見送りを断って去っていった。

その紅を永渕啓輔が見ていた。

「新井白石の従者が来たあとに、相模屋伝兵衛の娘が帰ったか。動きだすようだな」

永渕啓輔は、昨夜のうちに聡四郎の登城遠慮という処分を柳沢吉保に伝えた。すでにそのすべてを柳沢吉保は知っていた。

「白石の手にのりおってからに。大久保加賀守もしれたな」

柳沢吉保が、そう評するのを永渕啓輔は聞いた。

そして、永渕啓輔は柳沢吉保から命じられて、聡四郎を見張ることになった。

「今日明日にも水城が動く。そなたは、ようすを見てくるだけでいい。けっして手出しはするな。よいか、本多中務大輔に申したような要らぬことは、二度とするな」

柳沢吉保に厳命された永渕啓輔は、不満を隠して、聡四郎の動静をうかがっていた。

相模屋伝兵衛宅に帰った紅は、父の前に座った。

「お父さま、お願いがございまする」

紅の不思議なところは、父にていねいな口調で話し、聡四郎にはきつい言葉遣いをすることだ。

「どうした」

相模屋伝兵衛は、紅の真摯《しんし》な顔色に緊張した。

「袖吉を行かせてください」

紅が言った。

「それだけじゃ、わからないだろ。ちゃんと話をな」

相模屋伝兵衛にうながされた紅が、最近の聡四郎のことを語った。

「そうか。三日間の登城遠慮を利用なさるか。それをおまえは……」

相模屋伝兵衛が、紅をじっと見た。

「いい女になったな。母によく似てきた」

相模屋伝兵衛が、やさしい目つきで娘を見た。

「わかったよ。袖吉を呼んでおいで。しばらく話をするから、その間、店を頼む」

相模屋伝兵衛は、紅を店の帳場に送りだした。

すぐに袖吉がやってきた。

袖吉は、相模屋に出入りしている職人たちの頭で、鳶としても一流の腕前を持っていた。

「水城さまのお手伝いをしてくれ」

「お嬢さんのおねだりでやすか」

袖吉が訊いた。

「ああ。あの紅が、惚れた男のためにと頼んできたよ。ずいぶんと殊勝《しゆしよう》になったものだ」

相模屋伝兵衛が頬をゆるめた。

「そろそろお嫁入りの算段をしなきゃいけやせんね」

袖吉が、笑った。

「そのためにも、水城さまに死んでもらっては困る」

「へい」

袖吉が、力強くうなずいた。

「吉原の忘八相手だ。たやすいことじゃねえ」

相模屋伝兵衛は、旗本格として遇されているとはいえ、元々人入れ屋の親方である。伝法《でんぽう》な素地が出た。

「どこの見世で」

袖吉が問うた。

「大三浦屋だ」

吉原には三浦屋が二軒あった。そのうち太夫を擁する三浦屋四郎左衛門を格上として、大三浦と呼んでいた。

「今日から居続けさせていただいてよろしゅうござんすか」

袖吉が、吉原に逗留《とうりゆう》したいと告げた。

「頼む」

相模屋伝兵衛が、長火鉢の引き出しから五両出して、袖吉にわたした。

「多過ぎやさ。太夫を揚げるわけじゃございやせんよ」

袖吉が一両だけ取った。

「残りは、命の代金にゃ安すぎるが、手間賃だと思ってくれ」

相模屋伝兵衛に重ねて言われ、ようやく袖吉は金を受けとった。


紅が帰ったあと、聡四郎は大宮玄馬を誘って、道場を訪れた。

午前中の稽古を終えて、入江無手斎は縁側で昼寝をしていた。

「二人そろって、どうした」

入江無手斎は背中をむけたまま、声を発した。

「一手お願いに参上いたしました」

聡四郎は、入江無手斎の背中にむけて、頭をさげた。

「ふん。覚悟を決めにきたか」

入江無手斎が、聡四郎の決意を見抜いた。

「玄馬は、どうだ。面を見せてみるがいい」

入江無手斎が、起きあがった。

大宮玄馬が忘八を斬った日、血に汚れた衣服を整えるために道場を訪れた二人を見て、入江無手斎は、すぐに大宮玄馬が人を殺《あや》めたことで自失していることに気づいた。

だが、そのとき入江無手斎はなにも言わなかった。

「ふうむ。まだ、悔恨は残っているようだが、瞳の揺れはないな」

大宮玄馬の目を見て、入江無手斎がつぶやいた。

入江無手斎が、聡四郎に顔を向けた。

「殺気だっておるぞ。まだまだ未熟よな。殺気は戦いの寸前までうちに納めておくものじゃ。あまり早くから気を発してしまうと、いざというときに気合いがあがらなくなる。おのが殺気はうちに秘め、敵の殺気を肌で感じるようにせねばな」

入江無手斎が、諭した。

「未熟でございました」

聡四郎は、頭をさげた。大宮玄馬もならった。

入江無手斎が、かるく床を叩くようにして立ちあがった。

「いまさら、付け焼き刃は意味がないぞ」

そう言いながら入江無手斎は、道場の中央で袋竹刀を握った。

聡四郎も袋竹刀を手にした。

「間合いの外からくる長物への対応を見ていただきたく」

聡四郎は、槍や長刀との戦いを考えていた。

「斬り落としてやればよい」

入江無手斎が、なんのこともないと応えた。

「いえ。一対一ならば、相手が槍であろうが、薙刀であろうが、負けはいたしませぬ。なれど、二人三人となった場合、斬撃《ざんげき》を放った隙をつかれては……」

聡四郎は危惧を語った。

一放流は、斬撃の疾さと重さを利用した一撃必殺を旨としている。全身の力を刀身に載せた一閃は、鎧《よろい》ごと人を斬り裂くだけの力を持つが、一刀を放った後の残心《ざんしん》の構えに難があった。重心に急激なぶれが生じるために、次の一手がどうしても遅れてしまうのだ。

「隙をつくるからじゃ」

入江無手斎が、あきれた。

「ほい、かかってこい。二人でな」

入江無手斎が、うながした。

聡四郎と大宮玄馬は、首肯して袋竹刀を手にした。

まず、大宮玄馬が袋竹刀を青眼から下段に変えた。富田流小太刀の基本である。あわせるように聡四郎は、袋竹刀を独特の脇を離した右袈裟に構えた。

三間（約五・五メートル）の間合いで、入江無手斎を中心に、三分の一ほど開いた扇のようなかたちで三者は、にらみ合った。

稽古でも試合でも、格下からかかっていくのがきまりごとである。

大宮玄馬が、袋竹刀をわずかに引きながら奔《はし》った。聡四郎も続いた。

「りゃあああ」

大宮玄馬が、下段から入江無手斎の左小手《こて》をねらって斬りあげた。聡四郎は、大宮玄馬の動きを目の隅でとらえながら、弧を描くように奔って、入江無手斎の脇から斬りつけた。

「……………」

入江無手斎の、無言の気合いが道場を揺るがした。

大宮玄馬の袋竹刀が、道場にたたきつけられて折れ飛んだ。

入江無手斎の袋竹刀が雷のように大宮玄馬の一撃を粉砕したのを聡四郎は見た。下に流れた入江無手斎の袋竹刀は、すでに動きだしていた聡四郎の袋竹刀の迎撃には間にあわない。聡四郎の一手は、右袈裟から弧を描いて入江無手斎の横鬢《よこびん》を撃つはずだった。

「なっ」

聡四郎は、呆然としていた。手から離れた袋竹刀が、音をたてて床を転がった。

「……なぜ」

聡四郎は目のまえに突きつけられている袋竹刀の先端にむかって問うた。

入江無手斎が、二人の弟子の姿にため息をついた。

「試合癖がぬけておらぬか。無理もないが。しかし、聡四郎。玄馬ならまだ許せるが、そなたは、何度も死線をくぐってまいったのであろうが。敵は一人だけと誰が決めたか」

入江無手斎が、聡四郎を叱った。

「道場剣術に慣れてどうするのだ。よいか、多数を相手にするときでも、一人一人の遅速を見極めれば、つまりは一対一になるなどと、坊主の寝言のようなことを信じておるのではなかろうな」

入江無手斎がきびしく言った。

「一人一人に遅速はある。だがな、その遅速が己が動きより疾ければ、さきほどの話はなりたたぬ。敵がかならず己より遅いと思うのは、大きな油断である」

「………」

聡四郎も大宮玄馬も応えることができなかった。入江無手斎に圧倒されていた。

「今までは、そなたより強い者が出てこなかっただけじゃ。見よ。儂一人でもそなたたち二人を倒すになんの苦労も要らぬ。よいか、儂より強い男は、この江戸にいくらでもおる」

入江無手斎が、袋竹刀をさげた。

「敵の遅速を見抜く。これができぬようならば話にならぬ。だが、それだけでは勝てぬ」

入江無手斎が、じっと二人の弟子を見た。

聡四郎も大宮玄馬も固唾《かたず》をのんで、入江無手斎の言葉を待った。

「目のなかにはいったすべての敵の動きを先読みせよ」

「先読みでございまするか」

聡四郎が、くりかえした。

「うむ。敵と対峙したときに、あらゆる動きを予想しておけ。そうすれば、遅滞なく対処することができる。出合い頭をたたく。先の先。これが命のやりとりの極意じゃ」

後の先を極意とする一放流とは、逆のことを入江無手斎が告げた。

「あとは、己で考えろ」

入江無手斎が、袋竹刀を聡四郎にわたした。

「聡四郎、そなたは道場の片づけと戸締まりをせい。玄馬、飯の用意を」

二人に言いつけたあと、一瞬、視線を外に向け、入江無手斎は奥へと去っていった。

「腕が、八本あるように見えました」

大宮玄馬が漏らした。

両手を開いたままにしているのは、袋竹刀をたたき落とされたときにしびれたのだ。

「師には勝てぬな」

聡四郎は、預けられた袋竹刀を道場の上手、入江無手斎の座がしつらえられているところにおいた。

「台所にまいります」

大宮玄馬が、力のない声で告げた。

結局、夕餉を馳走になって、聡四郎と大宮玄馬は道場をあとにした。

道場に隣接した稲荷社の社の上から一部始終を窺っていた永渕啓輔は、二人を見送ってもまだ小刻みに震えていた。

「化け物か」

入江無手斎の声なき気合いが、永渕啓輔の肚《はら》を大きく揺さぶっていた。

「気づかれていた」

永渕啓輔は、選ばれて徒目付を務めるほど隠形《おんぎょう》の術に長《た》けている。それをあの距離から見抜いて、一瞬とはいえ目をくれたのだ。

「…………」

永渕啓輔は、聡四郎たちのあとを追うことも忘れて、入江無手斎の居室、その雨戸の隙間から漏れる灯りを見つめていた。

三

翌朝、聡四郎は佐之介に、明朝、四つ（午前十時ごろ）に参上すると書いた三浦屋四郎左衛門への手紙を持たせた。

水城家の正式な使者として、佐之介は両刀を差して屋敷を出た。

佐之介が帰ってくるまでに、聡四郎は太刀の手入れをした。

相模屋伝兵衛からもらった備前ものの太刀は、ようやく曲がりを戻したが、一度研ぎに出さないと使いものにならなかった。

新井白石がくれた相模ものの太刀は、薄く軽いが、切れ味では備前ものに数段まさる。聡四郎は多数の敵を相手にすることを考えて、重さよりも疾さを選んだ。太刀を軽くしたぶん、聡四郎は長めの脇差を手にした。もとは太刀であったが、切っ先が欠けたので、すりあげて脇差仕立てにしたものであった。

ともに白研ぎにしてある。

白研ぎとは、わざと刃に粗い砥石をあてて、表面を傷つけることである。こうすることで剃刀《かみそり》のような切れ味を失う代わりに、血脂《ちあぶら》がついても刃先が鈍くならないようにするのだ。

ただ、鏡のような状態と違い、錆《さ》びやすくなる。聡四郎は、十分刀身に拭いをかけた。

佐之介が一刻半（約三時間）ほどして帰ってきた。

「お待ち申しあげておりますとのことでございました」

三浦屋四郎左衛門は、聡四郎の申し出を承諾した。

「ご苦労だったな」

聡四郎は、佐之介をねぎらった。


陪臣からなりあがったわりにはさしでがましいと、幕府のなかで孤立している新井白石に声をかけてくる者がいた。

「新井先生」

中奥御休息の間で休んでいる将軍家宣を見舞った新井白石に、若年寄間部《まなべ》越前守《えちぜんのかみ》詮房《あきふさ》が、近づいてきた。

間部越前守は、新井白石と並ぶ家宣の寵臣である。

甲府藩おかかえの猿楽師《さるがくし》であったが、その才を家宣に見いだされ、家宣が江戸城西の丸にはいるにあわせて三千石を与えられ、越前守に任じられた。

家宣が将軍になるや、累進を重ね、側用人《そばようにん》から若年寄に進み、上州高崎《たかさき》五万石を領し、老中同様執政の任にあたるべしとの命を受けていた。

「これは、越前守どの」

新井白石が、足を止めた。

家宣の表《おもて》に新井白石が深くかかわったのに対し、間部越前守は私《わたくし》を担当していた。家宣の寵臣として双璧をなす二人に、あまり接点はなかった。

「よろしいかな」

間部越前守が尋ねた。

「なにごとでござろうか」

「ちと、ここでは」

間部越前守は、立ち話をはばかった。

「ならば」

新井白石は、御休息の間近く、囲炉裏《いろり》の間の襖を開けて、なかへとはいった。

囲炉裏の間は、別名御次《おつぎ》の間とも称され、十畳ほどの板の間に炉《ろ》が切られていた。その名のとおり、御広敷《おひろしき》台所でつくられた将軍の膳を、毒味役が検分したあと温めなおすところであった。

将軍家宣が病床に伏し、満足に食事もできなくなった今はほとんど使われていなかった。

「誰もおりませぬ」

新井白石が、話をするようにと間部越前守をうながした。

間部越前守が、声をひそめて語った。

「吉原のことでござる」

「はて、吉原のこととは、いかような」

新井白石が、怪訝そうな顔をした。

「お隠しあるな」

間部越前守が、小さな声で咎めた。

「新井先生が、吉原の運上に手を出されようとなされておることは、誰もが知っております る」

「…………」

新井白石は、沈黙でそれに応えた。

「お手を引かれよ」

間部越前守が、気を周囲に配りながら言った。

「…………」

「あの金は、ないものなのでござる」

間部越前守は続けた。

「要領を得ませぬが、いったいなにをおっしゃりたいのでござるか」

新井白石が、しびれをきらした。

「吉原の運上は、大奥へ消えるのでござる」

間部越前守の言葉は、新井白石に衝撃を与えた。

「なんと」

「まことでござる。春日局《かすがのつぼね》さまのころより、大奥のお女中衆が代参に出られたときの費《つい》えや、幕府の金でまかなわれないものを購《あがな》うために使われていたものなので」

間部越前守が、話した。

春日局は、三代将軍家光の乳母であった。戦国武将斎藤内蔵助利三《さいとうくらのすけとしみつ》の娘で、やはり戦国大名の稲葉内匠頭正成《いなばたくみのかみまさなり》の妻となったが、離別した後、家光の乳母に任じられた。

三代将軍の座をめぐって二代将軍秀忠の次男家光と三男忠長が争ったとき、単身駿河にのりこんで家康に面談を求め、家光を将軍にした功績を持つ。

江戸城大奥を創始したといっていい女傑で、家光から母にまさるあつかいを受けていた。

「ですが、幕府にそのような闇の金があることは、ご政道の明白さからしても好ましいことではございませぬ。代参の費えとか、まかなわれないもの、などはなにを意味しておるのかわかりませぬが、要りような金なら、御広敷をつうじて勘定方へお申しつけくだされば……」

「新井白石どの」

間部越前守が、新井白石の声をさえぎった。先生の呼称が消えていた。

「政のなんたるかを貴君に説く無駄をいたすつもりはございませぬが、きれいごとだけで幕府が動いているわけではございませぬ」

間部越前守は、きびしい口調で言った。

家宣の世継ぎ鍋松の傅育《ふいく》も任されている間部越前守は、とくに大奥への出入りも許されていた。それだけに大奥のことには詳しく、そのおそろしさも知っていた。

「清《しん》や漢《かん》の故事を出すまでもなく、我が国でも、後宮《こうきゆう》に忌避《きひ》されて消えていかざるをえなかった者の数は、枚挙《まいきよ》にいとまがございますまい。口にするにも悔しきことながら、上様のご体調は芳《かんば》しくはございませぬ。また、お世継ぎの鍋松さまは、まだ幼子におわしまする。先代将軍綱吉公の悪政を払拭《ふつしよく》すべく、大統を継がれた上様のお志を鍋松さまにご継承いただき、あっぱれ名君と讃《たた》えられるように支えるのは、誰でござる。口幅ったきことながら、新井どのと拙者ではござらぬか。その新井どのが大奥に嫌われては、困りまする。ましてや、鍋松さまは、大奥にお住まいでござる。おそらく将軍宣下《せんげ》を受けられたのちも、当分は大奥にお留《とど》まりあそばすことになりましょう」

間部越前守の目は真剣であった。

「どこからお話がまいりました」

新井白石は、肯《がえん》ずる前に問うた。

「お喜世の方さまからでござる」

間部越前守が隠さずに答えた。

お喜世の方は、家宣の愛妾《あいしよう》で鍋松の母である。家宣の正室、近衛基凞《このえもとひろ》の娘照《てる》姫をおさえて、大奥を取りしきっていた。

「新井白石どの。見えぬものはないのと同じでござる」

間部越前守が、目を閉じて見せた。

「女は怖《こ》おうございますぞ。さらに金の恨みは深い。新井白石どのの足を引っ張るぐらいのことは平気でやりまする」

間部越前守にそこまで言われて、新井白石は折れた。

「わかり申した。お喜世の方さまによしなにとお伝えくだされ」

「おお、ご承知くださるか」

間部越前守が、喜色を浮かべた。

「きっとお伝え申す。では、これにて」

間部越前守は、そそくさと囲炉裏の間を出ていった。

一人残された新井白石は、苦い顔で間部越前守の出ていった襖を睨みつけた。

「大奥で要らぬ噂になっておるのは、貴殿ではないのか。上様のお許しがあることをよいことに、毎夜のようにお喜世の方さまのお部屋に伺候《しこう》するのは、家臣としてすべきではなかろう」

新井白石は苦い顔で吐き捨てた。

「間部越前守か、ご次代さま身中《しんちゅう》の虫《むし》になりかねぬ。早いうちに排することを考えねばならぬな」

新井白石の瞳が、冷徹に戻った。

「さて、そろそろ下城するか。吉原のことは、水城が登城してきたときでよかろう。それまでに何かあったとすれば、水城が独断よ。ふん。大奥が、表、政に口出しをするなどもってのほか。儂が執政になったあかつきには、大奥を変えてくれるわ」

新井白石はついに、吉原がことから手を引けとの連絡を聡四郎にしなかった。

聡四郎は、夜明け前に目を覚ました。いつもなら袋竹刀でおこなう素振りを、今日の戦いにそなえ、重さと伸びに慣れるため真剣でおこなった。

真剣は袋竹刀や木刀にくらべて重い。また、日本刀の刃は空気を裂く。普段稽古で使っている道具と大きく違うのだ。

その感覚を手の内にしておかないと、思わぬところで不覚をとることになりかねなかった。

数をこなすのではなく、半刻ほどかけて、聡四郎はじっくり太刀を身体になじませた。

十月に近いある日の冷える朝、聡四郎の身体から湯気があがった。

清冽《せいれつ》な井戸の水で身を引き締めた聡四郎は、真新しい晒《さらし》をふんどしに巻いた。襦袢《じゅばん》代わりに紙子《かみこ》を身につける。本来は旅などで使い捨てするために作られた和紙の下着であるが、紙は刀の切れ味を落とすことから、決闘のときにも使われた。

同じものを昨夜のうちに、大宮玄馬のもとにも届けてあった。

当初、聡四郎は大宮玄馬を残していくつもりだった。さりげなく他所《よそ》への用を命じた聡四郎に、大宮玄馬がくってかかった。

「侍であることを捨てよと申されるか」

武士の根本は忠義である。主の命令は絶対であった。だが、それを凌駕《りょうが》するのが主の危急《ききゅう》である。それを知りながら参しなかった者は、今後侍として生きていくことは許されなかった。

それを承知で聡四郎は、大宮玄馬を残そうとしたのだ。

「殿は、わたくしに護るべきものを捨てよと仰せられるか。生きながらえて子ができたときに、父には誇るべきものが何もないと嘆けと言われるか」

大宮玄馬の抵抗は、激烈であった。

「わたくしも誇りある武士《もののふ》として生きとうございまする」

大宮玄馬が平伏するにあたって、聡四郎は説得をあきらめた。

そして、今、すっかり用意のできた大宮玄馬と聡四郎は、書院で湯漬けを食べていた。

「これほど、湯漬けがうまいとは存じませんでした」

大宮玄馬が感嘆した。

聡四郎の家は、勘定組頭まで進んだ祖父のおかげで割に裕福であった。米は精米された白米を食べていた。もっとも、そのじつは、玄米や麦飯を炊くと煮炊きに暇がかかり、薪代が高くつくからである。勘定方らしいしたたかな計算であった。

八十俵の御家人の息子である大宮玄馬は、聡四郎の家に来るまで白米をほとんど口にしたことはなかった。よくて五分づきの米で、普段は麦飯の生活であった。

「味がわかるとは、落ち着いたか」

聡四郎は、満足そうに笑った。

今日は確実に争いごとになる。先夜のことで命のやりとりの恐怖を知った大宮玄馬が、緊張のあまり飯がのどをとおらなくても不思議ではなかった。それが味までわかっただけではなく、三杯もお代わりをしたのだ。

「たのもしいことだ」

聡四郎も、三杯目を平らげた。

「さて、では行くか」

茶碗をおいて聡四郎は立ちあがった。

「お供つかまつりまする」

大宮玄馬が続いた。

本郷御弓町から吉原へいたるに、聡四郎は浅草寺《せんそうじ》の境内を近道代わりに抜けた。縁日ではなかったが、浅草寺の境内は参詣の人々でにぎわっていた。

このごろ増えてきた食べ物の屋台も見られ、朝餉のときを過ぎているにもかかわらず、食べている人の姿もあった。

「吉原帰りだろうな」

にやけた顔で、聡四郎たちとは反対方向に進んでいく男たちが、何人もいた。

夜遊びが認められた吉原で泊まった男たちは、連泊を告げていないかぎり、五つ（午前八時ごろ）には見世を追いだされる。

浅草から吉原までは、歩いて小半刻ほどである。時刻は、五つ半（午前九時ごろ）になろうとしていた。

「少し、急ぐか」

浅草の観音に礼を捧げて、聡四郎は足を早めた。

夜見世が許されたとはいえ、日本橋葺屋町のころからの慣習で、吉原の大門が開くのは、昼八つ（午後二時ごろ）と決まっていた。

それまで泊まりの客は大門脇のくぐりで出入りするのだ。

だが、聡四郎たちが吉原についたとき、大門は開かれ、三浦屋四郎左衛門が表で待っていた。

「ようこそお見えくださりました。どうぞ」

三浦屋四郎左衛門に先導されて、聡四郎と大宮玄馬の二人は、吉原に足を踏みいれた。

気がつけば、聡四郎たちの周りを三浦屋の半纏を着た忘八たちが取り囲んでいた。

「殿、お気づきになられましたか」

大宮玄馬が、小声で話しかけてきた。

「番所のことか」

聡四郎も小声で応えた。

吉原の大門左には、吉原に出入りする者たちを監視するための番所があった。いつもなら浅草をなわばりとする岡っ引きの手下が詰めているが、今は誰もいなかった。

不思議なことに、この番所は吉原でのもめ事には関与しなかった。大門うちで何かことがあったときは、番所の真向かいにある会所《かいしょ》から人が出た。名ばかりの番所ではあるが、無人というのは異常であった。

「はい」

「都合が悪いからだろう。勘定吟味役が大門を通ったが出てこないとなったときにな。見ていなければ、罪に問われることはない。目隠しをして耳をふさぐに十分なものがいったのだろう」

聡四郎の脳裏に、南町同心千堂三之助の顔が浮かんだ。

背後で大門が閉まる音が響いた。

「殿」

さすがに大宮玄馬の顔色が変わった。

「背水の陣だな。三浦屋四郎左衛門は、やはりそれほどの男ではないようだ。我らが見世にはいってから大門を閉めれば、思惑を知られることはない。それに、覚悟をさせることもな」

聡四郎は三浦屋四郎左衛門の小心さを嘲笑した。

「覚悟でございますか。まさに」

大宮玄馬も聡四郎の一言で落ち着きを取りもどした。

見世ではなく、三浦屋四郎左衛門の居宅に聡四郎と大宮玄馬は案内された。

三浦屋は、見世も大きいが、居室部分も大きかった。

「こちらで、少しお待ちくださいませ」

三浦屋四郎左衛門は、御免状を持ってくると告げて部屋を出た。

座敷に残された聡四郎と大宮玄馬の接待に、二人の遊女がついていた。

吉原の遊女、それも太夫、格子となると、茶道、華道はもちろん、香道《こうどう》、和歌音曲《おんぎょく》にも精通している。

二人の遊女は、部屋の隅に切られた炉で茶を点《た》てた。

「遠慮しておこう」

聡四郎は、出された茶を断った。大門を閉めたことで三浦屋四郎左衛門は、宣戦を布告した。命を賭けた戦いが始まったのだ。茶に毒が盛られていたとしても文句は言えなかった。

「お情けなきお方」

遊女が、軽蔑《けいべつ》の表情を浮かべた。

「…………」

聡四郎は、遊女を相手にしなかった。

「玄馬、足袋《たび》を脱いでおけ」

そう言うと聡四郎は、足袋を脱いで懐にしまった。

大宮玄馬が、したがった。

「裸足《はだし》で逃げだされる算段でありんすか」

遊女はあきらかに聡四郎たちを怒らせようとしていた。

「だまれ」

大宮玄馬が、小さな声で命じた。

それでもしつこく絡んでくる遊女に、大宮玄馬が太刀の鯉口《こいぐち》をきった。

「無粋《ぶすい》なお方でありんすわな」

遊女二人が部屋を出ていった。

代わりに三浦屋四郎左衛門が、番頭らしき男に桐箱を持たせてはいってきた。

「お待たせいたしました」

三浦屋四郎左衛門が、下座について頭を軽くさげた。

「これが、吉原創始庄司甚内が、東照大権現神君家康さまからちょうだいした、御免状でございまする」

三浦屋四郎左衛門が、番頭から桐箱を受けとり、仰々《ぎょうぎょう》しく頭上に掲げて見せた。

「やめよ」

聡四郎は、三浦屋四郎左衛門の行動をさえぎった。

「なんとおっしゃる」

三浦屋四郎左衛門が、怪訝な顔を見せた。

「偽《にせ》ものを拝む気はないと申したのだ」

聡四郎は、心底あきれた。

「なにを言われる。畏れおおくも神君家康さまのお筆を……」

「茶番は、終わりにしてくれ」

聡四郎は、三浦屋四郎左衛門の声を止めた。

「な、なにを根拠に偽ものと言われる。ことと しだいによっては、評定所に訴えさせていただくことになりますぞ」

三浦屋四郎左衛門が、聡四郎を脅した。

吉原と評定所は、関係が深い。吉原に課せられた役の一つに評定所接待御用というのがあった。これは、老中や若年寄など執政たちの慰労に太夫たちを出し、湯茶の接待をさせることだ。そのとき、吉原惣名主西田屋甚右衛門はもとより、太夫差し出しの見世の主も供をする。

三浦屋四郎左衛門は、多くの老中若年寄と懇意であった。

「なら、やってみればいい。その代わり、この状が表に出ることになる。御上には、神君家康公のご筆跡が数多く残っている。奥右筆にあらためられたら、首が飛ぶのは、おぬしだけですまぬぞ」

聡四郎は、言い返した。

三浦屋四郎左衛門と聡四郎はにらみあった。

三浦屋四郎左衛門が、重い沈黙を破った。

「………」

「なぜ偽ものと」

聡四郎は、鼻先で笑った。

「おぬしの心がこもってなかったからな」

「どういう意味だ」

三浦屋四郎左衛門が、敵意をむき出しにした。

「神君家康公のお筆なら、捧げてくるのは下賜された庄司甚内の子孫西田屋甚右衛門でなければならぬ。百歩譲っても、今回の交渉ごとの当事者であるそなたでなければおかしい。それを忘八に持たせるとは、失敗だったな。両手をあけてとっさにそなえたかったのだろうが、それは、敬意がないことを表している」

聡四郎は、三浦屋四郎左衛門に指摘した。

「ちっ」

桐箱を捨てた三浦屋四郎左衛門が、舌打ちした。

番頭姿の忘八が隠し持っていた匕首《あいくち》を抜いて、三浦屋四郎左衛門の前にかばうように立った。

「三浦屋、あまりに浅すぎるぞ」

聡四郎は脇差を抜いた。大宮玄馬も続いた。

狭い室内で太刀は梁《はり》や欄間《らんま》、柱などに引っかかって、動きがとれなくなることがある。屋内での戦闘では脇差を遣うのが、武士の心得であった。

「殿」

大宮玄馬が聡四郎の背後にまわった。

隣室との襖が開いて、忘八たちが姿を見せた。

「いたしかたございませんな。お二方には、死んでいただきましょう」

三浦屋四郎左衛門が、聡四郎を憎らしげに見た。

十畳ほどの狭い部屋での戦闘を考えたのか、忘八たちは長脇差《ながどす》を得物《えもの》としていた。

「玄馬」

「承知つかまつりました」

聡四郎の意図を、大宮玄馬はよくくみとって前に出た。

飛び道具がなければ、背中をあわせる意味はなかった。

大人数が有利なのは、戦いの場が広いときだ。狭いところにひしめきあっていたのでは、互いがじゃまをして思いきったことができなかった。

「玄馬、こいつらは死人《しびと》だ」

聡四郎は、常識にはまらない忘八のことを大宮玄馬に伝えた。

「…………」

大宮玄馬の一閃が忘八の腹を存分に割いた。踏みこみのきいた見事な刀さばきは、大宮玄馬が落ち着いていることを示していた。

聡四郎は、安心して気を目前の忘八にもどした。

斬りかかってきた一刀を左脇に流して、聡四郎は脇差を水平に振った。

忘八が、喉から血を噴いて死んだ。

血が畳を染めていった。仲間の死体を飛びこえて迫ってきた忘八が、踏みこみ足を血だまりにつっこんだ。

足がすべった。血塗れた畳に足袋では踏ん張りがきかなかった。

「うわっ」

無言で迫っていた忘八が、驚愕の声をあげて体勢をくずした。

聡四郎は、そこをすばやく脇差で突いた。

みぞおちを貫かれて、忘八は畳のうえに落ちた。

聡四郎も大宮玄馬も、立ち位置を決めていた。そこを中心に出むいていくのではなく、間合いのうちに侵入してきた敵を確実に屠っていた。

一放流でいう結界《けっかい》を二人は張っていた。

大宮玄馬が、三人目の忘八の左腕を斬りとばした。苦鳴ももらさず、忘八が引いた。

「…………」

別の忘八が、聡四郎の胴を薙《な》いできた。

聡四郎は、脇差の峰を身体の脇に立てるようにして、これを防いだ。そのまま長脇差をおさえるように落とし、刃先を翻すようにして聡四郎は下段から忘八の首筋を撃った。

「うくっ」

小さく息を吸って、忘八が死んだ。

一人を倒した直後を隙ととらえた忘八が、長脇差を投げた。胸板目がけて飛んできた長脇差を、聡四郎は軽く脇にはじいた。

脇差を大きく振って払い落とすと、隙ができやすい。わずかな力で方向を変えてやればすんだ。

「………………」

じっと聡四郎の右手でうかがっていた忘八が、切っ先が動いた瞬間を待って間合いを詰めてきた。

聡四郎は、あがった切っ先をそのままに左に振った。

金属音がして、聡四郎の脇差に衝撃が走った。互いの刀がその力を相殺《そうさい》して止まった。聡四郎は躊躇《ちゆうちよ》することなく、刃と刃をすりあわせるようにして脇差を前に出した。

「つう」

聡四郎の脇差は忘八の手の甲を裂いて、そのまま腕を斬った。

腕や足のすねは斬られると、痛い。忘八も思わず声を出した。

聡四郎の脇差によって骨まで届く傷を受けた腕は、もう戦うことはできなかった。腕をおさえて忘八が、さがった。

聡四郎の視界の隅で、身体を低くし、屈みこむように踏みだした大宮玄馬の脇差が、忘八の太股を断った。大きな音を立てて、忘八が横倒しになった。

うめき声もあげず痛みに耐えている同僚を、仲間が足をぞんざいに引っ張って戦場から排除していった。

短いようだが、すでに戦いが始まって小半刻（約三十分）ほどが経っていた。

聡四郎と大宮玄馬の足下に、死体がいくつも転がっていた。

「くそっ」

二人を押しこめたつもりの三浦屋四郎左衛門は、焦っていた。

新井白石に張りつけていた手練《てだ》れの忘八まで動員したにもかかわらず、聡四郎も大宮玄馬も傷一つ負っていないのだ。

「皆でいっせいにかかりなさい」

三浦屋四郎左衛門が、残っている忘八に命じた。

同士討ち覚悟で忘八が出てきた。楼主の言葉は忘八にとって絶対であった。

狭いところに大勢で無理矢理割りこんだら、敵を斬るより味方を傷つけるほうが多いが、交代でかかり続けることができる。

途切れることのない攻撃を、聡四郎も大宮玄馬もなんとかこなした。

だが、多勢に無勢の状況は、確実に聡四郎と大宮玄馬を追いつめていた。

「はあはあ」

命がけの戦いに慣れていない大宮玄馬の息があがりはじめた。

初等目録をもらうに百番勝負をおこなわなければならない入江道場で、それを十三歳のときにやってのけた大宮玄馬であったが、道場での試合と命をかけた死《し》合《あい》では、力の配分が違うことを理解していなかった。

聡四郎は、大宮玄馬が限界に近いと見てとった。

「さがれ」

聡四郎は、大宮玄馬を休ませるために、危険を覚悟で結界から一歩前に出た。

「殿」

大宮玄馬が、目を見張った。逆に聡四郎の前に割りこもうとした。

調和がくずれた。

壁を背にしていた二人が、座敷のなかほどへ出たかたちになった。背後に隙が生まれた。

忘八たちはそれを見逃さなかった。

左右から聡四郎と大宮玄馬の後ろに忘八がはいった。

「ちっ」

聡四郎は、ほぞを噛んだ。

腹背に敵の攻撃を受けるのは、かなりの遣い手であってもきびしい。やたら殺気をまき散らしてくれる素人なら、背後からの攻撃でも気づけるが、己の命さえ気にしない忘八となれば、殺気を出さないのだ。

大宮玄馬の後ろについた忘八が、長脇差を斜め下に振った。前にしか避けようのない攻撃だった。

だが、目の前にも別の忘八の長脇差がある状態で逃げることはできなかった。

「くっ」

身体をひねって、大宮玄馬は致命傷となることをかわした。背中を斬られながらも、大宮玄馬が身体をまわした勢いで目の前の忘八の胴を十二分に斬った。

ぬめるような仄白《ほのじろ》い臓腑《ぞうふ》をあふれさせて、忘八がのけぞった。

「ちい」

聡四郎は、背中を見せた大宮玄馬に斬りかかろうとした忘八に一撃を送ろうとしたが、背後の忘八に牽制されて果たせなかった。

「りゃあ」

大宮玄馬が、腹を割いた脇差をそのままに背後へと送った。

どちらが早かったか、聡四郎にも見分けのつかない状況で大宮玄馬の脇差と忘八の長脇差が交錯した。

倒れたのは忘八であった。

二人の得物は、互いに食いこんでいたが、修練の手の内がその差を分けた。肝臓に刃をいれられて忘八は死に、大宮玄馬は、左二の腕に浅く忘八の長脇差を受けただけですんだ。

「さがれ、玄馬」

聡四郎は怒鳴りつけた。

玄馬の後ろに別の忘八が、まわりこもうとしていた。

「さがりませぬ」

大宮玄馬が、さからった。

「ちっ」

聡四郎は舌打ちをしながら、脇差を振った。

大宮玄馬とのあいだを断とうとして、忘八が出てきた。

「じゃまだ」

背後から牽制してくる忘八に向かって、聡四郎は踏みこみざまに薙いだ。

避けようとしてさがった忘八は、背後の壁に当たった。聡四郎の脇差は、わずかな引っかかりを感じながら、忘八の胸に一文字を描いた。

「かあはっ……」

胸の骨を裂かれる痛みに、うめきながら忘八が絶息《ぜっそく》した。

聡四郎は、忘八の末期《まつご》を見ることなく、玄馬に向かって跳ねた。

「大丈夫か」

さえぎろうとした忘八を、一刀で倒した聡四郎は、玄馬のようすを見た。

背中と左腕だけではなく、右腕にも右太股にも、大宮玄馬は傷を負っていた。

脇差もそろそろ限界であった。

日本刀は、切れ味が失われやすい。中国の青竜刀のように斬るより割るを目的としたものと違って、繊細に過ぎた。

忘八が、大宮玄馬に手出しをした。大宮玄馬が、応じて脇差を振った。

「なにっ」

大宮玄馬が驚愕した。

何度も撃ち、払っていたことで大宮玄馬の脇差にひびが入っていた。大宮玄馬の脇差の切っ先が三寸ほど欠けた。

斬られた忘八の傷は、浅く止まった。

大宮玄馬が、呆然と動きを止めた。

折れたのなら、未練がましくそれを持たずに、差し替えの太刀を手にするか、敵の得物を奪うかしなければならないのに、実戦慣れしていない大宮玄馬は、手元の脇差に目をやってしまった。

「……………」

斬られた忘八が、手にした長脇差を大宮玄馬にぶつけようと振りかぶった。

「させるか」

聡四郎は、玄馬を後ろに突きとばして、がら空きになった忘八の胴へ脇差を突き刺した。

「ふへっ」

空気の抜けるような声を出して忘八が、腹に生えた脇差に目を落とした。

聡四郎は脇差から手を離すと、太刀を抜き、水平に薙ぎ撃った。

右からせまってきていた忘八の下腹に、抵抗なく太刀が吸いこまれた。

「えっ」

脇差の間合いのつもりだったのか、斬られたことに驚きながら忘八が、白目をむいて倒れた。

聡四郎の息もあがっていた。

「まずいな」

敵の総本山にはいったのだから、あるていどの覚悟はしていたが、これほど忘八の数がそろえられているとは、聡四郎も思わなかった。

あきらかに動きの衰えてきた聡四郎と大宮玄馬を見た三浦屋四郎左衛門の顔に、喜色が浮かんだ。

「もう少しのようだね。やってしまいなさい。二人を殺した者には、三浦屋の菩提寺に墓を建ててあげますからね」

三浦屋四郎左衛門が、褒美で忘八たちをつった。

「墓だと」

聡四郎は、疑問を感じた。金や女を与えるというならまだわかる。だが、墓を建てるという褒美は初めてであった。

がぜん忘八の雰囲気が変わった。

聡四郎は、畳のうえで起きあがれなくなった大宮玄馬を背中にかばいながら、必死で伸ばされてくる長脇差をさばいた。

「忘八は、墓のことになると懸命になりますよ」

三浦屋四郎左衛門が、余裕のある笑いを浮かべた。

「無縁の吉原にはいって、人でなくなった忘八たちの末期をご存じございますまい」

優勢になった三浦屋四郎左衛門のしゃべり方が、ていねいなものに戻っていた。

「引き取り手のいない遊女と同じで、素裸にひんむかれたうえ、筵《むしろ》にくるまれ、荒縄でしばられて、土手の道哲庵《どうてつあん》に投げ捨てられるので」

三浦屋四郎左衛門が、続けた。

土手の道哲とは、念誉上人《ねんよしようにん》開山の弘願山専称院西方寺《ぐがんざんせんしよういんさいほうじ》に庵《いおり》を結んだ僧侶のことだ。急死した二代目高尾《たかお》とねんごろな仲であった道哲が、供養のために庵を結んだといわれ、吉原から日本堤をまっすぐ行った山川町《やまかわちよう》の角にあった。

吉原の遊女と縁が深いことから、縁なき遊女や忘八の埋葬先となっていた。

別名、投げこみ寺と呼ばれるだけあって、死した遊女や忘八は通夜もされず、日中夜半の関係もなく、道哲庵の脇に掘られた大穴に捨てられた。

犬猫畜生と同じあつかいであった。

「今生《こんじょう》は、人ではなく、禽獣《きんじゅう》同等のものとして生きざるを得なかった者たちにとって、死後ぐらいは、まともな人としてあつかわれたいと願うは必定《ひつじょう》。回向《えこう》も供養もされず畜生道に落ちるのは、なんとしてでも避けたい。来世人として生まれるための輪廻《りんね》転生《てんしょう》の輪に戻れるなら、忘八たちは、どんなことでもやってのけまする」

三浦屋四郎左衛門が、得得《とくとく》と語った。

聡四郎は、それを鼻先で笑った。

「今生で善根《ぜんこん》を積めばこそ、来世で人がましい思いもできよう。人を傷つけ殺したような者が、いかに回向を受けようとも転生することはかなわぬ」

聡四郎は太刀を小刻みに振って、忘八たちを退けていた。

しかし、天井や梁を気にして大きく振りかぶれないために、一撃は軽く、致命傷どころか離脱させるほどの傷も与えることはできなかった。

三浦屋四郎左衛門が、みにくい笑い声をあげた。

「なら、あなたさまも地獄行きでございますな。忘八といえどもこれだけの者を殺し傷つけたのでございますから」

「覚悟はできている。死んで地獄で焼かれようとも、生きている間は、やるべきことをやる。それが侍である」

聡四郎は、荒い息をおさえながら応えた。

大宮玄馬は動きがとれなかった。乱戦の最中《さなか》に立ちあがろうとすれば、大きな隙をつくるだけではなく、それを護ろうとする聡四郎にも負担をかけてしまうからだ。

聡四郎の太刀から鋭さが消えていった。

「お侍、けっこうなご身分でございますな。ご先祖が命がけで手にいれた禄を、なにもすることなく受けとることができる。世襲とはありがたいもので」

三浦屋四郎左衛門が、嘲《あざけ》るように口をゆがめた。

「ならばこそ、侍は、真摯であり、任に忠実であらねばならぬ」

聡四郎は、目を部屋のなかの誰にもとめることなく、あいまいにしている。

一人に注意を集中することで、他の動きに対処できなくなることを避けるためであった。

「あなたさまのなさることは、迷惑だという方も多いのでございますよ。わたくしを始め、紀伊国屋文左衛門さま、荻原近江守さまにとって目ざわりなので。常在戦場《じょうざいせんじょう》でございましたかな、お侍さまのお心得は。どこで死すとも恥じぬが侍とも。ご心配なく、お二人まとめて道哲庵に葬ってさしあげましょう。なに、この偽の状と一緒なら寂しくもございますまい」

三浦屋四郎左衛門が、勝ち誇って落ちていた桐箱を拾いあげた。

ふいに桐箱が、三浦屋四郎左衛門の手から消えた。

「なに……」

顔に水飛沫《みずしぶき》がかかった三浦屋四郎左衛門が、驚きで天井を見あげた。天井板が一枚はずれ、そこに桐箱が吸いこまれていった。何者かが濡れ手ぬぐいを使って、桐箱を奪っていったのだ。

「誰だ」

三浦屋四郎左衛門の問いに、声だけが応えた。

「この桐箱をおおそれながらと差しだされたくなければ、旦那方をそのままお帰ししな。旦那方をだますつもりで作ったんだ、中身は手のこんだ偽ものだろう。

これが御上の手にわたれば、吉原はつぶされるぜ」

くぐもった声だが、聡四郎はすぐにそれが袖吉のものだと気づいた。

「またも助けられたな」

「すいやせん、遅れやした。なかなか妓《おんな》が放してくれやせんでしたんで」

袖吉が、応えた。

「戻せ」

三浦屋四郎左衛門が、叫んだ。

「旦那がお屋敷にお帰りになられたら、この箱は返してやる。じゃ、旦那。後ほど」

言い残して天井裏の気配が消えた。

「おのれ、逃がすな」

三浦屋四郎左衛門が、忘八たちに追うようにと命じた。

だが、忘八たちは動かなかった。

「馬鹿どもが。吉原がつぶれては、おまえたちの行くところもなくなるだろうが。ええい、あれを取り返したやつにも墓をくれてやる」

三浦屋四郎左衛門が、そう言った途端、忘八の半分が飛びだしていった。

聡四郎は、驚くというよりあきれた。目の前の敵を放置して戦力の半分がいなくなったのだ。

「四人か」

聡四郎は、残った忘八を数えた。足下には、その倍以上の忘八が転がっていた。

「あわわわわわ」

三浦屋四郎左衛門が、みょうな声をあげた。

「勝負は、おまえの思惑とは違ったようだな」

聡四郎は、三浦屋四郎左衛門に告げた。

人数が減って囲みに隙間ができた。

大宮玄馬も立ちあがった。ふらついているが、太刀を右手一本で構えた姿には、気がこめられていた。

「人手は足りてるかい」

そこへ、不意に山城が顔を出した。

「山城さん」

三浦屋四郎左衛門の顔に喜色が浮かんだ。

「遅かったじゃないですか。お願いしますよ。やってしまっておくんなさい」

「いいのかい、あの箱を奪われたんだろ」

「こいつらを生かして帰しても、同じでございますよ。どうせ破滅するなら、もろともに地獄へ連れていってやります」

三浦屋四郎左衛門の目はつりあがっていた。

「そうかい。じゃ、いくらくれる。おめえさんがだめになると、おいらも仕事がなくなるからな。ちょいとした金をいただかねえとわりがあわねえ」

山城が訊いた。

「五十両出しましょう」

三浦屋四郎左衛門が、片手を拡げた。

「金を持っては死ねねえよ」

山城が懐手のまま、嘲笑した。

「百両で」

三浦屋四郎左衛門が両手を出した。

「約束したぜ」

山城が、念を押した。

懐から両手を出した山城が、ためらいもなく太刀を抜いた。

聡四郎は、目を見張った。

脇差を失った聡四郎ならともかく、室内で太刀を振るうというのは武術の常識からは外れていた。

「三度目の正直だっけ。これで終わりだな」

山城が、少し切っ先をあげた高青眼《たかせいがん》にとった。

「ずいぶんとゆっくりだったな。呼ばれていたのだろう」

聡四郎は、山城に注意を移した。

「計略《けいりゃく》というやつさ。おめえが疲れるのを待っていたんだよ。おかげで差し替えもなくなったしな」

山城が聡四郎の腰を見て、口の端を歪めた。

「卑怯《ひきょう》などとは言わぬが、あとあとしこりが残るのではないか」

聡四郎は、忘八たちを指した。

「かまいやしねえよ。こいつらは、楼主の命がなければ、なにもできやしねえ」

山城が、冷たい目で忘八たちを見た。

「しかし、やってくれたねえ。犬公方《いぬくぼう》さまのころなら、大名の取りつぶしがやたらあったから、忘八の補充も簡単だったが、最近はなり手が少ないらしくてな。三浦屋も当分、人手不足だぜ」

山城が、足下に目をやった。

聡四郎は、動かなかった。誘いの隙とわかっていた。

「のってこねえか。当たり前か。このていどでかかってくるようなら、とっくの昔に倒してるな」

山城が、惜しそうな顔をした。

「わかっていたのにやったか」

聡四郎は、山城の言葉に苦笑した。

のんびりとした会話に思えたのか、忘八の一人が聡四郎の死角から、斬りつけてきた。聡四郎は、そちらを見ることなく太刀をひらめかせた。

拍子があうという。敵の出てくる勢いとこちらの一撃がうまく一致したとき、太刀は抵抗を感じることなく、見事な切り口を見せる。

忘八の首が飛んだ。

「馬鹿が」

転がってきた首を山城が蹴った。首はねらったように三浦屋四郎左衛門の膝にぶつかった。

「ひいい」

三浦屋四郎左衛門が、情けない声をあげて、後ろに跳んだ。

一瞬、全員の気が、三浦屋四郎左衛門に集まった。

山城が奔った。高青眼からの太刀をすばやく突きだした。まさに電光の突きであった。

「くっ」

聡四郎は、首を振って喉をねらってきた切っ先を避けた。

「つっ」

外れた山城の太刀が、そのまま聡四郎の喉を掻ききるように横に滑った。聡四郎は太刀を立てて、これを防いだ。

刃と刃がかみ合い、金気《かなけ》の臭いが聡四郎の鼻を襲った。

山城が嫌な笑いを浮かべながら、すり足で聡四郎の右手に近づいてきた。

「甘《あ》めえよ」

山城の太刀は三度目の変化を見せた。

触れあっている刃先を支点に、山城の太刀が水平にずれた。金属のこすれる嫌な音がした。

山城の太刀は、聡四郎の太刀をおさえこみながら、直角に角度を変えた。山城の太刀が、聡四郎の喉に対して水平になった。

「死ね」

山城が、呪詛《じゅそ》を吐いて太刀を手前に引いた。

聡四郎は左首脇に立てていた太刀をそのまま倒した。顎に鋭い痛みが走ったが、気にする余裕などなかった。

眼下に山城の太刀が滑っていくのを見ながら、手首のきしむような圧力を聡四郎はなんとか支えきった。

「ちっ」

聡四郎を倒せなかった山城が退いた。ふたたび間合いは二間（約三・六メートル）に戻った。

「…………」

自分の太刀で傷つけた顎からゆっくりと血が流れ、聡四郎の首筋を伝わって襟に達した。

「殿」

残っている忘八たちを牽制しながら、大宮玄馬が気遣った。

「大事ない」

聡四郎は、大きく息をついた。

今の攻防で聡四郎は、疲れを如実に知らされていた。太刀が思うように動かなくなっていた。

「よく、防いだじゃねえか。代償は払ったようだがな」

感情のこもらない声で、山城が言った。

「だが、限界のようだな」

山城が、太刀をもう一度高青眼に構えた。

「今度は逃がさねえぜ」

山城の腰が、かがめられた。

聡四郎は、太刀を右肩にかついだ。もう一放流の疾さに賭けるしかなかった。

「…………」

山城が無言で踏みだした。

聡四郎は、天井板にひっかけないように腰と膝をいつもより深く曲げ、たわめた力を放出するように太刀を振りだした。

二人の身体が交錯して、止まった。

「殿」

「山城さん」

大宮玄馬と三浦屋四郎左衛門が叫び声をあげた。

先に動いたのは、山城であった。

ゆっくりと山城が、斜めにずれていった。

「へっ」

三浦屋四郎左衛門が、声を失った。

山城の身体は、聡四郎の一撃で左肩から右腰へと両断されていた。

「殿……」

大宮玄馬が、喜びの声を出しかけて、沈黙した。

聡四郎の首筋に傷がついていた。

「あと一寸（約三センチ）、いや五分（約一・五センチ）食いこまれていたら、やられていた」

聡四郎は、へたりこみたくなるのを必死で耐えていた。

「や、山城さんが、やられるなんて……」

三浦屋四郎左衛門が、震えた。

そこへ、袖吉を追いかけていった忘八たちが、三人戻ってきた。

「申しわけありません。大門を出られてしまいました」

忘八の一人が詫びた。

吉原の忘八衆の力は大門内でこそ、無類に振るうことができる。大門を一歩出れば、そこは無縁の地ではなく、世間になる。忘八もただの無宿者《むしゅくもの》でしかなかった。抜き身を手にしていては、さすがに町奉行所も見逃してはくれない。

「市八《いちはち》をつけてあります」

袖吉がどこへ行くかを見きわめ、桐箱を取りもどすために一人残したと忘八が告げた。

「そんなことは、もうどうでもいい。それより、山城さんがやられた。おまえたち、あいつをなんとかしなさい」

三浦屋四郎左衛門が、悲鳴のような声で叫んだ。三浦屋四郎左衛門の目は、赤く狂気を宿していた。

六人になった忘八たちは、聡四郎に四人、大宮玄馬に二人と分かれた。

聡四郎と大宮玄馬は、それぞれの得物を構えた。

いくら命知らずの忘八といえども、力の差を思いしらされては、無謀に突っこんでこられなくなっていた。

二人をゆっくりと囲んで、疲れるのを待った。

聡四郎も大宮玄馬も傷からかなりの血を流していた。出血は体力とともに気力も奪っていった。

「殿」

大宮玄馬が、口を開いた。

「わたくしが、血路を切り開きますゆえ、その隙に」

「馬鹿を申すな」

聡四郎は、叱った。

「二人でようやくささえきれている状況で、一人が離脱してみよ。戦いの趨勢《すうせい》は明らかではないか。個別に囲まれて二人ともやられるだけ。あと少し耐えよ。敵もあと六人だ」

聡四郎は、あとひと踏ん張りだとはげました。

「六人じゃありませんよ」

三浦屋四郎左衛門が、甲高い声で言った。

「吉原に見世が何軒あるとお思いで。百軒をこえるのでございますよ。忘八の数は、数百におよびましょう」

三浦屋四郎左衛門が、手近の忘八に命じた。

「西田屋さんと卍《まんじ》屋さんに行ってな、忘八衆をお貸し願いたいと伝えておいで」

「へい」

忘八が廊下に飛びだして行った。

聡四郎は、つぶやいた。

「まずいな」

大宮玄馬も聡四郎も、そして二人の刀も、もうぼろぼろであった。

「増援が来る前に撃ってでるしかないか」

聡四郎が大宮玄馬に目配せをしようとしたとき、出ていった忘八が後ろ歩きで部屋に戻ってきた。

「どうした。なにをしている。さっさと……」

きびしい声で咎めた三浦屋四郎左衛門が、黙った。

忘八を追うようにして、吉原惣名主の西田屋甚右衛門が顔を見せた。

「三浦屋さん、いい加減になさいませ」

西田屋甚右衛門が、静かに言った。

「なにを申される。こやつらを逃せば、吉原はつぶされてしまいますぞ」

三浦屋四郎左衛門が、拒否した。

「吉原はつぶれませぬよ」

西田屋甚右衛門が、おだやかに告げた。

「いや、吉原という名前は消えても、公許の遊廓はなくなりませぬ」

西田屋甚右衛門が、忘八たちに目をやった。

「退《ひ》きなさい」

西田屋甚右衛門の言葉に、忘八たちが動揺した。

「おまえたち。かまわないから、この二人を殺せ」

三浦屋四郎左衛門が、西田屋甚右衛門をおさえこむように大声で指図した。

「…………」

忘八たちが、長脇差を握りなおした。

「君がてとして、申したのだ。退け」

鋭い声で、西田屋甚右衛門が命じた。

「西田屋……」

三浦屋四郎左衛門が、その豹変《ひょうへん》ぶりに驚きの声をあげた。

穏やかで柔和《にゅうわ》、頼りなげな名門遊廓の旦那ではなく、男と女の欲望がぶつかり合う吉原をしきる気概をもった惣名主がそこにはいた。

忘八たちが得物をおろして、後ろにさがった。

「なにをしている。おまえたちの主は、私だぞ」

三浦屋四郎左衛門が、無駄なあがきを見せた。

「知らぬわけでもございますまい。吉原は、遊女が主。そして、遊女すべての父たる君がててが、吉原を統《す》べる。忘八衆も属する見世にかかわりなく、君がてて
の支配を受ける」

西田屋甚右衛門が、厳然たる態度で述べた。

「うっ……」

気迫に圧《お》されて、三浦屋四郎左衛門が詰まった。

「あらためまして。初めてお目にかかりまする、吉原惣名主西田屋甚右衛門でございまする。以後、お見知りおきくださいますように」

西田屋甚右衛門が、ていねいに腰を曲げた。

「さて、ここでは、お話もできませぬ。なにとぞ、わたくしめの住居までお足を

運んでくださいませ」

聡四郎と大宮玄馬を、西田屋甚右衛門が辞を低くして招いた。

「三浦屋さん、あなたは、ここで後始末をな。大門はうちの忘八で固めました。外出はもちろん、使いをやることもできませんよ」

西田屋甚右衛門が、冷たく告げた。

「殿、いかがなされます」

大宮玄馬が、戸惑いを浮かべた。

「ここまで来れば、毒くらわば皿まで。ついて行ってみようではないか」

聡四郎は、西田屋に行くことに決めた。現実に、体力はもう尽きはてている。これ以上戦う余力は、なかった。

「では、こちらへ」

聡四郎と大宮玄馬の先に立って、西田屋甚右衛門が歩きだした。

三浦屋と西田屋は、一軒挟んで並んでいた。

人目を気にした西田屋甚右衛門は、裏から聡四郎と大宮玄馬を招きいれた。

三浦屋とは規模が違うが、西田屋も格の高い見世である。中庭は、三浦屋よりも風流で金がかかっていた。

「わたくしの部屋で申しわけございませぬが」

西田屋甚右衛門は、二人を居室に案内した。

「まずは、傷のお手当を」

西田屋甚右衛門が手をたたくと、襖を開けて二人の遊女があらわれた。

「お願いしますよ」

西田屋甚右衛門に向かってうなずいた遊女二人が、聡四郎と大宮玄馬の傷に焼酎を吹きかけ、金創膏《きんそうこう》を塗りこみ、上から清潔な晒《さらし》を巻いた。

「手慣れているな」

遊女たちの見事な手つきに、聡四郎は感心した。

「ご存じかと思いまするが、戦国のころ遊女は戦陣で男たちの鋭気を養っただけでなく、傷ついた兵たちの手当も請け負っておったのでございます。その故事にならい、吉原の遊女どもは、入廓すると金創《きず》の処置を学ばされますので」

西田屋甚右衛門が、語った。

「お傷に障りますゆえ、酒は遠慮させていただきましょう。おい、お茶をな」

西田屋甚右衛門が、遊女に言いつけた。

遊女が出ていくのを待って、聡四郎は訊いた。

「どうして、我らをお助けになった」

西田屋甚右衛門が、ふと目を部屋の外にやった。

「他人に踊らされるのが嫌になった。それだけでございますよ」

西田屋甚右衛門が、聡四郎に眼差《まなざ》しを戻した。

「他人とは、誰のことだ」

聡四郎は問うた。

「それはご勘弁願いましょう。水城さまでございましたかな。あなたさまが、よくご存じのお方でございますよ」

西田屋甚右衛門は、名前を口にしなかった。

「吉原をおのが野望の道具に使う。それは勘弁なりませぬ」

西田屋甚右衛門が、背中を伸ばした。

「先ほども申しましたように、吉原の主は遊女でございまする。それでいて、遊女たちは、男どもの性欲を散じるための道具。遊女たちが道具として耐えてくれなければ、吉原は生きていけませぬ。いわば、吉原はすでに道具なので。ですが、そこにはまだ人としての息づかいがございまする。されど、この度のたくらみは吉原をまったく意思のないものとして使われようとなされた。それには我慢がでなったのも、そう命じられたからでございましょう」
「失礼ながら、水城さまは、新井白石さまのお手のうち。この度吉原にお見えに
西田屋甚右衛門が、真摯な顔をした。
きませぬ」

「…………」

聡四郎は、沈黙をもって肯定にかえた。あからさまに他人から走狗《そうく》だと言われるのは、気持ちのよいものではなかった。

「では、なぜ、新井白石さまが吉原がことをお気になされたのか。失礼ながら、儒学者と申される方々は、人の汚い部分を見ないですまされようとなされまする。遊廓が気に入らぬなら、家宣さまが将軍さまになられてすぐになにかしらあってしかるべきでございますが、ございませなんだ。それが、最近とみにご執心《しゅうしん》。となると、新井白石さまはけしかけられたとしか、考えられませぬ」

西田屋甚右衛門の話に聡四郎は思いあたった。新井白石の部屋に人知れず持ちこまれた、吉原運上手控えがことの発端であった。

「誰が、いったいなんの理由で」

聡四郎は、もう一度尋ねた。

「お名前は、申しあげられませぬ。吉原は、客がことを他所に漏らさないのが掟でございますれば」

西田屋甚右衛門は、かたくなに断った。

「吉原をまきこもうとされたわけは、おわかりでございましょう」

そこへ、遊女たちが茶の湯の用意を整えて、戻ってきた。

「忘八衆か」

聡四郎は口にした。

「さようで」

西田屋甚右衛門が、茶を点てた。

「吉原が潰されるとなると、忘八どもは居場所を失いますので、必死になりまする。それを利用して新井白石さまを排斥《はいせき》しようとなされたのでございましょう」

「なるほどな」

聡四郎には、それが誰かわかってきた。

「われらも相手にせねばよかったのでございますが、少しばかり御上は吉原をいじめすぎられました。日本橋葺屋町からの移転、神田明神祭礼の道清掃夫役《ぶやく》の免除、そして隠し遊女のお手入れ願いの放置」

西田屋甚右衛門が、茶碗を聡四郎の前に差しだした。

「神田明神祭礼の夫役免除なら、喜ぶべきではないのか」

聡四郎は訊いた。

夫役は、無償で金にならないどころか、手配した人手の日当や弁当代などすべて吉原もちになる。大きな負担であった。

「夫役を免除されることは、町人ですらないと御上から告げられたにひとしいことでございまする」

西田屋甚右衛門が、真剣な表情をした。

江戸の町人には、幕府からいろいろな夫役が命じられていた。その夫役を褒《ほう》賞《しょう》以外で免じたのは、幕府にとって吉原がなにひとつ役にたたない人外の存在であるとの意思表示であった。

「これらは、神君家康公や本多佐渡守さまが、吉原をお認めになったわけをご存じないご老職方のなされたことでございましょう。ですが、わたくしどもといたしましては、どれもが死活問題でございまする。それも、わたくしどもの嘆願を無視して、続けざまになされましては、疑心暗鬼《ぎしんあんき》にもなりましょう」

西田屋甚右衛門が、三浦屋四郎左衛門の行動を肯定した。

「教えてくれぬか、西田屋どの。神君家康公が、吉原を認められた理由を」

聡四郎は、質問した。

「御上の範疇《はんちゆう》に遊女どもをおかれたかったのでございますよ。神君家康さまは、江戸を作りあげるに男手が要る。そして男手をうまく使うには女がいなければならぬとおわかりでございました。ですが、好き放題にさせれば、江戸の町は遊女であふれ、そして男たちは働かず遊び呆けてしまいまする。それを防ぐために、家康さまは遊女たちを幕府の目の届くところにおかれた」

西田屋甚右衛門が語った。

「それと、遊女をひとまとめにし、君がててに見張らせることで、病を防ごうとされたので」

「病とは」

聡四郎には、なんのことかわからなかった。

「失礼ながら、未だおなごを……希有《けう》なお方だ」

西田屋甚右衛門が、赤くなった聡四郎に驚いた。

「いや、ご無礼申しあげました」

西田屋甚右衛門が、ほほえんだ。

「さて、水城さまは、神君家康公のご次男秀康《ひでやす》公をご存じで」

「越前の太守《たいしゅ》、結城《ゆうき》秀康さまか」

聡四郎は、知っていた。

家康の次男秀康は、数奇な運命に翻弄された悲劇の武将であった。最初、家康から秀吉への臣従《しんじゅう》の証《あかし》として養子に出された秀康は、秀吉によって関東の名門結城家へ養子にやられた。

武将としてたぐいまれなる才を持ちながら、この二度の養子行きで氏《うじ》が変わった秀康は家康の跡継ぎから外された。慶長十二年（一六〇七）、次男でありながら三男に将軍位を奪われた秀康は、失意のうちに三十四歳の若さで亡くなった。

「はい。秀康さまがお亡くなりになったのが、梅瘡《ばいそう》だったので」

「梅瘡……」

聡四郎は、意外なことを聞かされた。

「梅瘡は、異人によって長崎からもたらされた病で、男と女がことにおよぶと移りまする。一度かかると治療法はなく、手足にできものができた後、鼻を失い、やがては頭に病がいたって狂い死にいたしまする。それで秀康さまはお亡くなりになった。神君家康さまは、ことのほかお悲しみになり、梅瘡を拡げぬようにするにはどのようにすればよいかと、お考えになられた。そして、いきつかれたのが御免遊廓でございました。吉原のように遊廓を一ヵ所にまとめ、遊女を監督することで、病にかかった妓《おんな》をすばやく見つけだし、隔離する。こうして病が拡散するのを防ごうとなされた。初代甚右衛門が直接家康さまからうかがったそうでございます。もっとも、これも我が家に伝わる話でしかございませぬが」

西田屋甚右衛門の話は、聡四郎の腑に落ちた。

聡四郎は、膝をただして問うた。

「もう一つ、お教え願いたい。なぜ吉原は、移転や夫役の免除、さらに月に千両という金を払ってまで、御免遊廓であり続けようとなさるのか。江戸以外どこの城下にも遊廓はござる。品川《しながわ》や千住《せんじゅ》にも遊女はおりまする。どれもお許しを必要とはしておりませぬが」

「妓になさなければならなかった女たちのためでござる。我らは、妓にすがって生きておるのでございますれば、女たちを護ってやらねばなりますまい」

西田屋甚右衛門が、応えた。

「女たちを護るとは、どういうことでござろうか」

聡四郎は重ねて訊いた。

「女は売り買いで遊女になりまする。人を人が売り買いする。これほど非道なことはございませぬが、家族が生きていくためにはいたしかたないと女たちは苦界《くがい》にやってまいりまする。ならば、そんな女たちにも希望をもたせてやりたいではございませぬか。吉原は、女の年季を決めておりまする。どの女も二十八歳になれば、遊女奉公から放たれまする。なれど、吉原以外の隠し遊女には、年季明けがございませぬ。いろいろ口実をつけて借金を終わらせぬので。先ほど申しました病のことでも同じでござる。吉原なら療養をさせまするが、隠し遊女は、病にかかれば捨てられまする。牛馬よりもひどいあつかいを受けるので。ならばこそ、金を払ってでも吉原以外の遊廓を排除せねばならぬのでございまする」

西田屋甚右衛門が、凜《りん》とした声で言った。

「水城さま、吉原で遊ぶのは手間だと、金がかかると聞いたことはございませぬか」

「ああ。耳にしたことがある。一度目では床入りができぬとも、あと吉原にかようかぎり一人の遊女にしか手を出すことが許されぬと」

聡四郎はうなずいた。

「それも女のためでございまする。吉原では、男女のことを仮の夫婦《めおと》と見立てまする。一度目は見合い、二度目で婚を約し、そして三度目が初夜。こうすることで女と男の間に独特の感情を生じさせ、女の心の負担を軽くしておるのでございまする。何人もの男に抱かれねばならぬ宿命は、吉原の遊女も隠し遊女も変わりませぬが、そこに心の交流があれば、少しは安らげましょう。男も馴染みとなれば、遊女に優しい言葉の一つもかけまする。やるだけ、身体だけのかかわりしかない隠し遊女に比して、どれだけ女の心が癒《いや》されましょうか」

西田屋甚右衛門が、熱く語った。

「もちろん、あの運上は、御上に吉原の権益をまもっていただく目的でありまする。ですが、女のためでもあるのでございまする。吉原が御免遊廓でなくなれば、女たちは、誰にも護られることがなくなりまする」

「吉原は、遊女の砦《とりで》と言われるか」

「はい。女で生きていくかぎりそうせよというのが、初代庄司甚右衛門の遺言でございました。ならばこそ、西田屋は見世の格を落としたにもかかわらず、惣名主であり続けられたのでございまする。いえ、これからも惣名主として吉原を、遊女たちを護り続けていかねばなりませぬ」

西田屋甚右衛門が君がてとしての矜持《きょうじ》を見せた。

「袖吉」

聡四郎は天井に声をかけた。

「お気づきでやしたか」

天井板が外れて、袖吉が降りてきた。袖吉は三浦屋の忘八をまいて、もう一度吉原に戻ってきていた。

西田屋甚右衛門も気づいていたのか、驚いた顔を見せなかった。

「三浦屋さんから、ご一緒でございましたな」

「こりゃあ、お見それしやした」

袖吉が、西田屋甚右衛門に頭をさげた。

「あれをお返ししてくれ」

「へい」

袖吉は、手にしていた桐箱を西田屋甚右衛門に差しだした。

「よろしいのでございますか」

西田屋甚右衛門が、聡四郎を見た。

「本物をお持ちであろう。ならば、偽ものなど出したところで、なんにもなりますまい。切り札は、そのときになるまで隠しておくのが、勝利の常道でございましょう」

聡四郎は、西田屋甚右衛門の自信が、家康の御免状に裏打ちされていると見抜いた。

「おそれいりました」

西田屋甚右衛門が、深く平伏した。

聡四郎は、大宮玄馬をうながした。

「帰るぞ」

聡四郎と大宮玄馬、そして袖吉を見送りに、西田屋甚右衛門が立った。

「拙者には、吉原を援護することはできませぬ。なれど、ありのままを新井さまにお伝えすると約束いたそう」

「かたじけないことでございまする」

西田屋甚右衛門が、礼を述べた。

「なにとぞ、次は、お客さまとしてお見えくださいますように」

出口に先ほどの遊女二人が控えていた。

「今日を初会《しょかい》といたします。なにとぞ裏を返してやってくださりませ」

西田屋甚右衛門も頭をさげた。

吉原を出た聡四郎は、袖吉に訊いた。

「裏を返すとはどういう意味だ」

「二度目の逢瀬《おうせ》をすることで。一度目が初会、二度目が裏、三度目が馴染み。これが吉原のしきたりで。馴染みとなれば、旦那のためだけの浴衣と湯呑みを用意してくれやすぜ」

袖吉が答えた。

「それは、凄いではないか。まるで家に帰るようだな」

「へい。それが吉原で。男と女の遊びは、なにも寝るだけじゃねえということで」

「拙者もまだ知らぬことが多いな」

聡四郎は、首を小さく振った。

「あっ、でも、旦那の浴衣と湯呑みはもう用意されてやすからね。吉原なんかにかよわずともよろしゅうござんすよ」

袖吉が笑った。

「さようでございますな」

大宮玄馬もうなずいた。

「どういうことだ」

聡四郎の問いに二人が顔を見あわせ、黙って首を振った。

四

さすがにその日は傷の痛みもはげしく、また、登城遠慮の最後の日でもあったので、聡四郎は家から出ることなく静養した。

翌朝、いつもより半刻（約一時間）早く江戸城にあがった聡四郎は、空気が張りつめていることに気づいた。

慌ただしく廊下を走る御殿坊主に、新井白石への面会を頼むが、誰も止まってさえくれなかった。

内座で無為《むい》に座り続けることになった聡四郎のもとに、太田彦左衛門がやってきた。

「その傷は、どうなされました」

太田彦左衛門が、驚いた。

聡四郎は、布を巻くとしゃべれなくなるので、顎の傷はそのままにしている。

さらに、首の傷に晒を巻いていた。目立つことは避けられなかった。

聡四郎は、周囲を見た。誰もが浮き足だち、こちらに注意している者はいなかった。

「じつは……」

聡四郎は昨日あったことを話した。

「さようでございましたか。よくぞ、ご無事で」

太田彦左衛門が、ほっと息を吐いた。

「なにやら騒がしいが、どうしたのでござろう」

聡四郎は太田彦左衛門に問うた。

「はて、わたくしもすぐにここに入ってきたもので。ちょっと訊いてまいりましょう」

太田彦左衛門が、内座を出て、すぐに血相を変えて戻ってきた。

「なにがございました」

聡四郎は、日頃落ち着いている太田彦左衛門の慌てたようすに怪訝《けげん》な顔をした。

「う、上様が、ご不例《ふれい》とのことでございまする」

「なに」

聡四郎も驚愕の声をはりあげた。

「すでにお気は失われているとか」

太田彦左衛門が、声をひそめた。

「それは、よろしくございませぬな」

聡四郎も眉をひそめた。

「新井白石さまも、御休息の間にお詰めきりでございましょう」

太田彦左衛門が、言った。

「吉原のことどころではございませぬな」

聡四郎は、ほっとした。わずかな猶予《ゆうよ》でしかないことはわかっていた。

新井白石なら、どのような理由があろうとも不要と判断すれば、なんとしてでも排除しようとするに違いない。

それが、これからも増え続けていくであろう、遊女に身をやつさなければならない女たちの不幸につながることを、聡四郎は西田屋甚右衛門から教えられていた。

「お忘れにはならぬであろうが」

「はい。新井さまは遊女の背景にあるものなど気にはなさいませぬでしょう」

太田彦左衛門もため息をついた。

「なれど、これをご覧になられれば、吉原のことなどお気にもなさりますまい」

太田彦左衛門が、懐から書付を出した。

「それは、御蔵入高並御物成元払積書ではございませぬか」

聡四郎は、この存在を吉原の一件ですっかり失念していた。

「少し調べてみたのでございますが。これは、御上をひっくり返すような騒動のもとになるやもしれませぬ」

太田彦左衛門が、じっと聡四郎を見た。

「上様の後ろ盾を失われた新井さまを助けることになるか、あるいは我らごと葬りさられるか……」

太田彦左衛門の目は聡四郎に覚悟を求めていた。


将軍家宣危篤の報せは、御三家よりも菩提寺増上寺《ぞうじようじ》よりも先に柳沢吉保にもたらされた。

一報は老中大久保加賀守からであった。

その後も老中、若年寄、奥右筆、小姓組番頭《こしようぐみばんがしら》、さらには奥医師からも連絡が来るにいたって、さすがの柳沢吉保も苦笑した。

「美濃守さま、いよいよでございますかな」

どこからか話を耳にした紀伊国屋文左衛門が、やってきた。

庭にしつらえられた茶室で、二人は対面していた。

「上様はご武運がお強い。うかつなことを口にせぬがよいぞ」

柳沢吉保が、たしなめた。

「これは、口が滑りました。ついおめでたいことに浮かれてしまいまして」

紀伊国屋文左衛門が、おどけて見せた。

「いかほどご用立ていたしましょうか」

紀伊国屋文左衛門が真剣な目つきになった。

「すでに御用部屋は手中にされておられまするが、御三家ご親藩《しんぱん》はなかなかに難しゅうございましょう。四天王も本多家だけでは、ちとお心もとないのではございませぬか」

「なんのことかわからぬが、たしかにまだ心もとない。あと井伊と酒井は手におきたいの」

柳沢吉保が、茶筅《ちゃせん》をもてあそんだ。

「さようでございましょう。金はいくらでも……」

紀伊国屋文左衛門が、下卑《げび》た笑いを浮かべた。

「だがの、紀伊国屋」

柳沢吉保が、笑顔で言った。

「まだ、時期ではない」

柳沢吉保の目は笑っていなかった。

「上様には立派なお世継ぎがおられる。先代綱吉さまのときとは違う」

「美濃守さま」

紀伊国屋文左衛門が、驚きを隠さなかった。

「七代将軍となられる鍋松君は、ご病弱だとか。つつがなくご成人あそばされればよいがのう。和子《わこ》さまがお生まれにならなければ、八代さまでもめることになろう。柳沢の家が、お預かりしたお血筋をお返しすることになるのは、そのときよ」

柳沢吉保が、じっと紀伊国屋文左衛門を見つめた。

「そのおりは、頼りにしておるぞ」

「……はい」

柳沢吉保の眼光に射すくめられた、紀伊国屋文左衛門が平伏した。

二〇〇六年四月　光文社文庫刊

光文社文庫

長編時代小説

熾《おき》　　火《び》　勘定《かんじょう》吟《ぎん》味《み》役《やく》異《い》聞《ぶん》(二)　決定版

著　者　上《うえ》　田《だ》　秀《ひで》　人《と》

2020年5月20日　初版1刷発行

発行者　鈴　木　広　和
印　刷　萩　原　印　刷
製　本　ナ シ ョ ナ ル 製 本

発行所　株式会社　光　文　社
〒112-8011　東京都文京区音羽1-16-6
電話 (03)5395-8149　編　集　部
8116　書籍販売部
8125　業　務　部

落丁本・乱丁本は業務部にご連絡くだされば、お取替えいたします。
ISBN978-4-334-79026-4　Printed in Japan

組版　萩原印刷

風野真知雄の傑作既刊

～剣客ものあり、忍びものあり。多彩な作品が勢ぞろい～

刺客が来る道 ［長編時代小説］

いわれなき罪に問われ江戸に逃げてきた信夫藩の元藩士・佐山壮之助。慣れぬ町で親子四人、細々と生活を始めたが、突然刺客に襲われる。江戸郊外に身を隠すが、執拗に襲ってくる刺客。はたして家族四人の生活を守りきれるのか——。武士を捨て町人として懸命に生きる男の心情を描く長編時代小説。

刺客、江戸城に消ゆ ［長編時代小説］

江戸城の警備を担う伊賀同心。伊賀の四天王と呼ばれる忍びたちは、自分たちの存在価値が低下していることを嘆き、起死回生の策を練る。それが、大御所・徳川吉宗を狙った刺客として伊賀の里から江戸へ連れてこられた伊賀忍びのコノハズクだった。しかし、事態は急展開し、江戸城の森を舞台に忍びたち同士の死闘が始まる。そして、衝撃の結末が——。風野真知雄の超絶技巧作品。

影忍・徳川御三家斬り ［長編時代小説］

一人の伊賀忍びに大御所・徳川吉宗が殺害されて二年。その忍びは、長屋で平穏な暮らしをしていた。しかし、富士講に出た長屋の者が皆殺しにされる。仇を討たんと、「コノハズク」とあだ名されていた伊賀忍び「竹次」は、長屋の人々の死の真相を探り始める。そして、辿り着いた驚愕の真相とは——。富士山と尾張藩を舞台とした、人気著者ならではの大スペクタクル活劇！